9.85

D0717114

LA PETITE MARCHANDE DE SOUVENIRS

François Lelord a vécu plusieurs années au Vietnam, où il a travaillé comme médecin. Psychiatre, il a écrit plusieurs essais et plusieurs contes qui ont connu un grand succès, en particulier *Le Voyage d'Hector*, traduit en vingt-cinq langues, vendu à plus de trois millions d'exemplaires dans le monde, et bientôt adapté au cinéma, avec Simon Pegg et Rosamund Pike. Il vit entre la France et l'Asie.

FRANÇOIS LELORD

La Petite Marchande de souvenirs

ROMAN

LATTÈS

Ce livre est un roman. Toute ressemblance avec des personnes existant ou ayant existé ne serait que pure coïncidence.

ISBN : 978-2-253-17734-0 – 1re publication LGF

Pour H. T.

Dès leurs premières leçons, Julien avait senti un léger trouble s'insinuer entre Mlle Hoa – Fleur en vietnamien – et lui. Après tout, n'étaient-ils pas deux jeunes gens, assis tout près l'un de l'autre à cette grande table aux pieds sculptés de dragons, et seuls dans cette vaste maison parcourue de couloirs et d'escaliers ? Il aurait été si simple de poser sa main sur celle de la jeune fille, ou, quand leurs têtes étaient si proches, penchées sur le cahier pour examiner ses fautes d'orthographe, se tourner vers elle et l'embrasser. Pour mettre un peu de distance entre eux, il la nommait mentalement *mademoiselle Fleur*, comme pour donner plus de solennité à son rôle de professeur. Elle l'aidait de son côté en ne se départant jamais d'une certaine raideur.

— *Màu Xanh !* dit-elle avec autorité.

— Vert ?

— Oui, dit mademoiselle Fleur.

— Mais *Màu Xanh* ça ne veut pas dire bleu ?

— Oui, aussi, dit-elle, légèrement embarrassée, comme si Julien venait de pointer une quelconque infériorité de sa langue natale.

— Alors vous avez le même mot pour bleu et vert, mais ce sont deux couleurs différentes !

— Ce n'est pas si simple…

Une phrase qu'il avait souvent entendue depuis son arrivée à Hanoï : dès que l'on pensait avoir compris quelque chose, on s'apercevait vite que ce n'était pas si simple.

— Si on veut dire bleu, alors on dit *Màu Xanh... trời* par exemple, *trời* comme le ciel. Alors là, ça veut dire bleu ciel, voilà ! dit mademoiselle Fleur d'un ton sans réplique.

— Bien, dit Julien en notant soigneusement l'expression sur son cahier d'écolier.

Comme beaucoup de jeunes gens arrivés dans un nouveau pays, il avait une aspiration généreuse à comprendre ses habitants, et bien sûr à apprendre leur langue. Mais là aussi, ce n'était pas si simple : après des dizaines d'heures de leçons, on croyait faire des progrès, mais on s'apercevait vite qu'à part votre professeur ou votre petite amie, personne ne comprenait votre vietnamien... D'ailleurs, Julien n'avait pas de petite amie vietnamienne, car choisir de découvrir un pays par ce moyen lui aurait paru un peu vulgaire, et de toute façon il n'aurait pas envisagé de tenter une aventure avec une jeune femme dont il ne se serait pas cru d'abord amoureux. C'était une vision romantique qu'il gardait secrète, tant il sentait qu'on aurait pu la trouver ridicule.

Il ne se rendait pas compte qu'il était assez séduisant pour ne jamais paraître ridicule en ce domaine, et que son sérieux si inhabituel aurait pu au contraire le rendre encore plus attirant.

Et c'est pourquoi il ne tentait rien qui aurait pu briser ce mur invisible de pudeur entre lui et mademoiselle Fleur. Elle aussi attendait le grand amour, il le sentait, et ce n'était pas avec lui, un Occidental qui n'aurait pas été bienvenu dans une famille où les filles allaient à l'université.

Basculer l'un vers l'autre aurait juste été succomber à l'ardeur de la jeunesse et à la chaleur de ces après-midi étouffants où les nuages d'orage s'accumulaient au-dessus de Hanoï sans jamais crever.

La leçon continuait : il essayait d'entendre, dans les mots de mademoiselle Fleur, la différence entre *trắng* – la couleur blanche – et *trăng* la lune. Comme pour chaque mot, une subtile différence de ton, visible à l'écrit par l'accentuation, changeait le sens de la syllabe. Malgré cette difficulté, Julien se félicitait de se retrouver dans une situation aussi étrange et merveilleuse, si loin de l'univers habituel de son enfance et de sa jeunesse. Pendant que ses anciens camarades de fac cherchaient à s'installer dans leur ville de province ou s'acharnaient à se trouver un poste hospitalier, lui s'occupait à apprendre une langue rare avec une jeune fille qui ne ressemblait en rien à ses amies, dans une ancienne ville impériale, splendeur nostalgique de la colonie, devenue un des derniers musées vivants du communisme. La vie devenait intéressante.

C'était vrai, mais il savait aussi que c'était une pensée consolante. À Paris, sa carrière de médecin et de jeune chercheur s'était arrêtée le jour où il avait refusé de dire « oui » à son patron. La nouvelle avait surpris tout le monde : Julien avait l'air d'un garçon conciliant. Mais voilà, il avait été élevé par une mère professeur de mathématiques dans le respect de la science, et un père magistrat dans le respect de la vérité, et « arranger » les résultats d'une étude lui avait paru inadmissible, même si elle n'était pas d'importance majeure, même si elle n'était pas destinée à paraître dans les revues internationales. L'étude était juste destinée à montrer qu'un nouvel anticoagulant donnait moins d'effets secondaires que d'autres, ce qui n'était pas vrai, et ne pouvait se prouver qu'en éliminant certaines données défavorables. Le laboratoire qui fabriquait le nouveau médicament était aussi une source importante de fonds pour la recherche dans le service.

Bien sûr il n'y avait pas eu d'éclats de voix, son patron avait souri comme s'il trouvait amusante l'intransigeance d'un jeune homme par ailleurs brillant, et il avait confié la rédaction de l'étude à un autre collaborateur. Mais quelques mois plus tard, le poste de chercheur promis n'était pas allé à Julien, mais à son collègue plus docile.

Il avait pris rendez-vous avec d'autres patrons, tous rivaux du sien, mais ceux-ci peinaient déjà à trouver des postes à leurs propres élèves.

La voie universitaire, et donc la recherche, s'était refermée pour lui. Les autres possibilités – ouvrir un cabinet en ville, se contenter d'un poste hospitalier mais sans accès à la recherche, devenir cadre dans l'industrie pharmaceutique – toutes lui étaient apparues comme des défaites.

Alors, il avait préféré s'évader, trouver un nouvel horizon qui lui ferait oublier celui qu'il avait tant espéré. Médecin dans une ambassade, par exemple.

Parmi les quelques postes vacants, celui du Vietnam s'était imposé à lui. Comment ne pas être attiré par une contrée encore mystérieuse qui venait de s'ouvrir au monde ? On était en 1995, un an après que le

Président Clinton ait décidé de lever l'embargo contre ce petit pays pour lequel tant de sang avait été versé.

Et puis le Vietnam avait peuplé ses souvenirs d'enfance : à la télévision, des hélicoptères américains survolant la jungle, les embarcations des boat people oscillant sur le bleu éclatant de la mer de Chine, la rumeur des manifestations dans les rues, et aussi le salon d'un grand-oncle où trônait une panthère empaillée et quelques arcs et flèches d'une tribu moï, trophées de quelques années en garnison à Dak Lak, du temps, que l'on croyait paisible, de la Colonie, avant les guerres…

Et voilà pourquoi ce jour-là il écoutait mademoiselle Fleur, les yeux brillants derrière la fente de ses paupières, lui expliquer les subtilités phonétiques d'une langue absolument inutile hors de son pays d'origine.

S'il avait pu adopter le regard de mademoiselle Fleur, il aurait vu un jeune homme à l'air sérieux, au regard clair, presque innocent, d'autant plus intéressant dans un visage long, viril, un visage de sportif ou de jeune capitaine, qui allait avec un corps élancé, bien fourni en muscles, mais dont on sentait qu'il ne s'était jamais servi pour se battre, mais plutôt pour des parties de tennis en fin d'après-midi avec des jeunes gens de son milieu.

Mademoiselle Fleur se sentait attirée par ce grand corps près du sien, ce regard doux, mais elle sentait aussi la gentillesse de quelqu'un qui n'avait jamais vraiment eu à lutter, si éloigné de l'idéal viril et révolutionnaire de son pays, et en cela le jeune homme lui apparaissait comme très étranger à son monde.

La leçon se termina. Il raccompagna mademoiselle Fleur deux étages plus bas, au pied de l'escalier où elle avait laissé sa bicyclette à l'abri de la grille de l'entrée. La maison, immense, avait été louée par l'ambassade pour loger plusieurs coopérants, mais hasard des défections et des nominations, il avait le plaisir de s'y retrouver seul. En passant dans le grand salon du premier étage, mademoiselle Fleur s'arrêta un instant devant l'immense miroir encadré de bois de rose sculpté – les propriétaires de la maison, une famille de militaires, avaient un goût sûr pour le mobilier traditionnel – pour se contempler en pied. Julien avait compris que mademoiselle Fleur partageait une petite chambre parcourue de souris avec une autre étudiante, et avait rarement l'occasion de se voir tout entière dans un miroir. Elle ajusta son blouson fait d'une sorte de skaï râpeux, dont les anciennes républiques de l'Est semblaient avoir le secret exclusif, rejeta la masse de ses cheveux derrière ses épaules, et, satisfaite, suivit Julien. Elle avait une jolie silhouette, avec cette minceur et ces fines attaches si fréquentes dans la région, résultat de générations de disette dans un delta rizicole qui n'était jamais parvenu à nourrir convenablement sa population – sans compter deux guerres, puis vingt ans de politique économique d'inspiration stalinienne qui avait achevé de ruiner le pays, et que l'on commençait à abandonner depuis quelques années, suivant l'exemple chinois avec quinze ans de retard.

— Alors à lundi !

— Oui, à lundi. Faites attention sur votre vélo.

— J'ai l'habitude, dit-elle avec ce brin de fierté qui ne la quittait jamais.

Il la regarda s'éloigner toute droite sur sa bicyclette, filant trop vite, les cheveux au vent dans l'étroit passage qui menait au bord du lac de l'Épée. Il comprenait sa fierté. Elle était née dans une petite ville du delta dont il oubliait toujours le nom, et, par son mérite de bonne élève, se retrouvait étudiante en littérature française dans une université renommée de la capitale. Mais là encore, ce n'était sûrement pas si simple.

Il sortit à son tour, c'était l'heure de sa consultation à l'Ambassade de France. Il était le seul médecin pour la communauté française, expatriés et touristes, la population d'un gros village, et cela ressemblait fort aux remplacements de médecin de famille qu'il avait effectués avant son départ, sinon que la moyenne de ses patients était plus jeune. Après ses brèves années de recherche et de service de pointe, il retrouvait un certain plaisir à traiter des gens souffrant de maux ordinaires, à voir des enfants fiévreux et à rassurer leurs mères inquiètes.

Au débouché de la ruelle sur l'avenue, la vieille dame décharnée qui se tenait toute la journée assise sur son pliant répondit imperceptiblement à son salut. Elle tenait sa petite échoppe roulante de soupe, cigarettes, boissons variées, calamars séchés, soda en bouteilles de verre de marque inconnue, paquets de cigarettes qu'elle vendait aussi à l'unité. Elle n'avait jamais répondu aux saluts de Julien en vietnamien et en français autrement que par un discret signe de tête. Étrangement, Julien avait l'impression qu'elle comprenait le français, elle avait dû être jeune fille du temps de la colonie.

Mais peut-être se souvenait-elle trop bien de l'époque encore récente où il était interdit d'adresser la parole aux étrangers en dehors d'une relation de travail déclarée aux autorités, et en présence d'un fonctionnaire du ministère de l'Intérieur. À moins qu'elle n'ait gardé un mauvais souvenir de l'arrogance de certains colons français, et de leur offensante habitude de tutoyer tout Vietnamien, quels que soient son âge et son rang.

Il pouvait se rendre à l'ambassade à pied, un de ses moments favoris de la journée. D'abord il devait marcher le long du lac de l'Épée, ce cœur de la ville, saluant toujours du regard le petit pagodon de pierre usé par le temps qui semblait émerger de la surface des eaux, comme le clocher d'une cathédrale engloutie.

En découvrant pour la première fois ce lac et ses rives paisibles, les façades coloniales décrépies qui l'entouraient, la promenade dallée de rose qui serpentait sous les feuillages des arbres centenaires, les familles vietnamiennes qui se reposaient dans leur ombre – flamboyants, acacias, tamariniers, badamiers, frangipaniers, arrivait-il à reconnaître au fil des saisons – il s'était dit qu'il n'aurait voulu vivre nulle part ailleurs.

Le regard dans l'ombre de son chapeau conique, la jeune fille vit le jeune médecin français sortir dans la rue avant de tourner dans l'avenue *Bà Triệu.*

Elle l'avait souvent aperçu quand il se promenait au bord du lac, mais elle n'avait jamais osé l'approcher pour lui vendre des cartes postales, des plans de la ville, des T-shirts ornés du drapeau du Vietnam, des lunettes de soleil fabriquées en Chine, toute cette pacotille qu'elle tentait de vendre aux rares touristes de passage, et qu'elle transportait dans un grand sac de skaï noir. Ce même sac qui servait à sa mère à aller au marché, du temps où elle en était encore capable. Maintenant sa mère parlait aux esprits, se réveillait en riant en pleine nuit, on devait la garder à la maison pour qu'elle n'aille pas hurler des insultes aux voisins. Elle était devenue folle, sans doute envahie par un fantôme, ou frappée par un mauvais souffle de vent. Le petit commerce de la jeune fille avec les touristes servait à payer des cérémonies avec des guérisseurs ou des moines bouddhistes, qui pour l'instant ne donnaient pas le résultat tant espéré par toute la famille : retrouver une mère douce, une épouse aimante, qui aujourd'hui repoussait son mari comme s'il s'agissait d'un inconnu.

Elle n'avait que vingt ans, mais était l'aînée, une sœur de quinze ans la suivait, Liên, et puis trois autres, encore trop jeunes pour trouver des ressources, tandis que son père se tuait à la tâche à la fabrique de chaux le jour, et le soir en récupérant avec d'autres les résidus de charbon dans les barges qui venaient d'être déchargées le long du fleuve. Ce gravier de charbon, mêlé de tourbe et séché, servait ensuite à confectionner des boulets de coke qu'il allait revendre avant l'aube pour échapper à la police, car ce petit commerce était illicite.

Elle avait remarqué que son père était de plus en plus maigre et fatigué ces derniers temps. Aujourd'hui, la jeune fille devait absolument vendre, la famille s'était endettée pour payer une guérisseuse réputée de la région de Ba Vì, et même si les résultats de la cérémonie – sa mère portant sur la tête un panier où brûlaient des bâtons d'encens plantés au milieu des offrandes – tardaient à venir, la dette durait depuis trop longtemps, les intérêts s'accumulaient, chaque jour apportait plus d'inquiétude.

Mais le jeune médecin n'était pas un touriste, elle savait qu'il travaillait à l'ambassade des Français. Sans savoir pourquoi, cela la gênait de l'aborder par son commerce, et d'obtenir de lui de l'argent pour payer une pratique si loin, elle le savait, de la médecine des gens de l'Ouest.

Pour sa mère, ils avaient aussi été consulter plusieurs médecins vietnamiens formés à l'Ouest, ou du moins dans cette Russie proche de l'Ouest, et à chaque fois les petits comprimés qu'ils avaient prescrits – à un tarif un peu moins élevé que les guérisseurs il est vrai – n'avaient pas eu d'autres résultats que de rendre sa mère léthargique. Elle ne criait plus, mais dormait tout le jour, et quand elle se réveillait, semblait ne plus voir et errait comme une morte-vivante autour de la maison, attirant les quolibets et les cris de malédiction des voisins.

Pour chasser ce souvenir pénible, elle s'assit sur un banc, à l'ombre d'un saule pleureur, posa le sac qui devenait lourd, et retira son chapeau conique – effet toujours favorable auprès des touristes, le joli visage triangulaire d'une jeune Asiatique sous le cône du chapeau traditionnel – et tourna son regard vers le lac et son pagodon. Elle aimait le contempler car son étendue tranquille lui rappelait le lac de sa ville natale, à cent kilomètres de Hanoï, bourgade importante du temps des Français, avec ses grandes usines cotonnières, sa cathédrale, sa réputation séculaire de fournir des lettrés et de femmes de caractère, mais aujourd'hui laissée à l'écart et plongée dans le douloureux sommeil de la misère.

Du passé glorieux de sa cité, il ne lui était resté à elle qu'un second nom chrétien, Maria, la lecture et l'écriture apprises grâce à deux ans passés à l'école des sœurs, les seules qui acceptaient les enfants des familles les plus pauvres, et le soir, avant de s'endormir, l'habitude de prier la Vierge pour la guérison de sa mère.

Julien abandonna la vue du lac en tournant dans l'avenue *Bà Triệu*, la dame Trieu, qui quelques siècles plus tôt, à l'âge de mademoiselle Fleur, avait dirigé à dos d'éléphant une armée pour libérer le pays des envahisseurs chinois. Finalement vaincue, elle s'était donné la mort pour ne pas tomber vivante aux mains de l'ennemi. La plupart des rues de la ville portaient le nom de héros ou de généraux qui avaient bataillé contre l'Empire du Milieu, le grand voisin qui avait tenté d'asservir le pays pendant des siècles. Julien sentait cet atavisme guerrier jusque dans le regard de mademoiselle Fleur quand il lui faisait remarquer les inconséquences de sa langue.

On était arrivé à la mi-décembre, et les semaines précédentes avaient été des plus agréables, avec un ciel pur, et une température qui devenait enfin fraîche la nuit. Mais aujourd'hui la chaleur, comme un ennemi que l'on croit vaincu, lançait une dernière attaque inattendue, et le soleil même voilé de brume, obligeait Julien à marcher dans l'ombre des arbres sur lesquels s'appuyaient de nombreuses bicyclettes. La rue était vivante de ce peuple auquel il s'était habitué sans pouvoir le comprendre, enfants jouant sur le trottoir poussiéreux et qui étaient les seuls à le regarder franchement en lui lançant d'audacieux « hello », réparateurs de chambre à air avec leur cuvette pleine d'eau pour repérer la fuite, échoppes tenues par toute la famille, la grand-mère sommeillante sur sa chaise, la maman occupée à servir les clients, le bambin sommeillant dans les bras d'une jeune tante. À part les antiques bâtiments officiels, toutes les maisons faisaient boutiques, et toutes les boutiques servaient aussi de salon familial ouvert sur la rue, d'où on le regardait passer comme un des rares étrangers de la ville. Il avait parfois attrapé au passage le mot « bác sĩ », docteur, et donc tout le monde savait qui il était, ce qui lui convenait, le prestige du médecin étant universel, surtout dans un pays pauvre où l'éducation était valorisée. Comme le savaient aussi les policiers du quartier, assis dans leur commissariat ouvert sur la rue, et qu'il voyait tous les jours jouer aux dames d'un air concentré, leurs casquettes posées à côté du jeu, indifférents à l'animation du dehors.

Toute cette avenue ressemblait à un grand village, ou plutôt une succession de petites places de villages qu'il traversait chaque matin, sous le regard faussement indifférent de ses habitants.

Débouchant à vélo d'une ruelle, une très belle jeune femme en tunique de soie traditionnelle le frôla, un petit garçon sur le porte-bagages arborant la chemise blanche et le foulard rouge des pionniers. Elle franchit le trottoir d'un mouvement adroit et rejoignit le flot silencieux des cyclistes, les pans de la tunique volant au vent, statue ailée digne d'une affiche de propagande.

Un Vietnamien d'âge mûr, qui fumait une pipe à eau en bambou sur le seuil de sa maison, avait remarqué le regard de Julien, et lui sourit.

Il se sentit embarrassé, il n'aimait pas révéler la faiblesse de son jeune cœur émotif. Mais il sourit en retour.

Sœur Marie-Angélique semblait tout près de rejoindre son créateur, il n'était pas besoin d'être médecin pour s'en rendre compte.

Sa petite tête ronde enfoncée dans l'oreiller, ses cheveux gris répandus autour d'elle comme une auréole, les paupières closes, elle respirait difficilement l'oxygène qui lui arrivait dans les narines en provenance d'une énorme bouteille en métal rouillé portant des inscriptions en cyrillique. Son visage trempé de sueur, elle semblait dormir, sa lèvre supérieure se soulevait à chaque expiration avec un petit sifflement qui lui donnait l'air enfantin. Julien se demanda si ce n'était pas son dernier sommeil, et si une conscience palpitait encore dans ce visage déjà apaisé.

— Elle est arrivée hier soir, dit le professeur Đặng, avec un accent français presque parfait.

Le professeur avait perfectionné son français pendant sa jeunesse à Saint-Germain-des-Prés. Ses parents, issus d'une grande famille francophone, avaient fui Hanoï en 1954 après la défaite des Français et l'installation du régime communiste, et étaient partis s'installer à Saigon. Ils avaient envoyé Đặng étudier la médecine à Paris pour l'éloigner de la guerre qui se préparait, entre le régime de Saigon soutenu par les

Américains et celui de Hanoï soutenu par le bloc de l'Est. Peine perdue, aussitôt obtenu son doctorat de médecine, à l'heure où ses camarades d'études jetaient des pavés au Quartier latin, le jeune Đặng avait provoqué la désolation chez les siens en ralliant le parti de l'Oncle Hô et l'armée de la Révolution, l'ennemi absolu pour eux. Il avait été volontaire pour se retrouver dans la jungle de la piste Hô Chi Minh, sous les bombes américaines, à soigner de jeunes soldats blessés, dont la plupart finissaient quand même par mourir.

Đặng avait gardé une grande nostalgie de ses années d'études en France, et peut-être aussi sa manière de garder longs ses cheveux blancs, plus à la manière d'un artiste du Quartier latin que d'un professeur de médecine.

— Je suis content que vous soyez venu, dit-il en souriant à Julien.

Malgré la distance hiérarchique, générationnelle et politique qui aurait pu les séparer – le professeur Đặng n'était-il pas le chef du service de médecine du plus grand hôpital de la ville, et donc forcément membre d'un rang élevé de la hiérarchie du Parti ? – il avait toujours plaisir à voir Julien. Après une de ses visites, il l'avait même invité à la cantine de l'hôpital, événement considérable qui avait interrompu toutes les conversations du personnel à leur arrivée. Mais ce jour-là Julien était en fonction, appelé en tant que médecin de l'ambassade, en compagnie de l'attaché de santé, Brunet, médecin lui aussi, ancien militaire, un fort gaillard encore embrumé par son habituelle cuite de la veille.

Sœur Marie-Angélique était une citoyenne française en visite au Vietnam.

Julien était en train de décompter sur la pancarte la liste des médicaments que l'on faisait passer dans la perfusion, quand les yeux de la sœur s'ouvrirent. Ils étaient bleus comme un ciel de Normandie. Apercevant Julien et Brunet, elle sourit.

— Comme c'est… gentil…, murmura-t-elle.

— Ne vous inquiétez pas, ma sœur, dit Brunet d'une voix forte en se penchant vers elle. On va s'occuper de vous !

Le passé militaire de Brunet se révélait dans ses manières, mélange de raideur et de familiarité. Il était réputé pour son intérêt pour la vie nocturne de la ville, pourtant fort réduite, dans laquelle il s'aventurait, protégé par son passeport diplomatique, ce qui donnait des haut-le-cœur à l'ambassadeur quand lui revenaient les dernières frasques de son collaborateur dans les ruelles obscures.

— On peut voir les radios ? demanda Julien.

— Bien sûr, dit Đặng.

Et d'un seul geste, il anima de mouvement la surveillante jusque-là figée comme une statue, les cheveux enserrés par une coiffe d'infirmière à l'ancienne. Elle sortit de sa longue main pâle les radios du dossier. Julien fit ce qu'on déconseillait formellement dans toutes les facultés de médecine du monde : il les examina à la lumière de la fenêtre. À travers la clarté des côtes fines et des omoplates d'enfant de sœur Marie-Angélique, il voyait le feuillage d'un frangipanier et le ciel devenu gris. Pas besoin de bonne lumière pour réaliser que le cas était grave : les poumons étaient comme nuageux, et par endroits aussi blancs que les côtes qui les entouraient. La sœur aurait vite besoin d'une assistance respiratoire, et ici le choix serait entre une machine de l'époque soviétique, ou une chinoise, plus récente. À moins de dénicher un ancien don de l'ex-République démocratique allemande, ancien pays frère insurpassable pour la qualité de ses fabrications.

— On va l'évacuer, dit Brunet. Elle a besoin d'une réanimation plus technique !

Julien et Đặng se regardèrent, tous deux accablés par les manières si peu diplomatiques de Brunet. Julien savait que Đặng les avait fait venir, non pas seulement par obligation administrative, mais aussi parce qu'il ne voulait pas voir une religieuse française mourir dans un hôpital vietnamien. Đặng savait parfaitement que, dans son état, la sœur aurait vite besoin d'un respirateur, et qu'il ne disposait pas des meilleures machines, ni des équipes capables d'une réanimation aussi technique que dans un riche hôpital occidental. Et Đặng n'était pas du genre, comme certains de ses collègues, à prétendre que rien n'égalait le glorieux système de santé vietnamien. C'est pourquoi Đặng aurait mérité plus d'égards, et non la rudesse de Brunet qui semblait mettre publiquement en doute son jugement de la situation ou la valeur de son service. Julien vit l'effet des paroles de Brunet sur le visage de la surveillante, et du jeune médecin à lunettes qui venait d'apparaître, le docteur Minh.

Aussi raide qu'un soldat, il leur fit dans un anglais haché un résumé de l'examen clinique – fièvre, râles crépitants à l'auscultation –, et du traitement, essentiellement antibiotiques et corticoïdes qui ne semblaient avoir guère d'effet. Les prélèvements bactériologiques étaient pour l'instant négatifs, et la formule sanguine était en faveur d'une infection virale.

La sœur avait été amenée d'un petit hôtel du centre-ville, mais elle revenait d'un voyage dans le Nord où elle avait rendu visite à un orphelinat, tenu par des sœurs vietnamiennes appartenant à sa congrégation, dont les écoles et les orphelinats étaient disséminés dans le monde entier.

— La sœur nous fait une grosse grippe, quoi, dit Brunet.

La grippe tuait des millions de personnes chaque année dans le monde, c'était vrai. En général, les gens ne mouraient pas du virus, mais de la surinfection par un germe banal qui achevait leur organisme affaibli. L'image des poumons de sœur Marie-Angélique n'évoquait pas l'atteinte par un germe banal… Une idée un peu effrayante traversa l'esprit de Julien.

— Si ce n'est pas une surinfection bactérienne…

Il croisa le regard de Đặng, et vit que le professeur venait de penser la même chose au même instant.

— … et si c'est l'effet du virus lui-même, il faudrait peut-être isoler cette patiente ?

— L'isoler ? dit Brunet, dont la grosse main carrée reposait encore sur la frêle épaule de la sœur.

— L'évacuer, dit l'ambassadeur. Mais où ?

— À Bangkok, dit Brunet, là-bas, il y a des hôpitaux *top*.

Julien sentit la crispation de l'ambassadeur face à cette expression d'« hôpitaux *top* », lui chez qui le langage diplomatique avait remplacé le français courant. Mais l'homme n'était pas sans qualités, avec un vrai sens de sa mission, un souci pour ses subordonnés, une certaine vision stratégique, mais sans doute, soupçonnait Julien, pas assez de dureté pour faire une belle carrière. Madame, du même milieu d'aristocratie de province, était connue pour se dépenser en bonnes œuvres avec des femmes d'expatriés – collectes pour l'achat d'un buffle pour les familles pauvres du delta, école de cuisine pour les enfants de la rue – et elle enseignait le catéchisme aux petites classes.

Autour de la grande table de la salle de réunion étaient rassemblés le responsable des affaires sociales, un grand jeune homme qui s'occupait des Franco-Vietnamiens revenus au pays et qui ne parvenaient pas à toucher leurs pensions venues de France, ou des rares touristes en perdition sans assurances, le premier conseiller, une copie en plus jeune de l'ambassadeur, futur ambassadeur lui-même, le deuxième secrétaire,

Robert, un trentenaire tout en muscles et en mâchoire, venant du ministère de la Défense, et dont tout le monde savait qu'il était responsable des services de renseignement et qu'il courait trois kilomètres tous les matins autour du lac. Il prit la parole :

— Mais si cette religieuse est contagieuse, faut-il vraiment la transférer ?

— Si elle reste là, elle va y passer, dit Brunet.

— Peut-être, mais ça diminue les risques d'épidémie.

— Mais c'est une Française, une sœur, bon sang !

— Elle a choisi de venir, dit Robert, de l'air de celui qui considère le débat comme terminé.

Julien vit l'ambassadeur se crisper à nouveau. Le ton que prenait la discussion entre Brunet et Robert déplaisait à un homme si soucieux d'harmonie. Il se tourna vers Julien.

— Qu'en pensez-vous, cher Julien ?

Julien avait toujours eu du mal à prendre la parole en réunion. Ce n'était pas tant par timidité, parce qu'il était le plus jeune, mais les réunions avaient sur lui un effet anesthésiant, qui lui rappelait la torpeur qu'il éprouvait enfant en salle de classe.

— Il s'agit peut-être d'un virus banal. La sœur pouvait avoir un déficit immunitaire, ou un mauvais état général, on va l'explorer. Mais au cas où elle serait contagieuse, un transfert paraît assez compliqué à organiser. On ne pourra pas la mettre dans un avion de ligne avec des passagers, le risque de contamination…

Il se tourna vers Brunet, il avait l'impression qu'il venait d'empiéter sur son terrain.

— Un avion militaire ! dit Brunet en se tournant à son tour vers Robert.

— Ce n'est pas mon domaine, dit Robert, qui pourtant venait de l'armée.

— Nous allons en parler à l'attaché de défense, dit l'ambassadeur, quand il reviendra.

L'attaché de défense était en déplacement à Hai Phong pour accueillir une frégate française qui venait y faire escale. Il espérait profiter de cette occasion pour signer un contrat d'armement avec les officiels vietnamiens invités à bord, signature dont l'espoir toujours déçu avait déjà épuisé son prédécesseur.

— Je vais essayer de le joindre tout de suite ! dit Brunet.

— Bon courage, dit l'ambassadeur.

Le téléphone fonctionnait mal, et les investissements pour le réseau mobile étaient bloqués par des négociations sans fin avec le gouvernement et l'armée.

— Mais il n'y a pas de meilleur service hospitalier à Hanoï ? demanda l'attaché aux affaires sociales.

— Pas encore, dit Brunet. Des Australiens essaient de monter une clinique, des Singapouriens aussi, mais les démarches sont compliquées. Le service de Đặng est le meilleur.

L'ambassadeur hocha la tête d'un air compréhensif.

— Et cette sœur, a-t-elle d'autres relations ici ?

— Oui, tous les jours, des religieuses vietnamiennes de Hanoï lui rendent visite. Elles ont même proposé de l'héberger dans leur foyer, dès qu'elle ira mieux.

— Mon Dieu, dit l'ambassadeur, mais elle risquerait de toutes les contaminer.

— Elles croient à la vie éternelle ! dit Brunet en rigolant.

Le visage de l'ambassadeur se ferma. Il se tourna vers l'attaché aux affaires sociales.

— A-t-elle de la famille en France ?

— Oui, que nous avons jointe. Une nièce paraît particulièrement soucieuse d'elle. Mais personne ne s'est proposé de venir pour l'instant. Et puis ils savent qu'elle n'est pas seule ici, il y a sa communauté... C'était son deuxième séjour au Vietnam, et la première fois aussi elle s'était rendue à cet orphelinat dans le Nord.

— Et il y a d'autres malades là-bas dans le Nord ? demanda Robert. Au moins on saurait tout de suite si c'est une épidémie.

— Le professeur Đặng a prévenu les autorités.

Il y eut un silence. Tout le monde savait que les résultats de l'enquête seraient difficiles à obtenir.

— Bien, continua l'ambassadeur, Brunet, voyez si une évacuation militaire est envisageable. D'ici là, il n'y a qu'à espérer que nos amis vietnamiens feront tout leur possible pour que notre malheureuse compatriote se rétablisse. Toutes nos pensées aussi...

Il s'interrompit. Julien était sûr que l'ambassadrice, dès qu'elle serait au courant, organiserait des prières pour sœur Marie-Angélique. Le regard de l'ambassadeur se posa sur lui.

— Julien, il serait bien que vous passiez la visiter tous les jours, est-ce possible ?

— Tout à fait.

— Ne nous ramenez quand même pas ses microbes, dit Robert, sans sourire.

— Elle est en isolement, et on s'habille en tenue chirurgicale pour la voir.

— Très bien, dit l'ambassadeur, avec la satisfaction de celui qui considère un problème comme résolu.

Julien croisa le regard de Brunet. Tous les deux savaient qu'il avait touché l'épaule de la sœur, même s'il s'était ensuite précipité dans la salle de soin pour se désinfecter les mains.

Avant leur départ, Đặng avait dressé la liste de tous ceux qui avaient été en contact avec la sœur depuis son arrivée. Il n'avait pas ajouté le nom de Brunet, auquel il avait forcément pensé. De toute façon Brunet aurait refusé de se retrouver isolé dans un hôpital vietnamien. On aurait pu éventuellement lui demander de ne plus revenir à l'ambassade en respectant une certaine quarantaine, mais Julien ne s'était pas senti la force d'aborder la question.

Était-ce par lâcheté ? se demanda-t-il. Ou par amitié ? Mais Brunet n'était pas son ami. Ou simplement parce qu'il n'arrivait pas encore à croire à une épidémie ? Après tout c'était peut-être une grosse grippe sur une sœur âgée et fragile.

Des échantillons de sang de la sœur avaient été envoyés à l'Institut d'Hygiène et d'Épidémiologie de Hanoï, nouveau nom de l'Institut Pasteur. On attendrait les résultats.

Après ses consultations – ce matin-là une succession de mères anxieuses dont la moindre fièvre ou diarrhée de leur enfant les inquiétait deux fois plus sous ces climats – il revint vers sa maison.

Il faisait encore chaud et il se demanda s'il allait s'arrêter au bord du lac, ou revenir directement dans sa chambre du deuxième étage où se trouvait le seul ventilateur.

Comme souvent, il était tourmenté, mécontent de lui, il avait besoin de marcher.

Il arriva sur la promenade qui longeait la rive du lac, en se maintenant dans l'ombre des arbres. Déjà quelques couples de touristes occidentaux y erraient, un peu abattus par la chaleur inhabituelle pour la saison et le décalage horaire, exhibant leurs corps trop nourris dans des vêtements d'adolescents. Assis sur les bancs, des grands-pères vietnamiens à béret basque ne les regardaient pas et continuaient leurs conversations en murmurant, rejoints parfois par des vieilles dames en pantalon de soie et au visage si impassible qu'elles semblaient déjà momifiées. Juste au bord de l'eau verte, accroupis, quelques pêcheurs à la ligne en maillot de corps et pantalon de costume – le jean n'était pas encore apparu au Vietnam –

attendaient un frémissement qui semblait ne jamais venir. Plus tard, à la tombée du jour, apparaîtraient des couples de jeunes amoureux, des mères et leurs enfants en pyjama fleuri. Mais là c'était l'heure des jeunes vendeurs de cartes postales et des marchandes de souvenirs, à peine sortis de l'adolescence, qui avaient commencé de tourner autour des touristes, tels des taons se ruant sur du bétail sans défense, les harcelant de sourires et de *Buy for me sir !*, exhibant leur pauvre camelote, insistant qu'ils avaient besoin d'argent *to go to school*. Les Blancs, vaincus sous le nombre, finissaient par s'arrêter, croyaient se débarrasser de l'épreuve en achetant un T-shirt ou une série de cartes postales pour un prix modique pour leur bourse mais extravagant pour le marché, mais leurs espérances étaient déçues : dès qu'ils avaient acheté à l'un ou à l'une, les autres se ruaient encore plus, ayant senti le cœur tendre, et faisaient appel à leur sens de l'équité en les implorant de leur acheter à eux aussi. *Buy for me, buy for me*. Achetez *pour moi*, pour m'aider à m'en sortir, pour échapper au moins un jour à la pauvreté, pour nourrir la famille, tout était dit dans ce *buy for me* qui d'emblée établissait que le prix de la marchandise était une question secondaire.

À son arrivée, Julien s'était soumis à ce rituel quelques jours, puis il avait eu la déplaisante impression d'être soumis à une taxe quotidienne dès qu'il se rendait autour du lac. Se disant qu'après tout il n'était pas un touriste, il avait refusé ensuite fermement tout nouvel achat. La petite communauté l'avait compris, ils savaient bien qu'il n'était pas un touriste, sa tenue le démontrait d'ailleurs – chemises toujours à manches longues, pantalons longs et mocassins poussiéreux – et seuls les nouveaux arrivants dans le métier venaient parfois à sa rencontre.

Mais ce jour-là, comme déjà affolés par la curée en cours – un car venait de débarquer un groupe de retraités français – ils se jetèrent à sa rencontre. « *Buy for me sir !* », « *I live here, I have it already* », répondait-il. « *I know, but buy for me* », insistaient-ils sans relâche. À chaque fois, il devait refuser sans que l'insistance diminue, les sourires devenaient faux, ses refus de plus en plus fermes et ce fut comme un parcours d'obstacle exaspérant, avant d'arriver à son endroit favori près de l'eau, un petit kiosque art déco où les colons devaient venir se rafraîchir à l'ombre des arbres, avec ses tables de jardin en métal rouillé, et sa carte réduite mais qui lui suffisait.

Il chassa un dernier vendeur et parvint enfin à sa chaise à l'ombre, épuisé, en colère, passa la commande auprès d'un jeune serveur maussade, et attendit en essayant de calmer sa mauvaise humeur, contre lui, contre les Vietnamiens, contre Brunet, contre la chaleur inhabituelle de cette journée.

Avançant sur la promenade, une petite marchande en chapeau conique venait dans sa direction. Contrairement aux autres vendeurs déjà vêtus de polos ou portant casquette, elle avait gardé la tenue traditionnelle à la campagne, une chemise lâche de toile ocre, un pantalon noir qui s'évasait légèrement, des sandales qui laissaient voir ses pieds nus. Arrivée à quelques mètres, avec un sourire timide, elle commença le geste d'ouvrir son sac. Il l'arrêta d'une moue renfrognée et d'un geste de refus qui contenait toute son exaspération. Il eut le temps de voir son sourire s'éteindre, et déjà elle lui tournait le dos.

On apporta son jus de mangue dans un verre embué.

Sans le boire, il regardait la petite silhouette s'éloigner sous le soleil sans pitié, avec son sac trop grand pour elle, et son cœur se serra.

Elle était la seule qui n'ait pas insisté.

À la nuit tombée, il rendit une nouvelle visite à sœur Marie-Angélique. Le long des couloirs obscurs, des veilleuses diffusaient une lumière de bougies et, quand un groupe d'infirmières vietnamiennes apparut, leurs visages lisses nimbés de cette douce lueur lui évoquèrent le tableau d'un La Tour qui serait passé par le Tonkin. Il trouva la sœur sommeillante sous sa tente de plastique transparent, telle une sainte reposant déjà dans sa chasse, mais respirant encore, et peut-être rêvant, car ses lèvres exsangues esquissaient un léger sourire.

Plus tard, il retrouva Brunet au bar de l'hôtel Métropole.

L'hôtel avait été ressuscité de son passé de palace colonial pour accueillir dignement les premières délégations étrangères, et les quelques rares touristes avides de découvrir un des derniers pays de l'Est.

Julien retrouva avec plaisir le hall majestueux, le sol de marbre, les boiseries sombres, les lampes de porcelaine. Il répondit aux jeunes femmes de la réception, habillées de la tunique traditionnelle – *áo dài* avait-il appris par mademoiselle Fleur, mais là encore ce n'était pas si simple, le d de dai se prononçait « z ». La tunique de soie fendue était à la fois pudique – avec ses manches longues et son col haut, elle semblait vouloir tout voiler – mais en épousant la silhouette au plus près, elle révélait beaucoup du corps qui la portait, ce qui l'avait d'abord fait interdire dans les premières années du nouveau régime inspiré par la prude Chine de Mao. Les jeunes femmes sourirent à son arrivée, elles le connaissaient, un visiteur aimable et discret, et beau garçon en plus. Il eut soudain une vision sinistre : la réception sans aucune présence, l'hôtel devenu un mausolée brillant dans la nuit au milieu d'une ville vidée par l'épidémie. Il chassa cette vision et sourit en retour à Miss Tuyết – mademoiselle Neige – debout derrière le long comptoir de bois de rose. Avec le regard intense de ses yeux à peine bridés, son front comme bombé par des pensées secrètes, sa bouche un peu trop charnue comme un appel involontaire de sa sensualité, elle était la seule des réceptionnistes chez qui il avait deviné un intérêt pour sa personne. Mais le règlement et le qu'en-dira-t-on dressaient entre eux des obstacles infranchissables, à supposer qu'il eût voulu les franchir. Il s'abstenait d'essayer de faire connaissance un peu plus, car il sentait que mademoiselle Neige et lui avaient un point commun : une tendance à prendre l'amour au tragique. Il s'éloigna de celle qu'il avait surnommée en secret la jeune Bovary du Tonkin.

Il retrouva Brunet accoudé au bar, à l'orée du restaurant dont les fenêtres s'ouvraient sur le jardin tropical. Il était seul et devant un verre de bière presque vide. Le bar était noir et lisse comme un piano, formé de deux arcs au milieu desquels officiait Nhung, un des barmans que Julien connaissait. Nhung avait dépassé la quarantaine et parlait français. Il était enfant au temps où on le pratiquait encore à Hanoï, avant que le russe devienne la deuxième langue des élites. Julien l'aimait bien. Malgré sa réserve, il avait remarqué que Nung avait de l'humour, même si pour pouvoir travailler à un tel poste, il devait certainement rapporter aux autorités ce qu'il pouvait lui arriver d'entendre de buveurs tous étrangers, et pour la plupart hommes d'affaires.

— Bonsoir, Nhung.

— Bonsoir, docteur. La journée a été bonne ?

— Excellente.

Nhung sourit, comme pour se réjouir de cette bonne nouvelle, ou pour montrer qu'il se doutait que la journée n'avait pas été si excellente, mais qu'il acceptait que Julien reste dans son rôle de fonctionnaire d'ambassade, en ne lui révélant rien.

Brunet ne devait pas en être à sa première bière, et malgré le ventilateur antique qui brassait l'air au-dessus d'eux, la sueur était apparue sur son front épais. Il avait tombé la veste mais gardé sa cravate, comme un dernier vestige d'honorabilité qu'il abandonnerait plus tard dans la soirée. Il avait l'air sombre, peut-être sous l'effet de mauvaises nouvelles de Saigon.

— Des nouvelles des… prélèvements ?

Même si Nhung s'était éloigné, Julien voulait éviter le mot « virus ».

— Pour l'instant ils ne trouvent rien…

Un échantillon du sang de sœur Marie-Angélique avait été envoyé à l'Institut Pasteur de Saigon par avion militaire.

— Je suis inquiet de ce qu'ils vont nous trouver, dit Brunet. Et si c'était plus méchant que la grippe ?

— En tout cas c'est un virus respiratoire, c'est

moins méchant qu'un virus à encéphalite. La sœur a toujours un cerveau qui fonctionne…

Brunet haussa les épaules. Julien l'entendit murmurer « Ebola »…

Il se prépara à expliquer à Brunet que le virus Ebola tuait les gens d'une manière toute différente, en s'attaquant à tous leurs organes en même temps et surtout ce fameux virus était africain… Il s'arrêta, Brunet était médecin, il devait bien le savoir. Mais il était tourmenté par l'idée d'un nouveau virus aussi dangereux, dont il était peut-être déjà contaminé.

Brunet regarda le jus de tomate que Nhung venait de poser pour Julien sur une soucoupe, avec les condiments pour l'épicer.

— Bon sang, vous n'êtes pas un rigolo, vous. Il faudrait vous détendre un peu.

— Je n'ai pas besoin de ça.

Mais il se sentait mal à l'aise. Avec sa perspicacité d'ivrogne Brunet l'avait bien deviné : il ne se sentait jamais détendu, et d'ailleurs l'alcool n'y changeait rien.

— En tout cas, peut-être que ça tue le virus, dit Brunet.

Il essayait de plaisanter, mais il était visiblement angoissé.

— Mon cher jeune confrère, rappelez-moi un peu : pour les virus, la période d'incubation c'est combien ?

— Ça dépend. Entre trois jours et une semaine pour la plupart des virus respiratoires ou digestifs. Ebola, ça pouvait aller jusqu'à trois semaines.

— Bon sang !

Brunet resta muet.

— Mais vous vous êtes désinfecté les mains après avoir touché la sœur, vous ne devriez pas vous faire trop de souci. Et puis il n'y a pas eu de nouveau cas à l'hôpital. Ce n'est peut-être même pas une épidémie !

— Oui mais, là-bas, dans le Nord, chez les sœurs de la communauté ?

— Les autorités enquêtent, Đặng nous l'a dit.

— D'accord, mais est-ce qu'elles nous diront la vérité ?

— Pourquoi ne la diraient-elles pas ?

Brunet le regarda d'un air étonné, comme s'il venait de s'apercevoir que son interlocuteur était un peu demeuré.

— Mais vous ne vous rendez pas compte ! Le risque de la panique dans la population… L'effet sur le tourisme qui commence à peine ! Et la fierté nationale… Plus quelques abrutis dans la chaîne, ça il y en toujours partout, mon vieux. Souvenez-vous chez nous du nuage de Tchernobyl : il était censé s'être arrêté à nos frontières !

Julien se sentit rougir. Il savait que Brunet avait raison, il n'avait pas pensé à tous ces obstacles à la révélation de la vérité. Il avait tendance à croire qu'en général, les gens se comportent de manière raisonnable, même s'il savait très bien que ce n'était pas vrai. Son père le savait également, mais cela ne l'avait pas empêché d'être consterné toute sa vie par le mensonge qu'il devait affronter au quotidien dans son métier de juge. Il ne s'y était jamais habitué. À la mort de sa mère, son père était devenu diacre, sans doute heureux d'être enfin sûr d'œuvrer pour une vérité qu'il tenait pour certaine. Il avait aussi légué à son fils un certain nombre de principes que Julien trouvait parfois trop rigoureux, mais dont il n'arrivait pas à se débarrasser.

Il voulut reprendre l'avantage sur Brunet.

— Alors, peut-être faudrait-il y aller faire un tour nous-mêmes, dans le Nord ?

Brunet lui adressa un deuxième regard interloqué.

— Pour se choper des virus tout frais ! Ah ça non, laissons faire les Viets ! Ces gens-là ont un vrai sens du sacrifice d'ailleurs, dit-il avec une nuance de respect dans la voix.

— Et alors, mes valeureux amis, comment ça va ?

C'était le directeur de l'hôtel, Pierre, un grand type à l'air débonnaire, que l'on voyait toujours vêtu de l'impeccable costume du directeur de palace.

Avec son verbe haut, son accent chantant, sa manière de parler intensément en vous regardant dans les yeux, Pierre ressemblait plus à un acteur, un acteur qui aurait joué le rôle d'un directeur de palace.

— Vous n'avez pas l'air heureux, est-ce que quelque chose ne va pas ?

— Non, tout va bien.

— Ah, tant mieux, tant mieux.

Mais Pierre n'avait pas l'air d'y croire, il fronça les sourcils. Il était connu pour ses accès d'irritabilité soudaine, son cœur généreux mais susceptible, son amour du vin et de la conversation, mais aussi pour sa gestion vigoureuse, ses colères, et sa capacité à ranimer des hôtels en perdition. Les Vietnamiens le craignaient et l'adoraient.

— Tenez, pour vous dérider, je vous propose de tester de nouvelles découvertes. Monsieur Nhung !

Nhung posa deux bouteilles de vin blanc sur le bar. Il venait de les déboucher. Un bordeaux deuxième vin d'un grand cru, un chardonnay australien.

— On va voir si elles méritent de figurer à notre carte. Monsieur Nhung, des verres enfin !

Et la soirée commença vraiment.

Pour une fois, Julien se sentait heureux de sentir son ivresse monter. Peu à peu, le visage de ses compagnons lui paraissait admirable, et leur affection aussi.

— Mon cher et excellent docteur !

— Monsieur le vénérable attaché de santé !

— Monsieur le Grand Directeur du Métropole !

M. Nhung les regardait en souriant, ainsi que les serveuses du bar. C'était la cérémonie des Français.

Pierre et Brunet avaient commencé un jeu rituel sur le mérite des vins respectifs. Pierre soutenait que pour les blancs, chardonnay en particulier, les californiens et les australiens comme celui-ci avaient atteint et dépassé le niveau des meilleurs crus français. Brunet soutenait le contraire, accusant Pierre d'être influencé par la fréquentation de sa clientèle anglo-saxonne, Pierre ricanait en soutenant qu'un patriotisme mal placé influençait le goût de Brunet, et de ce fait, qu'il n'avait développé aucune expertise dans les vins du Nouveau Monde. La conversation avait une rudesse qui aurait pu faire croire à un témoin que les deux hommes cherchaient querelle, mais non c'était leur manière de discuter du sujet.

Brusquement, ils s'aperçurent que Julien ne participait pas à la conversation.

— Et vous Julien, qu'en pensez-vous ?

— Ce soir...

— Oui ?

— Je préfère l'australien.

Pierre rayonna, Brunet joua les amis trahis.

Plus tard, sur le perron de l'hôtel, quand Julien voulut le quitter, Brunet s'indigna.

— Ah, non, tu ne vas pas me laisser comme ça. On ne lâche pas un copain en pleine soirée.

Sous l'effet de l'alcool, Brunet finissait toujours par le tutoyer.

Julien commença par refuser, bien sûr, il n'avait jamais accompagné Brunet dans ses sorties nocturnes, et n'en avait pas l'intention. Mais là il accepta. Il avait envie de prolonger une forme d'ivresse, et la camaraderie en était une, pour échapper à l'inquiétude, à ses doutes sur l'épidémie, et aussi au souvenir de son rejet de la petite marchande de souvenirs.

Mais pourquoi ce souci exagéré ? Son refus avait été légitime.

En fait il sentait confusément qu'il avait enfreint un des principes que lui avait légué son père, le même qu'il avait suivi en disant « non » à son patron : on pouvait se montrer dur avec les forts, mais le moins souvent possible avec les faibles. Oui, c'était bien un des principes préférés de son père, et qui d'ailleurs n'avait pas fait ce qu'on appelle une belle carrière.

Il se souvenait de l'humble manière dont la petite marchande s'était détournée et avait refermé son sac.

À cette seconde, il avait senti en elle une délicatesse, si différente de l'âpreté des autres. Il s'en voulait d'avoir heurté cette fleur si rare, pourtant éclose dans le sol aride de la lutte pour la vie.

La lumière presque sous-marine des lampes placées derrière les rangées de bouteilles donnait à Brunet un visage verdâtre et laissait le reste de la salle dans la pénombre, sauf près de l'orchestre, où un halo de lumière rose enveloppait un trio de Vietnamiens en smoking qui interprétait sans conviction de vieux standards de jazz.

Brunet et Julien restaient accoudés au bar, ils n'avaient pas encore rejoint l'obscurité des canapés, occupés déjà par d'autres clients arrivés plus tôt, tous asiatiques, avait expliqué Brunet, qui aimait aussi l'endroit pour cela. Singapouriens, Taiwanais, Japonais, les nouveaux investisseurs étrangers attirés par l'ouverture économique.

— Et celle-là, tu as vu celle-là ?

Avec le cognac et l'arrivée des filles, Brunet était resté au tutoiement.

Le rayon lumineux de la lampe de poche de la *mama-san* perça la pénombre et éclaira une nouvelle rangée de jeunes filles, immobiles comme de jeunes biches éblouies dans la lumière des phares. Mais elles continuaient de sourire, moulées dans leurs scintillants *áo dài*, car c'était le moment du choix, quand le client affalé dans la pénombre de son canapé allait choisir celle qui allait venir s'asseoir à ses côtés. Elle lui servirait à boire, tenterait de lui faire la conversation dans la pénombre, attendrait un généreux pourboire, et plus tard, le raccompagnerait peut-être, avait expliqué Brunet. Pour vraiment « consommer » comme il le disait, il fallait donner rendez-vous au-dehors à la fille, mais là rien n'était garanti, certaines ne se montraient pas : timidité, peur des conséquences, voire parce que leur petit frère ou leur petit ami les attendait à la fermeture de la boîte.

— Allez, encore un peu de cognac ?

Brunet avait demandé sa bouteille habituelle, et le cognac ici se buvait sur des glaçons.

L'orchestre avait maintenant attaqué une version instrumentale de *Stand by me*, peut-être pour inciter à plus d'intimité sur les canapés.

Brunet se tourna vers Julien :

— Ce n'est pas l'orchestre qu'il faut regarder, voyons !

Tout près d'eux, une nouvelle rangée de jeunes filles s'avançait dans la pénombre, immobilisée soudain par le faisceau de la lampe de la *mama-san*, et à nouveau leurs visages frais et rayonnants, certaines inclinant gracieusement leur cou mince pour mieux charmer, leur maquillage encore plus blanc dans la lumière, mais qui ne parvenait pas à cacher leur extrême jeunesse. Et elles continuaient de sourire, comme si ce marché aux esclaves n'avait rien de plus naturel, jusqu'au moment où, éclair dans la pénombre, c'était le reflet de la montre en or du client qui levait la main pour indiquer son élue, comme un jugement dernier par les derniers. Et voici que l'élue inclinait la tête avec déférence et comme frémissante d'une joie contenue d'avoir été distinguée, et venait aussitôt se blottir auprès de son nouveau maître, tandis que le reste de la bande se dispersait dans la nuit en attendant le prochain appel, le prochain jugement. À force d'observer le manège, Julien commença à remarquer chez certaines des regards qui ne souriaient pas, ou d'autres encore intimidées par la situation, qui gardaient les yeux baissés, et parfois, juste avant l'éclat du sourire, le jeune visage nimbé de tristesse qu'avait eu le temps de surprendre la lumière.

Brunet, lui, se réjouissait.

— Ce qui est bien ici, c'est qu'on en voit toujours de nouvelles !

Mais déjà la *mama-san*, une Vietnamienne en tailleur strict, venait de s'approcher d'eux d'un air décidé : on ne pouvait laisser deux clients dans l'insatisfaction, surtout quand l'un d'eux était un généreux habitué.

— *Do you want to talk to the ladies, sir ?*

Et Brunet répondit que oui bien sûr, tandis que le barman, jusque-là morose, leur souriait : de nouvelles boissons seraient commandées.

Julien s'était comme absenté, il avait envie de partir, dans le même temps il ne voulait pas vexer Brunet, et savait que s'il partait maintenant il serait encore mécontent de lui pour avoir fui une situation plutôt que de l'affronter. Mais il sentait qu'il ne serait jamais capable de désigner une fille dans une rangée, tout son être se hérissait contre cette perspective.

Non loin d'eux il aperçut à nouveau le rayon de la lampe qui éclairait un alignement de jeunes biches. À l'extrémité de la rangée, un peu hors du halo de lumière, il remarqua une jeune fille qui profita de l'ombre pour bâiller d'un air ennuyé, en cachant sa bouche de sa main. Leurs regards se croisèrent, elle vit qu'il avait remarqué son bâillement, et elle lui sourit, il lui sourit, comme s'ils convenaient tous les deux de l'absurdité de la situation.

Il fit signe à la *mama-san*.

Et c'est ainsi, qu'il se retrouva tout près de la jeune Miss Hong Lien, Lotus Rose, aux yeux en virgules et au timide sourire perlé, originaire de la province de Son La et dont l'anglais, plus limité que sa bonne volonté, se résumait à *Where do you come from ?* et *You are handsome*.

Brunet s'étonnait et revint au vouvoiement.

— Finalement, vous êtes un rapide, vous !

Il fit son choix à son tour, une fille très maquillée aux cheveux bouclés avec art, et dont l'aisance et la fausse cordialité révélaient que ce n'était pas une débutante, surtout quand elle vint s'asseoir directement sur sa cuisse tandis que l'élue de Julien s'était hissée sur le tabouret du bar à ses côtés.

Il essayait gentiment son vietnamien avec elle en lui offrant une orangeade, puis une autre. Elle les buvait avec un plaisir visible, puis jetait un brusque regard à Julien comme pour vérifier qu'elle ne venait pas de commettre une erreur d'étiquette avec un être aussi nouveau pour elle. Un peu plus tard, il commença à se sentir troublé par la présence de ce jeune corps tout près de lui, sa joue presque contre la sienne, ce qui lui rappelait ses leçons avec mademoiselle Fleur. Elle venait de lui prendre la main avec une hésitation timide dans le geste, et il se sentit obligé de la laisser faire. Ils se regardèrent. Il n'avait pas assez bu pour ne pas voir l'inquiétude derrière le sourire de la jeune fille : crainte d'être choisie, ou de ne pas être choisie ? Brunet lui souffla dans l'oreille que la *mama-san* venait de lui dire que Lotus Rose suivrait Julien chez lui, *no problem*. Dans sa main, il sentait celle de la jeune fille, froide et moite.

Il comprit pourquoi Brunet continuait de s'enivrer : la lucidité n'était pas favorable à la « consommation » si on avait un peu de respect humain, et Brunet n'en était pas dépourvu à jeun. Pour la même raison, il devait apprécier cet endroit fréquenté par les Asiatiques, il n'aurait pas voulu de témoins de sa race.

Lotus Rose glissa un peu plus sa main dans la sienne, comme une petite bête à la recherche d'affection. Il prit le prétexte pour y glisser, à l'insu de la *mama-san*, le montant demandé pour « consommer » que lui avait indiqué Brunet.

Pendant que les yeux de Lotus Rose s'agrandissaient d'étonnement, il lui dit qu'il la trouvait très belle et très gentille, qu'il lui souhaitait le bonheur, *Hạnh Phúc*, mais que ce soir il était trop fatigué, *mệt*, parce que *Da Làm Việc*, il avait beaucoup travaillé.

Dehors, il trouva un cyclo qui attendait – les taxis étaient encore rares – et il s'en fut, abandonnant Brunet à sa joie.

La traversée de la ville silencieuse au son du pédalage du cyclo l'apaisa. Il ne s'était jamais complètement habitué à être transporté par un homme en plein effort qui pédalait derrière lui, invisible, même si celui-ci acceptait parfaitement son rôle.

Mais ce soir-là, il se sentait à peu près content de lui, et savait aussi que le conducteur du cyclo était heureux d'une telle aubaine à une heure aussi tardive.

Le lendemain matin, il se retrouva assis à sa table au bord du lac encore à l'ombre, en train d'attendre son café et son jus de mangue. La petite foule de vendeurs et de marchandes l'avait évité. Ils s'étaient rassemblés sur la pelouse dans l'ombre du grand banyan non loin de là, jetant de temps en temps des regards dans sa direction.

Le soleil était encore bas, masqué par la brume, le lac avait pris la couleur de l'argent, irradiant tout le paysage d'un éclat presque incolore, une lumière sans ombre, un éclairage de fin du monde, pensa-t-il. La silhouette du pagodon, d'une pâleur d'ivoire, semblait annoncer une catastrophe imminente qui le laisserait intact comme le dernier vestige de la cité. Plus loin, relié à la rive par un joli pont de bois rouge à l'air japonais, le temple de jade, dissimulé au milieu de ses arbres, où l'on honorait un empereur du XIIIe siècle qui avait repoussé, non pas les Chinois, mais encore mieux, les Mongols vainqueurs des Chinois.

Ce lac était censé avoir des vertus magiques. Une tortue géante naviguait dans ses fonds, et poussait parfois à la surface sa tête de monstre antédiluvien, provoquant la liesse des populations alentour, car c'était un heureux présage pour ceux qui l'apercevaient.

D'après la légende, cinq siècles plus tôt une des ancêtres de la majestueuse tortue était remontée des profondeurs serrant une épée dans sa gueule, et l'avait tendue à un seigneur qui se promenait en barque sur le lac. Muni de cette Excalibur orientale, il avait repoussé à jamais la dynastie Ming hors de son pays, était devenu le nouvel empereur du Vietnam, avant de revenir au bord du lac pour rendre l'épée à la tortue qui l'avait emportée dans les profondeurs.

En cas d'épidémie, peut-être la tortue apparaîtrait-elle pour venir lui confier le philtre qui repousserait le fléau ?

À cette heure matinale, il n'avait pas encore eu l'occasion d'être mécontent de lui, et il vit arriver le café fumant et le jus de mangue glacé comme deux instants de pur bonheur. Il avait déjà remarqué que la petite marchande de la veille n'était pas dans le groupe au pied du grand banyan, et il n'avait non plus aperçu sa silhouette sur l'autre rive. Peut-être venait-elle à bicyclette de la campagne, et arriverait-elle plus tard dans la journée, quand les touristes auraient commencé d'apparaître.

Un couple d'Anglo-Saxons minces et âgés s'assirent à la table voisine. Sans doute des retraités avides d'explorer le monde, qui déployèrent aussitôt leur guide et leur plan. L'homme commanda un café en vietnamien, et le serveur eut un instant de stupeur, ne s'attendant pas à entendre sa propre langue venant d'un visage de *Tay* – un homme de l'Ouest, comme avait expliqué mademoiselle Fleur – et dont les yeux bleus le regardaient sans ciller derrière des lunettes cerclées d'intellectuel. Puis l'homme se retourna vers son épouse, et Julien entendit qu'ils étaient américains.

Sans doute un ancien militaire, en poste à Saigon pendant la guerre américaine ou plutôt la guerre contre l'envahisseur américain, comme tout Vietnamien apprenait à le dire dès l'école maternelle. Mais Julien réalisa soudain que l'homme avait parlé vietnamien avec l'accent du Nord, l'accent de Hanoï. Or aucun Américain n'avait pu vivre ici avant la fin d'embargo qui datait de l'année précédente.

Il fut interrompu dans ses réflexions par l'arrivée des jeunes vendeurs et marchandes qui s'attroupèrent près de la table du couple, mais prenant garde à ne pas franchir la frontière de jeunes bambous en pot qui délimitait la terrasse du kiosque, infraction qui les aurait fait chasser rudement par le serveur. *Buy for me, sir, buy for me, madam.* Ils s'étaient partagé les clients, les jeunes filles s'adressaient à la femme, les garçons à l'homme en tendant leurs marchandises au-dessus de la frontière des bambous.

L'homme ne dit rien, il n'engagea pas la conversation et ne révéla pas cette fois son vietnamien, sachant que les demandes ne feraient qu'augmenter *(where you come from, where you learn vietnamese ?)* pendant que son épouse, une grande femme élancée, élégante même dans sa tenue de touriste en short, achetait une série de cartes postales et un châle hmong, à la joie des heureux gagnants et au désespoir d'autres, *buy for me too, I need to go to school* argument infaillible auprès d'Occidentaux.

À cet instant, Julien vit arriver la petite marchande de souvenirs, au moment où les autres vendeurs s'égaillaient, comme après la bataille. Quand elle s'approcha, l'Américain lui parla en vietnamien pour lui dire : « Nous avons déjà acheté, petite sœur. »

Elle s'arrêta, surprise, puis commença à se détourner, mais la femme peut-être touchée par son humble réaction, attendrie par son joli visage, lui fit signe de s'approcher. La petite marchande revint vers eux, et tendit son sac ouvert au-dessus des bambous, la femme en souriant saisit un éventail, tendit un billet, refusa la monnaie, et la petite marchande murmura *thank you*, sans quitter le couple des yeux, comme si des êtres aussi merveilleux devaient être gardés en mémoire à jamais.

Elle aperçut Julien, esquissa à peine le geste d'ouvrir son sac à nouveau pour lui, comme déjà sûre de son refus, mais il s'était à demi levé, et lui faisait signe de s'approcher. Elle marqua un léger temps d'arrêt, elle se souvenait de son refus, et puis elle vint vers lui.

Le soleil passait à travers les feuillages et bigarrait son visage d'ombres et de coulées d'or, un très joli masque, inconscient de sa beauté, un visage stylisé à l'extrême, paupières étirées vers les tempes, sous des sourcils droits, un petit nez comme modelé par une main aimante, des lèvres délicatement dessinées dont il lui semblait avoir vu le modèle sur certaines statues du Bouddha, des pommettes discrètes, la ligne de la mâchoire bien visible au-dessus d'un cou mince. « Une fleur de la rizière », aurait dit le professeur Đặng, grand connaisseur, car cette jeune fille ne correspondait pas au modèle de la beauté traditionnelle visible dans les peintures : visage rond, petite bouche en cerise, sourcils arrondis « en montagne lointaine ». Elle était juste l'inverse, et magnifique pour cela, pensa Julien.

— *Do you want to buy,* sir ?

Il sentait encore un doute dans sa question.

— Qu'as-tu à vendre, petite sœur ? s'essaya-t-il en vietnamien.

Elle sourit, et ce fut comme un éclat de lumière. Elle avait cette sorte de sourire qui semble rayonner d'un bonheur prêt à être partagé.

Elle répondit une phrase qu'il ne comprit pas.

— *Postcards, maps, T-shirts,* continua-t-elle en anglais, ouvrant son grand sac de skaï dans lequel elle montrait le bric-à-brac de ses marchandises, avec l'air de douter qu'il puisse intéresser Julien.

Ils se regardèrent en échangeant un autre sourire au-dessus du sac ouvert, comme s'ils étaient d'accord sur le fait que la transaction n'avait pas tant d'importance.

Il désigna une série de cartes postales – en noir et blanc colorisé, comme il se souvenait d'en avoir vu dans son enfance – qui montraient les principaux monuments de la ville : l'Opéra, réplique de l'opéra Garnier de Paris, la pagode du pilier unique, l'ancienne avenue Paul-Doumer, le marché…

— Petite sœur est de Hanoï ?

— Non, petite sœur est de Nam Định.

Il appréciait soudain cette légèreté du vietnamien, où l'on ne se parle qu'à la troisième personne, en se qualifiant de dénominateurs liés à l'âge et au rang, il avait l'impression que le « tu » ou le « vous » aurait rendu leur conversation d'emblée trop directe. Elle gardait un léger sourire, la blancheur de ses dents visible entre ses lèvres à peine jointes.

Elle avait tendu sa petite main bronzée au-dessus des bambous pour lui rendre la monnaie, il fit un signe de refus, elle le remercia d'un hochement de tête.

— Grand frère est médecin, dit-il sans savoir pourquoi, ou plutôt pour prolonger la conversation.

— Petite sœur le sait.

— Alors tout le monde le sait ?

Elle rit.

— Ici, c'est comme ça. Tout le monde sait tout…

— Et maintenant grand frère sait que petite sœur est de Nam Định.

— Grand frère connaît ?

Il avait remarqué qu'ici c'était comme en France, on faisait toujours connaissance en parlant de son lieu de naissance ou d'enfance, et ravis quand on se découvrait du même coin.

— Grand frère sait qu'il y avait beaucoup de Français à Nam Định.

— Grand-mère de petite sœur se souvient du temps des Français.

À cet instant, il remarqua une petite médaille qu'elle portait à un simple lacet autour du coup. Il se souvenait que Nam Định était encore une terre catholique, même si aujourd'hui les chrétiens n'étaient plus au Vietnam qu'un petit dixième de la population.

— Grand frère sait qu'il y avait aussi beaucoup de catholiques à Nam Định.

Elle sourit. Peut-être avait-elle apprécié qu'il ait posé la question indirectement, à la manière du pays.

— La famille de petite sœur est catholique.

Mais la religion ne lui parut sans doute pas un thème prometteur.

— Grand frère est au Vietnam pour longtemps ?

— Un an encore.

— Alors grand frère saura parler vietnamien !

Elle sourit, comme si cette idée lui faisait plaisir, une promesse de conversations futures.

Il se demandait si prolonger ce dialogue à la vue de tous ne pouvait pas nuire à la petite marchande. Soudain, après un regard de côté, elle ferma vivement son sac et s'éloigna d'un pas pressé le long de la promenade. Il avait à peine entendu son *tạm biệt*, à bientôt, qu'elle avait murmuré par-dessus son épaule.

— Elle vient de les repérer, dit l'Américain de la table voisine.

Julien se tourna vers lui.

— Repérer qui ?

Il ne voyait autour d'eux que des Vietnamiens en promenade, et quelques inoffensifs pêcheurs à la ligne.

— Les policiers en civil.

Julien aperçut un peu plus loin deux hommes, habillés comme des fonctionnaires, chemise à manches longues, pantalon de ville mais grosses sandales, qui regardaient dans leur direction. Ils parurent hésiter, puis s'assirent sur un banc.

L'Américain expliqua :

— La vente ambulante est interdite.

— Mais il y a des vendeurs tous les jours !

— Bien sûr, c'est toléré. Mais de temps en temps, il y a un tour de vis, quand des délégations étrangères arrivent en ville. Le gouvernement trouve que la vente ambulante donne une mauvaise image du pays, une image de pauvreté, alors il y a des arrestations.

Le ton de l'homme était calme, comme résigné, le ton d'un médecin qui annonce le cours inexorable d'une maladie.

— Vous avez l'air de connaître très bien ce pays. Et sa langue aussi.

— J'y ai passé pas mal de temps quand j'étais jeune.

Il sourit comme si c'était une sorte de plaisanterie secrète.

— Je m'appelle Wallace, content de vous rencontrer.

Ils se présentèrent, Julien, Wallace, Margaret.

Près de trente ans auparavant, l'avion du jeune Wallace avait été abattu au-dessus de la ville par un missile soviétique près du lac de l'Ouest, *Tây Hồ* lui avait expliqué mademoiselle Fleur.

Le *Tây*, l'homme de l'Ouest, était tombé dans le lac de l'Ouest. Julien savait déjà ce qui avait dû s'ensuivre : des années dans un camp dans la jungle, puis dcs mauvais traitements dans une prison non loin d'ici, construite par les Français, puis réutilisée par le nouveau régime. Julien se souvenait que les pilotes américains prisonniers surnommaient cette prison le *Hilton Hanoï*, mais sur l'arche du porche on lisait toujours le nom laissé par les Français : *maison centrale.*

Pour lui qui aimait les histoires vécues de l'Histoire, la conversation avec Wallace promettait d'être intéressante, mais il ne quittait pas des yeux la petite silhouette, au loin, sur l'autre rive, qui s'approchait d'un nouveau groupe de touristes.

Trois jours passèrent, sans rien de nouveau.

Malgré ses haltes au bord du lac le matin et en fin d'après-midi, il ne revit pas la petite marchande. Sans doute la présence des policiers – une délégation coréenne était arrivée en ville – l'avait-elle effrayée pour quelques jours. Quelques-uns de ses collègues continuaient pourtant d'approcher les touristes sans être inquiétés, ce qui révélait des contreparties secrètes avec la police, sans doute des informations sur les étrangers de passage.

L'état de la sœur Marie-Angélique était stationnaire, avec de brefs moments de conscience, où elle se croyait à Paris. Đặng variait les posologies, mais sans résultat notable. Les sœurs qui la visitaient respectaient les règles d'asepsie, mais l'idée de l'épidémie s'éloignait, personne n'était tombé malade, et selon Đặng, aucune information inquiétante n'était arrivée du Nord.

Ils avaient discuté avec Đặng de l'intérêt de prévenir la représentante locale de l'OMS – une Québécoise survoltée et un peu enveloppée qui avait dragué Julien lors d'une soirée d'expatriés – mais il n'y avait pas d'épidémie, et lancer une fausse alerte pouvait avoir des conséquences désastreuses pour le pays et la crédibilité de l'organisation.

Julien réussit à avoir une conversation téléphonique avec son père, mais il décida de ne pas lui parler de sœur Marie-Angélique, pour ne pas l'inquiéter. Comme d'habitude il essaya de convaincre son père de venir lui rendre visite, et comme d'habitude son père lui répondit qu'il était trop occupé en ce moment, à l'approche de Noël.

Julien n'aurait jamais cru que la vie d'un diacre pouvait être aussi intense. Il fréquentait si peu la messe depuis des années qu'il avait parfois l'impression que son père lui parlait des rituels d'une ancienne religion exotique.

— J'ai trop de gens à rencontrer tu sais. Tous ces jeunes couples…

Son pèrc connaissait un grand succès dans la préparation des mariages, il était très demandé. Sans doute l'amour qu'il portait toujours au souvenir de sa femme le rendait-il fort crédible auprès des jeunes couples prêts à s'embarquer dans cette aventure.

Quand viendrait la belle saison, son père serait alors occupé par les célébrations, les sacrements du mariage et du baptême pouvant être administrés par les diacres, avait-il expliqué à Julien, même si l'eucharistie ou la confession restaient aux prêtres. Mais Julien ne sentait aucune envie chez son père, le saint homme s'épanouissait dans ses fonctions de diacre, lui qui avait tant souffert dans ses fonctions de juge.

— Mais papa, tu ne seras jamais libre, alors…

— Si, si, en août, il n'y a pas de mariages, et les préparations n'ont pas encore commencé.

Hanoï en août était un enfer torride, et son père,

sans jamais le reconnaître, supportait mal la chaleur. Julien renonça à insister.

Il savait aussi que son père aurait aimé le voir plus souvent, mais ne lui demandait jamais de revenir en visite, pour ne pas le charger d'une obligation.

— Et toi, mon fils, de ton côté ?

Il se demanda si son père lui demandait s'il avait lui-même un mariage en vue. Mais il avait remarqué que son père ne posait jamais de questions trop précises, non par manque de curiosité envers les autres, mais par une délicatesse naturelle à laquelle il avait sans doute dû faire violence pendant toutes ces années de magistrature.

— La vie est intéressante ici, papa, et puis j'ai l'impression d'être utile.

— Ah, très bien, très bien.

Et s'il ajoutait « j'essaie de sauver une religieuse souffrant d'un virus inconnu » ou « je viens juste de rencontrer une jeune catholique » ? Non, cela serait aussitôt trop de soucis pour son père, à une si grande distance. Et comme son père savait qu'il ne pratiquait plus, ces références à la religion auraient eu l'air d'être là juste pour lui faire plaisir.

— Mon fils, je te promets que je réserve mon mois d'août.

Arriva la réunion de fin de semaine.

L'ambassadeur semblait abattu, avec les yeux creusés d'un homme qui n'a pas dormi. Sa belle chevelure argentée, au lieu d'être lissée avec soin sur ses tempes, était légèrement ébouriffée, comme si on l'avait tiré du lit. Il revenait de l'aéroport où il avait dû se rendre à l'aube pour accueillir une mission parlementaire en mission d'étude – des élus de la République qui passeraient une semaine à festoyer au Métropole. Le premier conseiller regardait l'ambassadeur avec effarement, comme s'il n'arrivait pas à croire à un relâchement de son idole. Le second secrétaire, Robert, avait comme toujours l'air détendu après sa course du matin : Julien l'avait aperçu au bord du lac, juste au moment où l'homme des services revenait vers l'ambassade d'une foulée rapide, attirant des commentaires des grand-mères vietnamiennes encore en pyjama sur le pas de leur porte. Brunet n'avait pas encore paru, sans doute en train de se remettre de sa dernière soirée consacrée à « l'amitié entre les peuples » comme il aimait à le dire en détournant la phraséologie communiste. L'attaché aux affaires sociales semblait aussi abattu que l'ambassadeur, soit par fidélité à son supérieur, soit parce que les formalités nécessaires au rapatriement de sœur Marie-Angélique avaient commencé de l'accabler. On n'avait pu organiser le transfert de la sœur à Bangkok : aucun hôpital, non plus que les autorités sanitaires, ne voulait accueillir une patiente souffrant d'une maladie inconnue et peut-être contagieuse. Quant à Paris, tous les avions militaires aménageables pour un transport sanitaire de l'armée étaient occupés à rapatrier des Français pris dans les troubles d'une petite guerre civile dans une ancienne colonie africaine. L'attaché militaire n'était toujours pas revenu de Hai Phong, retenu par l'espoir d'une signature pour son contrat par la présence d'un général influent au ministère de la Défense, et qui était le reste du temps inaccessible.

— Que de mauvaises nouvelles, ce matin, dit l'ambassadeur en soupirant. Julien avez-vous quelque chose de positif à nous annoncer ?

Tout le monde se tourna vers lui, et il se sentit mal à l'aise. Il comprenait que tous – sauf Robert, un réaliste – voulaient croire que, grâce à ses visites quotidiennes à l'hôpital et ses bonnes relations avec le professeur Đặng, la sœur allait se rétablir. Il expliqua que l'état de la sœur était stationnaire, qu'elle faisait preuve d'une résistance étonnante pour ses soixante-quatorze ans. On discutait de la nécessité de la mettre sous respirateur. Mais bien sûr, cela impliquerait de l'intuber, ce qui pourrait donner d'autres complications.

— … et deux sœurs vietnamiennes d'une communauté de Hanoï veillent sur elle jour et nuit. Elles prennent toutes les précautions nécessaires.

L'ambassadeur approuva gravement en hochant la tête. Sans doute croyait-il autant à la présence bénéfique des religieuses qu'aux techniques de réanimation vietnamienne.

— Et ce virus ?

— Brunet devait... Il va sans doute...

L'ambassadeur soupira.

— Il doit enquêter sur la possibilité d'une épidémie, dit Robert avec un sourire ironique.

On frappa à la porte, et Brunet apparut, étrangement pâle, mais en cravate, en compagnie d'une grande jeune femme blonde, aux cheveux coupés très courts, et dont le regard bleu perçant croisa immédiatement celui de Julien. Elle portait un ensemble en lin avec poches boutonnées qui était comme une version élégante d'un costume de brousse, et ses sourcils étaient si blonds qu'ils en semblaient blancs.

— Le docteur Clea Bridgen, dit Brunet.

— Docteur, nous sommes heureux de vous accueillir, dit l'ambassadeur en se levant.

Il fit un tour de table de présentation, quand il arriva à Julien, Clea dit : « Nous nous connaissons » et il se sentit rougir.

Clea était une virologue britannique détachée pour un an à l'Institut Pasteur de Saigon, elle venait d'arriver par l'avion du matin. Elle avait commencé à analyser les échantillons du sang de sœur Marie-Angélique. Quand elle fut assise à son tour, à côté de Brunet qui semblait guetter la moindre de ses paroles, elle commença en français d'une voix claire, avec un accent anglais et un léger sourire qui donnait l'impression qu'elle prenait un peu de distance amusée avec ses propres paroles, qu'il ne fallait pas prendre tout cela, comme rien d'autre d'ailleurs, au tragique.

Mais sa phrase d'introduction, malgré son magnifique sourire, fit basculer la matinée.

— Cela pourrait être sérieux. Pour l'instant nous n'arrivons pas identifier ce virus.

— *Anh là Người Phap.*

— Grand frère est français, vous l'avez bien dit, mais dites *Pháp* et non pas *Phap*, ajouta mademoiselle Fleur sans que Julien arrive à entendre la moindre différence entre les deux *Phap*.

Elle s'en aperçut.

— Le ton de *Pháp* monte, dit-elle d'un geste voletant de la main pour indiquer la montée du ton.

Il se dit qu'un tel nom, aussi aérien, léger, présageait que la France aurait peu de chance de s'implanter durablement en Indochine. *Pháp*, cela sonnait comme un souffle, comme une risée qui avait fait frissonner les roseaux du delta, puis s'en était allée.

Il essaya de transmettre son sentiment à mademoiselle Fleur, mais elle arriva vite à sa conclusion.

— Oui, les colonialistes français ne pouvaient rien contre la volonté du peuple vietnamien.

Lorsqu'ils parlaient du passé, si visible dans tous les bâtiments coloniaux de la ville, majestueux témoins de la conviction de la fameuse « mission civilisatrice » de la République française, mademoiselle Fleur ne disait jamais « les Français » mais « les colonialistes français », de même lorsque, croyant aborder un sujet moins sensible, Julien évoquait « la guerre américaine » elle le reprenait sans en avoir l'air en citant toujours « la guerre contre l'envahisseur américain ». L'école au Vietnam se montrait très stricte sur l'usage systématique de dénominations qui garantissait la bonne vision de l'Histoire, celle écrite par les vainqueurs.

Julien avait beaucoup lu sur la guerre américaine, la première guerre à apparaître tous les soirs sur les écrans des télévisions familiales. Il se souvenait du silence consterné de ses parents, qui, enfants, avaient connu les bombardements d'une autre guerre, dès que le présentateur annonçait la séquence consacrée au Vietnam.

Au fil de ses lectures, il avait peu à peu découvert le sens de ce conflit qui paraissait si absurde à l'époque.

Un jour, il avait pensé à expliquer à mademoiselle Fleur que les Américains n'avaient jamais souhaité envahir le Vietnam, pour eux un petit pays pauvre et sans ressources, sans autre intérêt que d'être un des points chauds de la Guerre froide. Washington voulait juste bloquer l'avancée du communisme en Asie, et montrer au reste du monde que les États-Unis n'abandonneraient jamais un allié, message surtout adressé aux Soviétiques, avec leur formidable Armée rouge aux frontières de l'Europe de l'Ouest. Julien avait réalisé qu'il devait peut-être le fait d'être né dans un pays libre à cette guerre où le peuple vietnamien avait été sacrifié. Du côté vietnamien, il avait été surpris d'apprendre que certains compagnons de l'Oncle Hô avaient pressenti l'énormité du sacrifice à venir, et avaient voulu l'éviter. Après la victoire contre les Français, pourquoi se lancer dans une nouvelle guerre contre les Américains ? Le pays était exsangue, pourquoi ne pas profiter de la paix pour montrer la supériorité du socialisme en le construisant d'abord au Nord ? Mais les durs du régime – la ligne prochinoise – voulaient la guerre, la réunification, et Mao voulait la défaite de l'Amérique. Et les hommes raisonnables, les partisans vietnamiens de la coexistence pacifique, malgré leurs brillants états de services contre les Français s'étaient retrouvés démis de leurs fonctions et placés pour des années en résidence surveillée.

La réunification du pays devait se faire quel que soit le prix à payer, et les pertes humaines à subir.

Ce que les Américains n'étaient jamais parvenus à comprendre, pensant qu'encore plus de bombardements et de pertes finiraient par amener Hanoï à négocier.

Mais même s'il était parvenu à ébranler les certitudes de mademoiselle Fleur, Julien se disait que les nouveaux doutes qu'il aurait semés dans son esprit, si elle avait eu la naïveté de les exprimer, auraient risqué d'en faire une paria auprès de ses camarades.

Pourquoi infliger à cette jeune fille encore enthousiaste sa propre vision du monde, toute en nuances de gris, dont il se demandait parfois si elle n'était pas plus un fardeau qu'un cadeau ?

— Nous avons eu tellement de chance d'arriver enfin à l'indépendance et à la liberté ! continuait-elle.

— *Độc Lập Tự Do, Hạnh Phúc* ! dit Julien, pour l'accompagner dans sa bonne humeur.

« Indépendance, liberté, bonheur » c'était la devise du pays, que tout Vietnamien devait écrire en en-tête de tout courrier officiel ou professionnel.

— Bravo, dit mademoiselle Fleur, vous l'avez très bien dit, mais *Phúc* et non pas *Phuc*.

Julien se sentit découragé.

— Vous pouvez aussi apprendre à dire « notre patrie », dit mademoiselle Fleur, heureuse comme devant un enfant qui allait enfin commencer à dire des choses intéressantes. *Đất Nước tôi, thon thả giọt đàn bầu…*

Elle s'était mise à chantonner cet hymne célèbre où, par trois fois, une mère héroïque accepte qu'un de ses fils parte pour la guerre, où ils se font tuer l'un après l'autre.

— *Đất Nước* c'est la patrie ?

— Oui, c'est ça.

— Mais *Nước* ça veut dire eau, non ?

— Oui, mais là c'est *Đất Nước*, la patrie.

— Oui, mais c'est amusant, vous dites un peu comme « notre eau natale », et non pas « notre terre natale », comme en français.

Il venait de comprendre quelque chose ! Ils étaient un peuple de l'eau, ils avaient vécu pendant des siècles dans des barques et des cabanes sur pilotis, dans l'infini inondé du delta, là où le vert se confond avec le bleu, et cela se voyait même dans leur manière de nommer la patrie par de l'eau.

Julien était ravi de sa petite découverte linguistique.

— Mais *Đất*, c'est quand même la terre…, essaya mademoiselle Fleur.

— Oui, mais une terre couverte d'eau.

Soudain il se souvint d'une phrase de Clea. *Les environnements inondés favorisent la propagation des virus.*

Et en voyant le trouble qu'il avait semé chez mademoiselle Fleur, son frais visage marqué par le doute, il eut soudain envie de la prendre dans ses bras, de la réconforter, en pensant au fléau qui risquait de s'abattre sur elle, sur eux, et sur sa patrie bien-aimée.

Il retrouva Clea au kiosque, à la tombée du jour, en train de contempler l'autre rive du lac. La ligne des arbres y était plus dense, comme la lisière d'une forêt qui se serait arrêtée au bord de l'eau. Seuls quelques frontons coloniaux émergeaient des feuillages, dorés par la lumière du couchant.

Il avait demandé son habituel jus de mangue, mais elle avait commandé une *Hanoï Beer* dans sa bouteille brune et ventrue, qu'elle buvait à petites gorgées, en alternant avec les cacahuètes bouillies encore enveloppées de leur peau, et des bouffées de sa cigarette. Elle avait toujours cette capacité à apprécier l'instant avec appétit, capacité dont il se sentait lui-même assez dépourvu.

— C'est magnifique, dit-elle en désignant les frondaisons qui se reflétaient en une longue frise sur l'autre rive.

— Oui. Je viens là tous les jours.

— C'est plus facile de vivre à Saigon, mais Hanoï a bien plus de charme…

Julien pensa à sa comparaison favorite : Saigon était comme une maîtresse avec qui tout est facile, mais dont on ne se sent pas amoureux et qui ne vous manque pas quand on la quitte, Hanoï est celle qui vous tourmente, mais qu'on aime avec passion malgré son ingratitude. Mais il garda le silence, car Clea appliquerait sa comparaison à elle, et elle ne verrait que trop bien la ville qu'elle représentait pour lui.

Julien se souvenait de ses larmes, si inhabituelles, quand il était parti pour Hanoï, et que tous les deux savaient qu'il ne tenterait guère de la revoir.

Elle était tombée amoureuse de lui, il ne se sentait plus amoureux d'elle, tout en se désolant de ne pas continuer d'éprouver ce sentiment pour une jeune femme aussi exceptionnelle. Il s'était dit que le mieux était de l'aider à l'oublier, en disparaissant. Mais le virus, ou Dieu, ou sœur Marie-Angélique, en avait décidé autrement.

Et maintenant Clea était à nouveau à ses côtés, bavardant gaiement, ses yeux pétillants – peut-être de la joie de le retrouver –, ses lèvres roses entrouvertes sur la nacre de ses dents, ses petites taches de rousseur le long de son nez aristocratique, et il n'en revenait pas d'avoir abandonné un tel trésor d'intelligence, de gaieté et de beauté. Il savait que ses cheveux courts, presque ras, et ses tenues asexuées, étaient une tentative de masquer sa féminité, de détourner l'intérêt pour son physique, qu'elle avait trop souvent senti comme un fardeau à porter sous le regard des hommes. Elle s'habillait et se coiffait comme pour ressembler à une lesbienne, alors que sa vraie nature était celle d'une beauté anglaise dans un tableau de Gainsborough.

Mais devant lui, un jour, elle avait abandonné toutes ses défenses, s'était révélée femme, amoureuse, dépendante. Elle n'en avait pas été récompensée.

L'amour était pire que la guerre révolutionnaire tant admirée par mademoiselle Fleur, pensa Julien :

on faisait souffrir des gens qui n'étaient pas vos ennemis, et dont le seul péché était de vous aimer.

En la regardant, si charmante, si drôle, si généreuse, il revenait à cette question insoluble : pourquoi ne se sentait-il plus amoureux d'elle ? Il devait le constater tristement : il était toujours heureux de voir Clea, mais elle ne lui manquait pas. Pourquoi ? Ils s'entendaient si bien. Mais il avait le sentiment mystérieux qu'elle n'était pas la femme de sa vie, et que prolonger leur relation n'aurait été que faire perdre son temps à Clea et surtout la faire souffrir en vain. Mais attendre une éventuelle « femme de sa vie » n'était-il pas une espérance idéaliste, un rêve d'adolescent ? « Comment reconnaît-on la femme de sa vie ? » avait-il un jour demandé à un ami plus âgé qui venait de se marier. « Quand elle vous quitte ! » avait dit l'autre en souriant tristement. Puis il avait répondu plus sérieusement que la question n'avait pas de sens : on rencontrait dans sa vie plusieurs femmes qui auraient pu devenir « la femme de sa vie », simplement on décidait un jour laquelle le deviendrait et l'on arrêtait d'en chercher de nouvelles. Il avait compris son ami, mais il ne pouvait s'empêcher de penser autrement : un jour il rencontrerait « la femme de sa vie » et il saurait que c'était elle, et non pas une autre. Une fois de plus, il avait l'impression d'avoir une vision du monde plus proche de celle de ses parents que de sa propre génération, mais qu'y pouvait-il ?

Arrivant le long de la promenade, une petite silhouette s'approchait.

Elle avait rejeté son chapeau conique en arrière, et retenu par son ruban cela faisait comme une auréole qui entourait son visage pur, doré par le dernier rayon du soleil. Clea la remarqua :

— Qu'est-ce qu'elle est mignonne, cette petite !

Julien ne répondit pas. Il vit que la petite marchande l'avait aperçu, mais elle avait aussi remarqué cette grande femme blanche assise près de lui, si proche. Quand elle arriva sur les dalles qui longeaient les tables du kiosque, elle croisa une brève seconde le regard de Julien, puis sans un mouvement continua son chemin. Toujours la délicatesse, pensa-t-il. Clea s'étonna :

— Mais elle te connaît !

— Oui, enfin…

Déjà il avait fait signe à la petite marchande. Celle-ci hésita, puis s'approcha d'eux, faisant glisser la lanière de son sac de son épaule.

— Bonsoir, petite sœur, commença Clea en vietnamien.

— Bonsoir, grande sœur, bonsoir, grand frère.

— Petite sœur a quelque chose à nous montrer ?

La jeune marchande sourit, et Julien se dit qu'elle avait la même qualité de sourire surnaturelle que Clea, qui exprimait la joie tout en la faisant irradier alentour.

Clea avait commencé une conversation en vietnamien qui devenait trop rapide pour lui, il reconnut juste le nom de Nam Định, et d'autres mots en rapport avec la famille, frères, sœurs, parents. Puis *bác sĩ*, docteur. La petite marchande tenait son grand sac plaqué contre elle, sans oser l'ouvrir, mais Clea lui dit qu'elle voulait mieux voir. Et avec un sourire, comme d'excuse, la petite marchande commença à montrer ses maigres trésors.

Personne n'eut le temps de les voir arriver. Les deux policiers en civil entourèrent la jeune fille et l'attrapèrent par le bras, Julien vit son mince visage se lever vers eux avec une expression apeurée.

Déjà il s'était levé en faisant tomber sa chaise, il se retrouvait face aux policiers, muet de fureur, tout son corps raidi, sans arriver à formuler une phrase en vietnamien. Il lisait la surprise dans le regard des deux hommes, la crainte aussi, avaient-ils affaire à un fou ? Seul le regard de la petite marchande levé vers lui, sa douceur et son air implorant, le rappela à la réalité.

Déjà, Clea s'était interposée, lui intimant du geste l'ordre de rester en arrière, et commençait à parler en vietnamien aux policiers en enjambant la bordure de la terrasse. Ils la regardaient, le visage fermé, mais Clea continuait à leur parler et à leur sourire, avec cet air d'autorité tranquille que Julien lui avait toujours vu face à n'importe quelle situation imprévue. Les policiers tentaient de rester impassibles, mais il était visible qu'ils étaient intimidés par Clea, son aisance, sa taille, et surtout son vietnamien parfait.

La petite marchande baissait les yeux, elle comprenait que son destin était entre les mains de puissances supérieures, et que rien de ce qu'elle dirait ne pouvait l'aider. Elle regarda à nouveau Julien, vit son visage encore contracté, et lui adressa un léger sourire.

Leur groupe immobile était le point de mire de tous les riverains promeneurs qui s'étaient arrêtés pour observer l'incident, femmes d'âge mûr qui venaient de commencer leur marche hygiénique du soir mais ralentissaient le pas en leur jetant un coup d'œil, couples d'adolescents amoureux à la recherche d'un banc libre qui s'arrêtaient pour observer en douce, vieux messieurs qui avaient interrompu leur conversation, et même les jeunes vendeurs habituels assis un peu plus loin, qui prenaient bien garde de ne pas bouger.

Un des policiers avait commencé à parler avec Clea, d'un ton sévère, mais peu à peu, Julien le vit s'adoucir, et même réprimer un léger sourire. À un moment Clea le désigna, et Julien reconnut les mots *Đại sứ quán Pháp*, Ambassade de France. La conversation dura encore un peu, le plus jeune policier relâcha le bras de la petite marchande, et puis la scène se disloqua aussitôt, les policiers reprirent leur ronde dans l'autre sens, la petite marchande s'éloigna d'un pas pressé. Elle se détourna une seconde pour les saluer d'un hochement de tête. Clea reprit une gorgée de sa *Hanoï Beer*.

— Comment as-tu fait ?

Elle alluma une nouvelle cigarette, tira une bouffée. Elle soupira.

— Flatterie, charme, et intimidation, le mélange habituel… Plus facile pour une femme.

— Explique.

— D'abord j'utilise leur langage, en leur disant qu'heureusement qu'ils sont là pour combattre les « fléaux sociaux » et défendre « la stabilité sociale ». Du coup ils se disent que je dois être bien introduite auprès du régime…

— Ça, c'est l'intimidation. Et la flatterie ?

— Je leur ai dit que deux gaillards comme eux ne vont pas faire des ennuis à une pauvre jeune fille de la campagne, qui ne peut pas se défendre, et d'ailleurs tout est de ma faute, c'est moi qui lui ai demandé de s'approcher de nous, et je suis humblement prête à aller les accompagner au poste pour m'excuser auprès de leurs supérieurs. Là, ils sentent des complications venir…

— J'ai entendu que tu parlais de moi.

Clea sourit.

— J'en ai rajouté une couche en disant que tu étais un diplomate français qui vivait près d'ici et que tu connaissais la petite marchande, qui ne causait aucun trouble, tu étais prêt à venir témoigner au commissariat.

— Je suis admiratif.

Elle eut un sourire triste, bien sûr, ce n'était pas de son admiration qu'elle voulait, ils le savaient tous les deux.

— Tu sais, à force de me promener dans la campagne avec plus ou moins d'autorisations, j'ai pris l'habitude…

Clea partait souvent en expédition dans les plateaux du centre du pays pour faire des prélèvements sanguins chez des villageois malades, mais ses autorisations de déplacements, délivrées pourtant officiellement à Saigon, étaient parfois regardées avec méfiance par les policiers locaux. Toutefois, même dans les provinces les plus reculées, les mots « Institut Pasteur » avaient en général un effet magique. Pasteur était l'un des seuls noms français, avec ceux de ses collègues Calmette, et Yersin, dont les Vietnamiens avaient gardé les noms sur les plaques de leurs avenues.

Julien aperçut au loin la petite marchande qui était arrivée sur l'autre rive, elle traversa le boulevard en plongeant au milieu d'une marée de vélos, puis disparut dans une ruelle. Clea aussi l'avait suivie du regard.

— Mais ça ne marche qu'une fois. Ton amie, il ne faut pas qu'elle revienne par ici.

— Mon amie ?

Clea sourit.

— Tu ne t'es pas vu quand tu as fait valser ta chaise. Un preux chevalier, vraiment. Je crois que toute femme rêve de voir ça un jour.

Et elle leva sa bière en le regardant avec un clin d'œil comme pour boire à sa santé.

La petite marchande se retrouvait dans sa chambre de l'autre côté du fleuve, dans le quartier de *Cầu Giấy*, le Pont de Papier, une banlieue surpeuplée où de petits immeubles en parpaings avaient poussé comme des champignons pour accueillir la foule des immigrants de la campagne. Et l'on retrouvait la campagne dans les étroites allées non goudronnées entre les maisons, où les voisins se retrouvaient pour discuter, pendant que des poules venaient y picorer et que les enfants se poursuivaient entre les jambes de leurs parents.

Sa chambre en étage, qu'elle partageait avec deux jeunes filles du même village, n'avait qu'une fenêtre qui donnait sur un mur. Ses colocataires ne rentreraient que plus tard, vers dix heures, après la fermeture du petit restaurant pour Vietnamiens dans lesquels elles travaillaient comme serveuses.

Elle posa son sac et son chapeau, puis s'allongea sur sa natte étendue sur le sol. Elle écouta son cœur se calmer peu à peu. Elle se sentait comme emportée par un torrent d'émotions qu'elle n'arrivait pas à contrôler.

La peur d'abord, d'avoir été remarquée par la police, d'avoir été si près d'être arrêtée. Désormais son commerce deviendrait beaucoup plus risqué pour elle, et dans ce cas comment pourrait-elle trouver d'autres ressources pour aider sa famille ? Ses camarades de chambre pourraient la présenter pour un emploi au patron du restaurant, peut-être, mais il y aurait sûrement d'autres candidates en attente qui auraient priorité sur elle.

En pensant à sa famille qui attendait, dans sa maison au toit de feuilles près de la rivière, elle avait l'impression de trahir leurs espoir et leur confiance.

Mais une autre émotion la bouleversait. Ces *Tây*, ces étrangers, ce jeune médecin qui s'était porté à son secours, cette grande femme blanche qui avait intimidé les policiers.

La pensée que ces deux personnes si instruites, protégées par leur statut d'étrangers, aussi loin d'elle que des êtres surnaturels, se soient penchés sur elle, pauvre jeune fille de la campagne, gonflait son cœur d'étonnement et de gratitude, et tandis qu'elle gardait les yeux fixés sur le plafond auréolé d'humidité, les larmes se mirent à couler le long de ses tempes.

Sœur Marie-Angélique était morte à l'aube.

La veille au soir, alertées par son souffle déclinant, les deux sœurs qui la veillaient avaient appelé l'archevêché qui avait envoyé un prêtre vietnamien pour lui administrer l'extrême-onction. Bien que le visage du prêtre soit à demi dissimulé par un masque de chirurgien et ses mains revêtues de gants de latex, la sœur avait semblé heureuse de recevoir le sacrement, tandis que les deux sœurs vietnamiennes fondaient en larmes.

Une d'entre elles, qui parlait un français dont avaient disparu les articles et les conjugaisons, raconta la scène à Julien.

— Sœur si tranquille, sœur si heureuse.

Pendant ses années d'interne à l'hôpital, Julien avait pu observer de nombreux mourants. Il s'était posé des questions sur la relation entre la foi religieuse et la sérénité finale. Après bien des exemples et des contre-exemples, il n'était arrivé qu'à cette certitude : les opiacés aidaient toujours à la sérénité. Mais sœur Marie-Angélique n'en avait pas reçu, car ils auraient aggravé trop vite son insuffisance respiratoire, et elle était restée sereine.

Đặng le reçut dans son bureau, l'air maussade et

gêné comme si la mort de sœur Marie-Angélique était une atteinte à son intégrité professionnelle.

— Nous avons fait tout ce que nous avons pu, dit-il en classant nerveusement divers papiers dispersés sur son bureau.

Sur le mur derrière lui, Julien voyait une grande photo encadrée de Che Guevara qui le regardait d'un air courroucé. Ce portrait était un indice de plus de l'originalité de Đặng : le *Che* ne faisait pas partie de l'habituel panthéon communiste vietnamien, sans doute en raison de sa prise de distance progressive vis-à-vis du bloc soviétique.

Il voulut rassurer Đặng.

— Je le sais bien. Elle était très malade, âgée, et atteinte d'un virus inconnu. Le docteur Clea Bridgen va vouloir faire de nouveaux prélèvements.

— Entendu, soupira Đặng avec soulagement. Croyez-vous que les sœurs accepteront une incinération ?

— Je ne sais pas. Je ne connais pas les règles de leur communauté.

— C'est ce que me demande le ministère.

— Je vais en parler à notre ambassade.

Ils discutèrent encore de quelques questions pratiques. Brunet aurait dû être là, mais l'heure était trop matinale pour lui.

— Bon, dit Đặng. Je ne suis pas censé vous le dire, mais nous avons deux autres malades.

Julien se sentit un petit creux à l'estomac.

— De l'hôpital ?

— Oui. L'interne qui l'a examinée à son arrivée. Et la surveillante, celle que vous avez vue l'autre jour.

— Plus de nouveaux cas après les mesures d'isolement ?

— Non. Les infirmières ou des aides-soignantes, qui ont été en contact avec la sœur avant les mesures, n'ont pas de signes.

Pas encore, pensa Julien. Et si l'incubation durait quinze jours ? Mais Đặng y avait pensé aussi.

— J'ai dit à toutes les personnes qui ont été en contact avec elle de ne pas quitter l'hôpital avant quelques jours. On les a logées dans une partie du dortoir des élèves infirmières, qu'on a isolé.

— Et comment vont les deux malades ?

— Pas trop mal. Ça peut encore être une grippe. Et puis on a pu commencer le traitement plus tôt.

— Il faut que le docteur Bridgen les voie aussi.

Đặng lui jeta un regard attristé.

— Je vous en ai parlé, cher ami. Mais pour vous, ces malades n'existent pas. Pour le ministère, cette affaire ne concerne désormais que les citoyens de la République Démocratique et Socialiste du Vietnam, dit Đặng en parodiant un ton officiel.

C'était logique. Pourquoi révéler une épidémie qui n'existait peut-être pas encore ? Jusqu'au jour où un expatrié ou un touriste français, ou Brunet, tomberait malade. Đặng le savait aussi, et il venait de lui révéler un secret d'État. Pourquoi ? Par solidarité professionnelle, par amitié, pour qu'il soit mieux préparé à la catastrophe possible ?

— Et dans la communauté des sœurs là-bas, à Bà Giang ?

Đặng soupira.

— Même moi je n'ai pas d'information. Je sais que le service de santé de l'armée a dépêché des enquêteurs.

— Est-ce que je peux faire état de ce que vous venez de me révéler ?

— Vous pouvez toujours dire que je garde du personnel en observation, ça tout le monde finira bien par le savoir, tous ces gens ont des familles.

— Merci.

Đặng sourit tristement.

— J'aurais préféré que vous me remerciiez pour avoir sauvé la sœur, mais…

— L'autre sœur m'a dit que sœur Marie-Angélique était partie heureuse.

— Souhaitons-nous la même chose, dit Đặng.

Plus de deux décennies auparavant, Julien savait que le jeune docteur Đặng avait vu beaucoup de jeunes soldats agoniser, dont tous n'avaient pas dû être apaisés par l'idée qu'ils mouraient en martyrs de la Révolution.

À la fin de l'après-midi il retrouva Wallace sur le trottoir d'un petit café en face de l'hôtel *Hoa Binh*, ancien hôtel *Splendid* du temps des Français. Ils étaient les seuls clients occidentaux, assis sur les petits tabourets en plastique au milieu des Vietnamiens qui leur jetaient des coups d'œil curieux.

Julien était fasciné de pouvoir parler tranquillement avec quelqu'un qui avait participé à l'Histoire, la seule vraie à ses yeux, celle des guerres et des révolutions. Mais Wallace savourait son café paisiblement, promenant son regard calme sur les autres clients, en expliquant que c'était déjà sa deuxième visite au Vietnam depuis la fin de l'embargo américain.

— Et bien sûr ma troisième visite, si on compte mon arrivée en parachute…

De même qu'il avait peu questionné Đặng sur la guerre, Julien n'osait pas questionner Wallace sur ses survols de Hanoï avec une cargaison de bombes.

Mais Wallace le sentit.

Et finalement il lui raconta un peu de cette vie-là, qui semblait à Julien aussi lointaine qu'un récit de guerre mythologique.

Wallace faisait partie des équipages que l'on nommait les *Wild Weasels*, les belettes sauvages. Julien se souvenait par ses lectures que le rôle de ces avions était de détecter les batteries de missiles soviétiques antiaériens SAM massées autour de Hanoï, et de les détruire avant l'arrivée des autres bombardiers.

Le seul moyen de détecter une batterie de missiles était d'abord de déclencher l'activité de ses radars en devenant sa cible, expliquait Wallace, puis de la détruire avant que le missile ne soit lancé, ou le plus souvent, en l'évitant par des manœuvres brutales, qu'il montra par des mouvements brusques de sa large main.

— J'étais jeune, je croyais aux buts de la guerre : la lutte contre la menace communiste mondiale...

Il se tut une seconde en regardant Julien, comme s'il voulait lui laisser le temps de lui demander ce qu'il pensait aujourd'hui de la réalité de cette menace.

— Les premières missions, je dois dire que je les vivais comme un sport très excitant, pour laquelle j'avais été tant entraîné. La jeunesse... La peur vient plus tard, avec l'expérience, à chaque nouvelle mission... et puis la moitié d'entre nous n'en sont pas revenus. Finalement j'ai eu de la chance...

Julien crut que Wallace voulait parler de la chance d'avoir survécu, mais non.

— Mes objectifs étaient clairement militaires, vous comprenez. C'était une sorte de tournoi entre eux et nous, chacun avec entre les mains le meilleur matériel du monde de l'époque... sans compter les *Migs* nord-vietnamiens qui parfois nous tombaient dessus... Je n'avais pas de cas de conscience.

Un instant, Julien essaya de s'imaginer lui-même, voltigeant dans le ciel de Hanoï, à l'époque étendue obscure et redoutable, la plus grande concentration de défenses antiaériennes de l'histoire.

Wallace finit son café, lentement.

— … Même si, maintenant, à mon âge, je pense à tous ces jeunes gens que j'ai sans doute tués, et aussi à leurs parents… Quand on devient parent soi-même…

Le serveur leur apporta d'autres cafés, il était jeune, comme les jeunes hommes qui avaient cherché à abattre le jeune Wallace dans le ciel de Hanoï, et comme ceux qu'il avait tués.

— … Enfin, je n'ai pas de cauchemars à propos de mes missions.

— D'autres en ont ?

— Je ne sais pas. Mais des pilotes m'ont raconté leurs missions au Sud : vous appuyez des troupes au sol, américaines ou sud-vietnamiennes, et leur officier vous demande de bombarder un village dans lequel il est persuadé que l'ennemi attend son unité en embuscade, ce qui est déjà arrivé de nombreuses fois… et d'ailleurs la population du village est supposée avoir été évacuée quelque temps auparavant, c'est ce qu'on appelait une *free-fire zone*. Et là, en survolant le village, vous voyez des maisons, un puits, une pagode, parfois une église, des étables, et un village vous rappelle forcément ceux de votre pays, un village c'est l'humaine nature si vous voulez. Mais on vous l'a demandé, alors vous faites disparaître ce village dans un nuage de feu… et puis vous apercevez des silhouettes qui courent hors du nuage, elles sont en flammes, l'ennemi peut-être, mais il vous semble apercevoir des enfants…

Wallace reprit une gorgée de son café.

— … Nous l'avons fait souvent, et tous les villages n'avaient pas été évacués, ou leurs habitants y étaient revenus en douce, et puis certains officiers au sol s'affolaient, voyaient des embuscades partout et ne voulaient pas prendre de risques pour leur troupe…

Julien imaginait les silhouettes en flammes.

— Et tout ça pour une guerre dont certains vous diront qu'elle n'a pas servi à grand-chose...

— Et vous ?

Wallace sourit.

— Si je le pensais, je serais probablement assez déprimé ! Mais j'ai des amis, encore agités par la question, et eux me disent le contraire. La défense du Monde libre, la Guerre froide, vous savez... Nous sommes supposés l'avoir gagnée.

— J'étais un petit garçon, mais je me souviens des manifestations contre Nixon...

— Oui, je sais, et c'était la même chose au pays, tout le monde était contre cette guerre. D'un autre côté, sans le *Watergate*, si Nixon était resté au pouvoir, les Khmers rouges n'auraient jamais pu gagner au Cambodge, il n'y aurait pas eu de génocide... Nixon avait commencé de négocier avec Mao, comme vous le savez... Et aujourd'hui il y aurait sans doute deux Vietnams, comme il y a deux Corées... Pourrait-on s'en réjouir ? Et vous, qu'en pensez-vous ?

Julien ne se sentait pas à la hauteur pour donner une opinion sur un tel sujet. Mais Wallace attendait une réponse, sans doute intéressé par ce que pensait un jeune homme, et un Français, représentant de l'ancienne puissance coloniale.

— Vous voulez dire que le Nord-Vietnam serait devenu comme la Corée du Nord ?

— Non, je ne pense pas, pas aussi fou. Les Vietnamiens n'ont pas le culte du chef, ils se chamaillent, même Hô Chí Minh ou Giap n'ont jamais eu tous les pouvoirs. Non, le Nord-Vietnam serait encore plus pauvre qu'aujourd'hui, sans l'économie du Sud pour le soutenir.

— Et le Vietnam du Sud ?

— Sans doute une démocratie prospère, comme Taiwan ou la Corée du Sud... Mais vous savez, on dit qu'il n'y a rien de plus vain que de refaire l'histoire. Je vous en parle aujourd'hui, mais en fait je n'y pense plus depuis longtemps. Pour mes amis vietnamiens, c'est différent... Je parle de ceux que j'ai aux États-Unis.

Comme pour confirmer qu'il était vain de refaire l'Histoire, Wallace changea de sujet.

— Bien entendu je n'ai pas appris à parler vietnamien pendant ma captivité. Les gardes ne nous adressaient pas la parole, et les officiers en charge des interrogatoires parlaient anglais, certains parfaitement. J'ai attrapé certains mots, certains tons. Mais bien sûr, même après mon retour, ce pays continuait de m'obséder. Et puis quelques années plus tard, la Californie est devenue un nouveau pays pour beaucoup de Vietnamiens, comme vous le savez. J'ai rencontré un officier de l'armée du Sud, qui avait réussi à s'enfuir après quelques années de camp de rééducation. Nous avons sympathisé, je lui ai demandé des cours, aussi pour l'aider à survivre. Après j'ai continué avec des professeurs, tous originaires du Nord, c'était comme un hobby, avec quand même l'idée qu'un jour je reviendrais dans ce pays, dans cette ville, et là j'irais me promener autour du lac où j'avais fini ma carrière de pilote, main dans la main avec Margaret... Une sorte de conclusion, si vous voulez. Vous comprenez ?

— Oui.

Julien se réveilla. Le vent s'était levé, et agitait les stores de lattes en bambou qui masquaient les fenêtres ouvertes sur la nuit. Il entendait bruisser les feuillages des arbres tout proches.

Il se leva sans bruit, laissant Clea à son sommeil. Allongée, les draps repoussés de son corps nu, les bras levés comme dans un mouvement de danse, elle paraissait plus grande et plus pâle dans la pénombre, comme une statue antique, une déesse du sommeil que l'on aurait couchée là.

Il descendit à la cuisine, qui ouvrait sur une petite terrasse encombrée d'arbustes en pots rassemblés par ses propriétaires, d'où il pourrait savourer le vent.

La veille, il avait dîné avec Clea dans un petit restaurant enfumé et bondé, spécialité de pigeons grillés. Assis sur de petits tabourets, ils avaient dévoré leurs pigeons, observés par les autres dîneurs qui n'avaient pas l'habitude de voir des étrangers dans ce restaurant en fond de cour invisible de la rue. Les jeunes serveuses leur apportaient avec vivacité de nouvelles bouteilles de *Hanoï Beer* ouvertes à peine avaient-ils fini les précédentes. Et cela, plus la magie du lieu, plus le plaisir de se revoir les avaient conduits naturellement à la maison de Julien, puis dans la chambre. C'était contraire à sa résolution d'aider Clea à l'oublier, mais quand elle l'avait embrassé à la sortie du restaurant, dans le parfum de feu de bois qui les enveloppait encore, il avait trouvé que résister aurait été un péché contre la délicatesse, et son corps voulait celui de Clea.

— De toute façon, avait-elle dit pendant le dîner, je sais bien qu'entre nous il n'y aura *rien*.

Et tout en plongeant son regard dans le sien, elle avait mordu de ses belles dents dans sa cuisse de pigeon, comme si le sujet ne méritait pas de développement.

Dans la cuisine, il se versa un verre de l'eau du thermos maintenant tiède, l'eau du robinet qu'il fallait faire bouillir avant de la boire, mais qui gardait un goût salé de minéraux divers, amenée par des canalisations qui dataient du temps de la colonie.

Cette pratique ancestrale de faire bouillir l'eau serait déjà un rempart contre l'épidémie. Selon Clea, le virus appartenait probablement à la famille de ceux qui se transmettaient le plus souvent par ingestion, contact avec des substances souillées ou des excréments, moins par la toux des malades. Mais on ne pouvait le garantir. Et le virus pouvait muter, c'était dans leur nature facétieuse de virus.

Il s'approcha du balcon, et un frôlement furtif agita les feuillages tout près de lui, puis cessa. Puis comme le chuchotement d'une fuite légère dans les branches. Un écureuil. Comme ceux qu'il apercevait le jour sauter d'une branche pour courir le long des corniches. Les écureuils d'ici étaient plus petits et avaient la queue moins fournie que leurs cousins occidentaux, comme pour se faire plus discrets.

Là-bas dans le Nord, où les sœurs avaient peut-être commencé à tomber malades, le réservoir du virus était sûrement un animal, avait expliqué Clea, rongeur ou mustélidé, comme les belettes sculptées qui formaient une frise ondulante sur le cadre de la glace du grand salon qu'aimait mademoiselle Fleur, et dont il avait souvent remarqué les corps sinueux et les museaux effilés dans la décoration traditionnelle vietnamienne. L'animal était valorisé pour son courage et sa férocité contre les serpents. Et parfois mangé, grillé ou le plus souvent en ragoût.

Il se demandait quel pouvait être le menu d'une communauté de sœurs dans une région montagneuse connue pour sa pauvreté.

Đặng allait prévenir la déléguée de l'OMS qui saurait peut-être si de l'autre côté de la frontière, en Chine, on avait signalé une épidémie.

Les feuillages s'agitèrent à nouveau, plus frénétiquement. De petits cris d'animaux se firent entendre. Un combat ? Ou un accouplement ?

Clea avait une manière presque combative de faire l'amour, ruant son long corps à la rencontre du sien comme si elle se rebellait contre son assaut, et la métaphore de la lutte amoureuse ne lui avait jamais paru plus justifiée. En même temps elle le dévorait de baisers, et il se sentait presque intimidé par son ardeur et sa simplicité, son abandon sans façon, dont il sentait aussi le désespoir. Il avait réussi à l'épuiser, car sa gêne avait retardé sa jouissance à lui au-delà du raisonnable. Puis elle s'était endormie, tandis qu'il s'attristait à nouveau de ne pas être amoureux d'une amante aussi généreuse. Peut-être n'était-il pas fait pour vivre un amour, tout simplement ?

Il n'arrivait pas à se rendormir. Par-dessus la cime des arbres, il jeta un regard à l'horloge lumineuse de la poste qui annonçait six heures. Peut-être le kiosque au bord de l'eau serait-il ouvert ?

Il décida d'aller boire un café au bord du lac.

Il avait du mal à s'avouer le besoin qu'il avait de revoir la jeune marchande.

Mais puisqu'il avait réparé son rejet initial, qu'il s'était montré « doux avec les faibles » en essayant de la protéger, pourquoi ce besoin de la revoir ? Parce qu'elle était jolie ? Mais la ville était pleine de jolies filles, à commencer par mademoiselle Fleur, qui en plus parlait sa langue et qu'il pouvait rencontrer à l'abri des regards.

Non, il y avait quelque chose en elle, ou quelque chose entre eux, qu'il n'arrivait pas à élucider.

Mais ce n'était pas l'amour au sens habituel, il en était certain.

C'était bientôt l'aube. En arrivant en vue de la rive encore dans la nuit, il fut surpris de découvrir la promenade envahie de marcheurs, avançant tous ensemble, comme une grande armée des ombres qui défilait sous ses yeux étonnés. Malgré l'obscurité qui demeurait encore, il vit que c'était une procession de gens âgés venus faire leur marche hygiénique, les hommes habillés souvent de vieux costumes qui dataient peut-être de la colonie, les femmes encore vêtues plus simplement de pyjamas, certains groupes marchaient plus vite que d'autres comme des unités d'élite, d'autres se maintenaient au rythme lent et cahotant de certains grands vieillards qui avançaient, courbés, parfois avec une canne. Filant au milieu d'eux passaient parfois des plus jeunes, femmes en survêtements modernes, hommes en short et en polo de type occidental, comme des figures de la modernité. Cette petite foule avait dû commencer à tourner autour du lac bien plus tôt, et commençait à se disperser, chacun rentrerait à la maison avant le premier rayon du soleil.

Les rideaux métalliques étaient baissés au-dessus du comptoir du kiosque, mais il pouvait attendre. Il s'assit sur une chaise dont le métal était encore humide de la nuit, et regarda le ciel et le lac pâlir ensemble.

Un premier rayon de soleil toucha le dernier étage de la poste sur l'autre rive, un bâtiment lourd et carré, comme un grand poste de radio en béton, construit par les Soviétiques dans les années soixante-dix, à l'emplacement même de celle construite au début du siècle par les Français, qui eux-mêmes avaient rasé une des plus belles pagodes de Hanoï pour l'édifier.

Un peu plus à gauche, après une succession de bâtiments coloniaux, se dressait un bloc de marbre orné d'une étoile rouge indiscutablement communiste, à la place de l'ancienne mairie qui avait été détruite par la seule bombe américaine tombée sur le quartier, erreur d'un bombardier en perdition.

Sa première surprise en arrivant à Hanoï : la ville paraissait intacte, ce qui contredisait ses souvenirs d'enfance, quand la télévision montrait des B52 se vidant indéfiniment de leurs chapelets de bombes. La morale avait quand même progressé, deux décennies après la Seconde Guerre mondiale, et aussi le souci de ne pas en déclencher une troisième avec le bloc communiste : Hanoï n'avait pas été martelée comme Dresde ou Tokyo. Les Américains avaient choisi les objectifs des bombardements en périphérie de la ville, voies de communication, dépôts de carburant, centrales électriques, installations militaires – malheur aux villages situés alentour – ponts – inlassablement reconstruits – et, malgré quelques erreurs lourdes de conséquences, la capitale avait été préservée.

Un jour, Đặng lui avait expliqué que le vrai carnage avait eu lieu dans le Centre et le Sud, sur cette piste Hồ Chí Minh où le fleuve de jeunes hommes qu'on envoyait sans cesse du Nord venait se tarir sous le feu des bombes américaines et où le jeune Đặng avait été témoin de tant de manières de mourir.

Julien se demandait parfois si le fait d'avoir pour l'instant échappé à l'Histoire, la vraie, celle des guerres et des révolutions, n'allait pas laisser comme un défaut invisible à sa personnalité.

Sa réflexion fut interrompue par le grincement du rideau de fer qui se levait au-dessus du comptoir. Les deux matrones responsables de la préparation des jus de fruits et des cafés étaient apparues, et s'affairaient à mettre leur boutique en ordre de marche. Elles étaient d'un naturel maussade, et n'avaient jamais répondu à ses premiers sourires, donc il était revenu avec elles à une froideur égale à la leur. Il avait plus de succès avec les serveurs, surtout avec les serveuses, mais ce n'était que demi-sourires, et aucune de ses timides tentatives de conversation n'avait abouti. Mais c'était inévitable, dans un endroit aussi public, où le moindre geste de fraternité excessive pouvait être rapporté.

Une silhouette familière marchait le long du boulevard qui bordait le lac. L'homme allait passer devant lui. Brunet ! Incroyable de le voir debout à une heure aussi matinale.

Il eut envie de le laisser passer, de continuer à savourer sa solitude, mais un élan de curiosité le poussa à faire un signe à Brunet, qui l'aperçut.

— Un petit café ?

— Pas de refus. Je ne pensais pas que c'était ouvert.

De près Brunet avait en effet l'air d'un homme réveillé en sursaut, l'air vieux et fatigué, la voix encore rauque de sommeil. Il s'affala sur sa chaise.

— Il va venir quand le café ?

— Il faut attendre les serveurs, ils vont arriver d'une minute à l'autre.

L'horloge de la poste indiquait maintenant six heures et demie.

— Je vais peut-être aller commander au comptoir.

— Essayez, mais elles refusent de servir. Les tâches sont strictement partagées.

Brunet se leva en bougonnant.

Julien l'entendit converser en vietnamien.

Il revint avec deux cafés. Julien se sentit un peu humilié.

— Ne vous en faites pas, tout ça c'est grâce à Confucius.

— À Confucius ?

— La hiérarchie de l'âge. Pourquoi croyez-vous qu'au lieu de « je », « tu », « vous » ils s'appellent par « petite sœur », « grand frère », « oncle », comme en Chine d'ailleurs. Parce que le respect est dû aux aînés. Je suis leur aîné, vous êtes leur cadet. Bon, vous reprenez un peu de galon à leurs yeux parce que vous êtes un homme, mais ce n'est pas assez.

Brunet devenait intéressant à l'aube, dommage qu'il soit le plus souvent invisible à cette heure-là.

— C'est une bonne civilisation pour y vieillir. Je sens qu'à la retraite, je vais tenter de m'établir ici, dit-il après une gorgée de café.

Il se tourna vers Julien.

— Et alors ? Des nouvelles du virus ?

— Pas depuis hier.

— Ah bon ? Je pensais que vous aviez eu droit à une leçon particulière.

Julien se sentit rougir, et s'en voulut. Mais comment Brunet pouvait être au courant ?

— Pas d'offense, dit Brunet, félicitations au contraire. C'est une bien belle fille que vous avez trouvée là.

Julien ne répondit rien. Parler de sa relation avec Clea à Brunet lui aurait paru un peu sacrilège. Il vit que Brunet venait de le comprendre, et se sentait vexé.

— Bon, je vois que vous n'avez pas envie d'en parler. Et vous ne vous demandez pas ce que je viens faire à cette heure-ci autour du lac ?

— Un rendez-vous avec Robert ?

Le second secrétaire en effet n'allait pas tarder à apparaître pour sa course matinale.

— Vous rigolez ! Comme si je voulais tenir tout Hanoï au courant de nos rencontres ?

Julien ne répondit rien. Il n'avait pas envie de montrer sa curiosité. Brunet avait tant envie de parler, qu'il se méfiait de ce qu'il risquait d'entendre.

— Vous n'êtes pas si curieux, hein ?

— Je me dis que vous me direz ce que vous avez envie de me dire.

— Pas mal. Je pense que vous commencez à vous faire au pays.

— Bon, alors que venez-vous faire ici ?

Brunet sourit.

— Un peu de corruption.

— De corruption ?

— Je sors du commissariat, dit Brunet cette fois sans sourire, comme s'il se souvenait d'une expérience désagréable.

— Pourquoi ?

— Pour en sortir les filles. Enfin ce matin, une fille.

Il s'expliqua. Il était interdit à tout citoyen ou citoyenne de la République Socialiste du Vietnam de partager une chambre d'hôtel avec un étranger. Par ailleurs la prostitution était officiellement interdite. La police fermait les yeux, mais le risque existait toujours. Rivalité d'un autre hôtel de passe, dénonciation des voisins traditionalistes, nouveau commissaire du quartier d'humeur vertueuse, ou s'estimant pas assez rémunéré par l'hôtel.

Les policiers avaient débarqué en pleine nuit dans la chambre où dormait Brunet en compagnie d'une nommée Xuan Hanh – Bonheur de Printemps – dix-neuf ans, rencontrée la veille à la lueur des lampes de poche, et originaire de la province lointaine de Thu'yen Quan.

— Bien sûr, moi je ne risque rien mais ils embarquent la fille. Je ne peux rien au moment de l'arrestation, ils ont leur fierté, et puis à cette heure-là ce ne sont pas des gradés.

Les filles arrêtées étaient gardées pour le reste de la nuit au commissariat, puis envoyées à l'aube dans un camp de rééducation pour trois mois.

— Ce n'est pas l'enfer remarquez bien, là-dedans. Elles subissent des cours de morale, elles font de l'artisanat, des séances d'autocritique. Mais pas grand-chose à bouffer quand même. Mais surtout, grand malheur, elles ne peuvent plus envoyer d'argent à leur famille. Le car qui les emmène au camp part du commissariat à six heures. Je dois arriver avant.

Il y avait donc une occasion qui pouvait forcer Brunet à se réveiller à l'aube : aller payer pour libérer une jeune fille qui ne lui était rien. C'était estimable, mais pourquoi se sentait-il quand même un léger dégoût envers Brunet ? Sans doute à cause du plaisir qu'il venait de prendre à raconter sa bonne action. C'était humain, mais bien sûr le père de Julien lui avait aussi transmis « que ta main gauche ignore ce que fait ta main droite ». Le saint homme n'avait sans doute jamais pensé que ce principe pouvait s'appliquer à ce genre de situation : aller délivrer d'un commissariat une jeune prostituée dont on était le client.

Mais Brunet s'était quand même levé à l'aube, et sans cette rencontre avec Julien au kiosque, nul n'aurait été témoin de sa bonne action.

Il se promit de s'essayer à ne plus mépriser Brunet. À cet instant, une autre phrase de son père lui revint, une citation de Catherine de Sienne qui l'avait impressionné, des paroles qu'elle aurait entendues de Dieu lui-même. *Tu ne peux que compatir, le jugement n'appartient qu'à Moi.*

Parfois, il se demandait si un bagage de principes aussi solennels l'avait laissé bien équipé pour la lutte pour la vie.

Après la réunion de la cellule du Parti, le professeur Đặng retourna à son bureau, avec le sentiment de secouer une chape d'ennui de ses épaules.

Cela faisait bientôt trente ans qu'il masquait son ennui à ces réunions. Depuis les sermons des commissaires politiques dans la jungle, dont l'esprit borné et inquisiteur avait commencé à le faire douter de l'idéal communiste, jusqu'à celle aujourd'hui à l'hôpital, la réunion annuelle d'autocritique, qui avait surtout été l'occasion de règlement de comptes feutré et de rivalité de pouvoir, et dont le spectacle – pensait-il souvent – aurait fait l'Oncle Hô *se retourner dans sa tombe*, selon l'expression des Français. Mais l'Oncle Hô reposait bien visible sous sa chasse dans son mausolée, contrairement à sa volonté exprimée d'ailleurs, qui était d'être incinéré et d'avoir ses cendres dispersées sur les trois régions du Vietnam.

Au cours de ces centaines de réunions au fil des années, Đặng avait si bien appris le rôle à tenir, sachant doser critiques, autocritiques, péroraison agressive, révérence ou feinte rébellion quand il le fallait, qu'il pouvait tenir sa position sans effort, comme un conducteur expérimenté peut mener sa voiture sur une route difficile tout en pensant à autre chose – mais en donnant aux autres passagers l'impression rassurante qu'il est attentif. De plus, son glorieux passé de combattant le mettait à l'abri de toute réelle tentative de déstabilisation par une personne ambitieuse qui en aurait voulu à son poste de chef de service. Son seul handicap, qui aurait pu être éliminatoire, une origine bourgeoise, avait été compensé par l'existence d'un oncle qui lui aussi avait choisi de suivre l'Oncle Hô, et qui était encore haut placé dans la hiérarchie du régime.

Aujourd'hui il avait dû défendre à la réunion son intention de prévenir la déléguée locale de l'OMS, de l'apparition de nouveaux cas, ce qui pour certains participants revenait à révéler ses faiblesses à l'ennemi. En fait, il avait déjà fait prévenir la déléguée en secret avant la réunion sans passer par les canaux hiérarchiques, car il voulait obtenir d'elle des informations sur la Chine. Avait-on déclaré une épidémie dans le Yunnan, de l'autre côté de la frontière ?

En voyant quelques-uns de ses collègues, tous formés pendant la guerre, renâcler à l'idée d'alerter une organisation étrangère, il pensait une fois de plus que la primauté accordée au passé sous les armes, juste récompense pour ceux qui avaient risqué leur vie pour la patrie, et dont il avait bénéficié, n'était pas toujours heureuse pour le développement d'un pays en paix. Beaucoup avaient gardé cette mentalité de guerre, cette volonté de défaire un ennemi, de cette période qui les avait formés. Cela se voyait dans tous les domaines : même si le pays s'était enfin ouvert avec une nouvelle politique économique, les investisseurs étrangers étaient surveillés comme s'ils étaient des espions en puissance, et beaucoup se plaignaient que les obstacles imprévus et l'hostilité qu'ils rencontraient finissaient par ressembler aux embuscades que l'on tend à un ennemi. Nombreux étaient ceux qui repartaient, dépités après avoir abandonné des sommes considérables dans la jungle obscure de l'administration vietnamienne, sans avoir réussi à faire avancer leur projet.

Đặng soupira. « Après l'an deux mille... » pensa-t-il comme souvent quand il pensait aux difficultés que rencontrait son pays. Bien qu'à peine distant de quatre années, l'an deux mille lui paraissait comme une nouvelle frontière, un moment magique où le bonheur arriverait, aussi radieux que sur une de ces affiches de propagande qui ornaient tous les carrefours de la ville, où un père, une mère et deux enfants, la famille idéale encouragée par le régime, regardaient un horizon prometteur d'un air radieux.

Mais bien sûr, il ne croyait pas à cette image non plus, il savait que comme un malade qui a failli mourir plusieurs fois, la convalescence de son pays serait lente et progressive. Mais enfin, après l'an deux mille commenceraient d'apparaître de nouvelles générations de responsables qui n'auraient pas connu la guerre, et cela amènerait peut-être un vent nouveau.

Il retrouva son bureau. Devant la porte l'attendait le docteur Minh, son jeune assistant qu'il aurait aimé le voir lui succéder, mais Minh était encore trop jeune pour le poste et le resterait même si Đặng prenait une retraite tardive. Malgré sa trentaine bien avancée, Minh avait encore l'air d'un étudiant avec sa frange, ses grandes lunettes carrées, qui avaient été à la mode trente ans plus tôt à Paris se souvenait Đặng, et son air attentif. Il vouait à Đặng une dévotion qui gênait presque celui-ci, même si, dans un pays confucéen, le respect dû aux aînés, encore plus s'ils sont chefs, était considéré un des fondements de la morale.

— Quelles nouvelles, neveu ?

Đặng appelait Minh du terme affectueux de *cháu*, neveu, au lieu de *anh*, grand frère, qu'il utilisait avec des collaborateurs moins proches.

Il aurait dû deviner à l'air sombre de Minh.

— Oncle, Dame Hoa est morte. Hémorragies multiples.

Đặng se sentit vaciller. La surveillante… Hoa… une de ses anciennes maîtresses, il y avait bien longtemps, du temps où elle était jeune infirmière, mais déjà mal mariée. Il se souvenait de son rire lumineux, enfantin, et de sa nudité dans la petite chambre qu'il avait trouvée pour eux en ville, avant que les soucis de la vie et les années l'aient privée de sa joie naturelle.

Le regard de Minh – qui était au courant de leur passé amoureux, comme tout le personnel du service – l'aida à retrouver une contenance.

Hémorragies multiples. La sœur française était morte de son insuffisance respiratoire, et de son grand âge. Il avait toujours pensé que son équipe arriverait à faire passer ce cap de cette phase pulmonaire de la maladie pour d'autres malades, grâce à l'expérience qu'ils avaient acquise avec la sœur, et les nouveaux respirateurs qu'il avait commandés en urgence au ministère. Mais une phase hémorragique, c'était une phase nouvelle, un fléau contre lequel même un hôpital occidental moderne aurait eu du mal à faire face.

— Et pas de nouveaux cas ?

— Deux infirmières ont un peu de fièvre, au-dessus de trente-huit.

Đặng sentit que la vision radieuse de son affiche de propagande imaginaire s'éloignait. Mais pas complètement cependant, ses deux enfants étudiaient en France, et seraient à l'abri du fléau.

Mais voilà une pensée bien égoïste, une dérive droitière digne d'un déviationniste petit-bourgeois, qu'il était peut-être devenu, pensa-t-il en souriant.

Il se dit qu'il allait vivre une nouvelle guerre.

La petite marchande avait pris son vélo, et roulait au milieu d'une marée de cyclistes en direction du petit lac. Elle avait rejeté son chapeau en arrière, car un jour, sur un pont de sa ville natale, le vent l'avait rabattu devant son visage, et un instant aveuglée, elle avait heurté la rambarde métallique, se blessant à la cuisse et manquant de peu de tomber dans le grand fleuve boueux, où lorsqu'elle était enfant, quelques-uns de ses petits camarades de jeu avaient disparu.

Elle se disait qu'en arrivant à l'aube, elle aurait une chance de rencontrer quelques touristes prenant leur café avant leur promenade de la journée, avant l'arrivée des policiers qui n'étaient en général pas matinaux.

Elle ralentit pour éviter une voiture officielle – plaques rouges, voiture de l'armée – et une des rares motocyclettes derrière elle heurta son garde-boue.

— Regarde où tu vas, *nhà quê* !

Nhà quê, de la campagne. C'était maintenant devenu un terme de dérision à Hanoï, alors que, depuis la Révolution, la plupart des habitants en venaient, eux-mêmes ou leurs parents. Mais son habillement, son chapeau conique, la désignaient comme y étant restée, elle était bien une fille de la campagne, et tout en sachant qu'elle n'avait pas à en avoir honte, elle rougit quand même sous la moquerie.

Le motocycliste la dépassa. C'était un jeune homme, la chemise ouverte, en jean, chaussures à bout carré, chevauchant une moto japonaise récente, sans doute un fils d'une famille établie, et qui devait savoir qu'il plaisait aux filles.

— Oh, mais petite sœur est très jolie ! dit-il, mi-moqueur, mi-séducteur.

Elle obliqua aussitôt, déclenchant derrière elle une série de crissements de frein, et le laissa continuer dans le flot.

Enfant, d'avoir subi trop d'humiliations parce que sa famille était la plus pauvre du voisinage l'avait rendue susceptible, elle le savait. Mais elle ne voulait pas changer. Sans savoir le formuler, elle savait que la rupture et le refus de toute soumission restent la dernière arme des faibles.

Elle arriva le long du boulevard *Ly Thai Tho*, en vue du lac, laissa son vélo sous un porche décrépi où il était gardé pour une somme modique au milieu de dizaines d'autres par un invalide de guerre avec qui elle avait fini par lier conversation car il était originaire de Thái Bình, non loin de Nam Định. Avec sa jambe en moins, il aurait été incapable de rattraper un voleur, mais l'autorité d'un héros pour la patrie suffisait à dissuader toute tentation. Elle lui laissa aussi son chapeau conique, craignant qu'il n'attire maintenant trop l'attention des policiers.

Elle traversa le boulevard et arriva sur la promenade où s'étaient installés quelques pêcheurs à la ligne. Il y avait peu de monde, c'était l'heure où les marcheurs de l'aube avaient regagné leurs domiciles, retrouvant un peu d'espace dans leur logement à l'heure où leurs enfants étaient partis au travail, et les touristes n'étaient pas encore arrivés.

Pas de policiers en vue, lui sembla-t-il, confiante dans son aptitude à reconnaître des policiers en civil. Elle s'avança en tenant son sac de la manière la plus naturelle possible, comme si cette promenade faisait partie de son trajet pour se rendre au travail. Elle prévoyait de faire deux ou trois tours de lac, jusqu'à ce que le soleil devienne trop dur sans son chapeau, ou que les policiers apparaissent. Pour l'instant elle ne croisait que d'autres Vietnamiens, encore aucun touriste en vue. Mais pourquoi les étrangers ne se levaient-ils pas plus tôt ? La lumière était si belle à cette heure-ci. Une légère brume flottait encore sur le lac, le pagodon en émergeait comme le reste d'un rêve nocturne, le ciel semblait comme lavé, l'eau avait la couleur de l'argent. Plus tard sa vraie couleur opaque et verdâtre apparaîtrait sous la lumière verticale du zénith, et marcher au soleil deviendrait pénible, la fraîcheur ne revenait pas. Elle sentit l'abattement l'envahir, à l'idée de ne vendre peut-être rien encore ce matin, et devoir bientôt rentrer dans sa famille sans avoir trouvé de solution à la dette.

Elle aperçut deux autres jeunes vendeurs qui semblaient se faire très discrets eux aussi.

Elle arriva en vue du kiosque, avec l'espoir d'y voir quelques Occidentaux prendre leur premier café.

Son cœur fit un petit bond dans sa poitrine. Elle avait reconnu le jeune docteur, assis en compagnie d'un autre homme, épais et plus âgé.

Sa marche la conduisait dans leur direction. Elle n'aurait pas voulu que le jeune docteur croie qu'elle essaie de lui vendre, à lui à qui elle devait déjà tant, en même temps passer sans lui faire un signe aurait été discourtois. Que faire ?

Soulagement, elle vit le couple de touristes américains de l'autre jour poser leurs petits sacs à dos et s'asseoir. Des gens si gentils.

Savoir si d'anciens clients étaient une meilleure opportunité que des nouveaux était un sujet de débat parmi les vendeurs : aux nouveaux on pouvait vendre parfois beaucoup à des prix gonflés, tandis que les anciens pouvaient être lassés ou devenus méfiants. À l'inverse, certains anciens, devenus fidèles, continuaient de faire de petits achats réguliers, quand on les tentait avec le *Buy for me*. La petite marchande préférait les clients déjà connus, car elle avait toujours de la gêne à aborder une première fois, et elle avait remarqué qu'elle suscitait l'affection des gens. Elle était assez jeune pour paraître encore un peu une enfant, ce qui les attendrissait, mais avec déjà le charme de la jeune fille et de la fleur éclose.

Pour cette dernière raison, elle évitait si possible les hommes solitaires dont le regard la mettait souvent mal à l'aise.

— Bon, je vais repasser chez moi, dit Brunet. Pas eu le temps de prendre une douche.

Mais il commanda un deuxième café. Julien aimait savourer cette solitude du matin au bord du lac, et il aurait tant souhaité que Brunet s'en aille, même si il avait maintenant une meilleure opinion de lui.

Ils entendirent parler vietnamien tout près d'eux et détournèrent la tête. La petite marchande était là, en train de dialoguer avec Wallace et Margaret. Julien vit l'étonnement de Brunet.

— Celui-là il parle bien, bon sang !

Julien ne lui expliqua pas pourquoi. Il éprouvait un plaisir intense à revoir la petite marchande, son sourire, tandis qu'elle s'inclinait légèrement pour se rapprocher du couple, signe de respect face à ces gens beaucoup plus âgés qu'elle. Elle ouvrit son sac, et leur tendit un petit livre écorné, une édition ancienne, Julien eut le temps d'entrevoir la couverture du *Kim Vân Kiêu*, long poème fondateur de la littérature vietnamienne.

— Qu'est-ce qu'elle est mignonne ! dit Brunet.

Que Brunet regarde la petite marchande, et les pensées qu'il en avait, cela hérissait Julien.

— Je connais des endroits où elle gagnerait bien mieux sa vie, la petite !

Était-il possible d'apprécier Brunet plus de quelques minutes ?

— Bon, allez, il faut que j'y aille. À tout à l'heure, cher confrère.

Julien entendit ses pas s'éloigner. Il regardait toujours la petite marchande. Elle finit de parler aux Américains et croisa son regard.

Elle s'avança.

— Bonjour, grand frère.

— Bonjour, petite sœur.

Soudain il vit les deux policiers, qui arrivaient dans son dos d'un pas rapide, à moins de cinquante mètres, sans qu'elle les ait aperçus. Ils l'avaient vue en train de vendre, ils avaient retrouvé leur proie.

Sans réfléchir, il indiqua le siège vide laissé par Brunet.

— Vite, petite sœur.

Elle hésita une seconde, tourna la tête, comprit. Elle enjamba la lisière de bambous en pot. À peine s'était-elle assise près de lui, que Julien sentit une présence tout près d'eux, les policiers ? Mais non, c'étaient Wallace et Margaret, qui venaient de quitter leur table pour s'asseoir avec eux sur les deux chaises restées vides.

— Hi, Julien.

Pendant qu'ils continuaient d'échanger des formules de politesse, ils regardèrent les policiers passer devant eux d'un air maussade, en faisant semblant de ne pas les voir. La petite marchande, muette, gardait les yeux baissés.

Le jeune serveur s'approcha de leur table d'un air soupçonneux, regarda la petite marchande, puis reprit un peu de distance.

— Qu'est-ce que petite sœur veut boire ? demanda Julien.

Elle ne répondit pas, comme si elle n'avait rien entendu. Wallace répéta la question. « Un jus d'orange », murmura-t-elle, les yeux toujours baissés.

Les policiers n'étaient plus visibles. La vie sembla animer à nouveau la petite marchande, elle leva les yeux, leur sourit.

Et puis la conversation commença d'abord en anglais, surtout entre Margaret et la petite marchande, puis avec Wallace en vietnamien, mais la jeune fille revenait à Margaret, puis à Julien. Elle demandait des précisions à Wallace quand elle ne trouvait pas le mot en anglais. Peu à peu, il réalisa que la petite marchande veillait à ce que chacun participe à la conversation, comme une bonne maîtresse de maison. Ils l'avaient invitée à leur table, mais c'était maintenant comme si elle les avait invités. Julien échangea un regard avec Wallace, qui lui sourit, comme pour l'inviter à partager son admiration, comme si la petite marchande était un exemple de plus qui justifiait son attachement pour un pays dans lequel il avait tant souffert.

Et ils apprirent qu'elle se nommait Minh Thư – Lumière d'Automne –, qu'elle avait vingt ans – l'âge de mademoiselle Fleur pensa-t-il –, qu'elle était l'aînée de quatre enfants, que sa mère était malade, que son père avait souvent deux métiers pour nourrir la famille, qu'elle avait appris un peu d'anglais au contact des touristes et par quelques séances dans une école pour adultes non loin de là, qu'elle était native d'un bourg de Nam Định, ancien bastion catholique du Nord, mais qu'elle aimait Hanoï, ses lacs, ses saisons, ses fleurs.

Elle posait à son tour des questions à Wallace et Margaret, laissant voir son émotion quand Margaret décrivit ses années à attendre un retour de Wallace, ne sachant d'abord pas s'il avait survécu, puis sans nouvelles de sa vie en prison.

Pendant ce récit, le regard de la jeune fille rencontrait parfois celui de Julien, et il avait l'impression d'y lire une compréhension mutuelle, comme si elle et lui se connaissaient depuis longtemps.

Plus tard, ils l'escortèrent tous ensemble jusqu'au boulevard, puis Wallace et Margaret les quittèrent, et Julien accompagna Minh Thư – mais il savait que pour lui elle serait désormais Lumièrc d'Automnc, car il avait déjà rencontré d'autres Minh Thư, et celle-ci lui paraissait si unique.

Ils arrivèrent à son vélo.

— Petite sœur va revenir au bord du lac ?

— Il faut bien.

Il passa à l'anglais, le vietnamien lui paraissait inadapté pour donner des conseils.

— Mais vous risquez de vous faire prendre.

— Il n'y a pas toujours des policiers. C'est surtout quand il y a des délégations étrangères en ville.

— Et vous ne pourriez pas trouver un autre travail ?

Elle sourit, et il eut conscience de la maladresse de sa question. Si elle venait à Hanoï pour ce travail c'est que c'était sans doute le plus profitable qu'elle pouvait trouver pour nourrir sa famille.

— Petite sœur n'est pas beaucoup allée à l'école, dit-elle, revenant au vietnamien.

Et puis il la sentit se refermer, il eut l'impression que la raccompagner en vue de tous était un impair. Arrivée à son vélo, elle réajusta son chapeau en arrière, juste retenu autour de son cou par un foulard rouge, et elle lui adressa un dernier sourire.

Il lui donna sa carte de visite, en insistant pour qu'elle appelle si elle avait un problème – mais lequel de ses problèmes pouvait-il résoudre ? Elle hocha la tête, comme pour le rassurer, et, sans un mot, la glissa dans son sac avant d'enfourcher son vélo.

Puis elle passa sous le porche, arriva dans la lumière de la rue, et elle s'en fut.

Lumière d'Automne.

Il examinait son courrier, encore tout tracassé d'inquiétude. Allait-il retrouver Clea pour déjeuner ? Comment reverrait-il Lumière d'Automne si le lac devenait pour elle zone interdite ? Il lui avait laissé sa carte de l'ambassade, mais pourquoi l'aurait-elle appelé ? Il ouvrit une enveloppe de la Caisse primaire de l'Assurance Maladie de Paris. Un médecin qu'il ne connaissait pas lui demandait de certifier que M. Trần Quang Bình, soixante-trois ans, citoyen français d'origine vietnamienne, méritait toujours son allocation d'handicapé adulte. Ce genre de demande était rare, mais il en avait déjà reçu, quelques rares Franco-Vietnamiens étaient revenus au pays d'origine, et une allocation, qui ne donnait qu'un niveau de vie misérable en France, permettait ici de vivre frugalement en aidant la partie de la famille restée au pays. Le patient avait été examiné par son prédécesseur de l'ambassade plus de deux ans auparavant, il fallait donc un nouveau certificat pour la prolongation de son allocation. C'est en voyant l'adresse du patient qu'il s'immobilisa.

Il trouva Brunet dans son bureau, surpris, en compagnie de Robert. À leur air sinistre, il eut l'impression de les avoir interrompus en plein complot. Il sentait entre eux une complicité qui venait peut-être de leur passé militaire commun. À moins qu'il n'y ait des relations qu'il ne soupçonnait pas entre le service de renseignement et le service de santé ?

Il leur expliqua le cas de M. Trần Quang Bình.

— Il habite vraiment à Bà Giang ?

Brunet avait du mal à croire que quelqu'un puisse revenir de France pour aller vivre de son plein gré dans une province parmi les plus pauvres du pays, peuplée de tribus minoritaires et bordée par la Chine.

— Lisez.

Pendant que Brunet lisait, Robert regardait Julien, avec l'air de quelqu'un qui reconsidère son opinion, et Julien en conçut de la satisfaction. Puis il s'en voulut. Pourquoi s'encombrer de l'opinion de Robert sur lui ?

Après sa lecture, Brunet était convaincu.

— On va demander une autorisation de déplacement au ministère pour que vous alliez voir ce monsieur, la voie habituelle, avec un peu de chance les gens qui la donnent n'ont rien à voir avec ceux qui surveillent l'épidémie.

— Mais ça ne donne pas accès à l'orphelinat qu'a visité la sœur, dit Robert.

— Le patient aura peut-être des renseignements, il habite dans le coin, vous allez vous débrouiller, cher confrère, dit Brunet, visiblement heureux de montrer une preuve de l'activité de son service.

— De toute façon, il me faudra une interprète.

— C'est le problème, l'interprète ne vous lâchera pas…

Tout chauffeur, tout interprète, devait bien sûr rapporter aux autorités pour avoir des chances de conserver sa précieuse autorisation de travailler au contact des étrangers.

Et soudain, tout devint clair pour lui. Il savait qu'elle serait volontaire, que son appartenance à l'Institut Pasteur les aiderait en cas de contrôle, et qu'elle saurait faire face à tout.

— Le docteur Clea Bridgen, dit-il.

Les deux autres restèrent muets. Mais bien sûr, ils avaient compris : c'était une très bonne idée.

Plus tard, il retrouva mademoiselle Fleur pour sa leçon.

— Vous allez vous absenter ? Mais où ?

Mademoiselle Fleur faisait semblant de regarder le cahier où il prenait des notes, mais il sentit que la réponse lui importait beaucoup. Peut-être elle aussi devait-elle rapporter ?

— En baie d'Hạ Long, dit-il.

La baie d'Hạ Long, destination touristique, était une zone où aucune autorisation de circuler n'était nécessaire. De plus comme il s'y était déjà rendu avant de rencontrer mademoiselle Fleur, il pourrait lui en faire à son retour une description tout à fait réaliste.

Le visage de mademoiselle Fleur s'éclaira.

— Ah, vous verrez, c'est magnifique. Mais vous devriez dire *Hạ Long*, et non pas *Hạ* ***Long***. Enfin j'espère que vous aurez beau temps.

Soudain il remarqua qu'un fin trait noir soulignait ses paupières, effilant ses yeux déjà mystérieux. Sa question sur son absence aurait-elle une autre raison, plus secrète ? Non, sans doute avait-elle rendez-vous ensuite avec un amoureux, et puis il savait que les femmes pouvaient aussi se parer pour le plaisir de se sentir belles.

On leur avait donné une Peugeot de l'ambassade, avec le fanion sur l'aile, pour l'instant invisible, enroulé sous son capuchon. Mais une plaque diplomatique intimiderait la plupart des policiers. En cas d'arrêt, il y aurait l'autorisation officielle de Julien et la carte de l'Institut Pasteur de Clea, plus son vietnamien courant.

Il faisait encore nuit quand ils longèrent le lac. Julien se demandait si Lumière d'Automne s'y trouverait bientôt. Il lui avait fait promettre de ne pas y revenir avant son retour, mais elle avait souri sans répondre. Que pouvait-il faire de plus pour l'aider, à part acheter ses cartes postales ?

Tout autour du lac, ils distinguèrent la cohorte silencieuse des marcheurs de fin de nuit, comme une armée silencieuse qui veut profiter de l'obscurité pour échapper à la surveillance de l'ennemi.

— Génial, dit Clea. Quand on reviendra, j'irai marcher avec eux.

— Tu iras trop vite pour eux. Ils sont vieux.

— Oh, non, je prendrai leur rythme. Et puis je suis vieille aussi.

Clea avait trente-deux ans, trois de plus que lui, et par moments toujours l'air d'une étudiante, mais il avait commencé à comprendre que les femmes n'ont pas la même conscience de leur âge. Encore plus dans un pays confucéen, aurait dit Brunet, où une Vietnamienne non mariée à vingt-cinq ans en ville, et à vingt ans à la campagne, risquait de rester célibataire.

Ils sortirent peu à peu de la ville. Les rizières commencèrent à apparaître entre les entrepôts et les usines, puis à dominer complètement le paysage, en scintillant sous les premiers rayons du soleil. Julien éprouvait une certaine fierté à conduire dans des conditions difficiles, à savoir un trafic qui ne respectait aucune des règles de circulation en cours en Europe, mais la loi naturelle : le plus gros l'emporte sur le plus petit, et donc le camion a priorité sur la voiture, celle-ci sur les deux-roues, et ceux-ci sur les piétons. Mais même cette règle n'était pas absolue, et comme inconscients de la mort, des vélos vous coupaient la route à l'improviste ou freinaient à deux mètres devant vous. Sans compter les enfants, encore peu habitués à la circulation automobile, qui traversaient sans regarder, suivant l'exemple de buffles gros comme des rochers et guère plus intelligents. Bà Giang était à trois cents kilomètres, il leur faudrait huit heures de route.

Clea semblait d'humeur gaie, comme une collégienne qu'on emmène en excursion, en s'extasiant sur les paysages qu'ils découvraient. Il se dit qu'elle aussi voulait éviter toute discussion sérieuse avec lui, et aussi le risque de pleurer. Il l'admira pour sa pudeur, son courage. Mais bien sûr, ce n'était pas son admiration qu'elle espérait…

Ce fut d'abord la grande plaine du delta, le vert apparaissait par traînées dans le brun des rizières, on était à quelques semaines de la première récolte. Puis apparurent dans le lointain les clochers des églises, que l'avancée de la voiture mettait en mouvements autour de l'horizon, et qui semblaient inaccessibles autrement qu'en fendant l'étendue de la rizière. Mais parfois la route se rapprochait de l'un d'eux, on apercevait alors les toits des petites maisons grises du village, comme amarrées au pied de l'église. Notre eau natale, pensait-il.

De plus près, on distinguait parfois les fresques peintes des frontons, à la manière de l'Espagne ou du Portugal, d'où les premiers missionnaires étaient arrivés, plus de deux siècles avant la colonisation.

Ils s'arrêtaient parfois dans des villages, le temps de prendre un café ou de manger des cuisses de poulet grillées sous le hangar qui servait de bistrot. Le café était servi dans des verres, des poulets encore vivants picoraient dans la cour, indifférents au sort de leurs congénères, et les chiens de la maison venaient les renifler timidement.

Les gens les observaient avec curiosité mais bienveillance, rien de cette maussaderie si caractéristique de la ville. Les paysans ne devenaient de mauvaise humeur que lorsqu'ils étaient transplantés en ville, et il réalisa que cela s'appliquait aussi à la plupart des Parisiens. Clea échangeait quelques mots avec la serveuse, souvent la mère de famille qui tenait l'échoppe pendant que son mari était aux champs, et les enfants aux pieds nus se rassemblaient autour d'elle pour contempler ses yeux bleus.

— Ton secret pour parler aussi bien le vietnamien ?

— Pas mal travaillé.

— Oui, mais c'est le cas de beaucoup, qui n'arrivent pas à le parler, ou en tout cas à se faire comprendre.

— Tu veux dire les Français. En fait, moi j'ai la chance d'avoir une langue maternelle déjà un peu tonale, et pas cette espèce de langue robotique que vous avez, sans aucun ton.

— D'accord, mais tous les Anglo-Saxons ici n'arrivent pas à bien le parler.

— Disons que j'ai une bonne oreille. Mes deux parents étaient de bons musiciens amateurs, et au collège je faisais mourir de rire par mon imitation des profs… Un peu plus de soupe, petite sœur, demanda-t-elle à la serveuse.

Bien sûr, leur passage serait signalé aux autorités locales par lcs habitants tout au long de leur trajet, mais ils avaient appris tous les deux la première règle pour éviter les ennuis dans un État encore policier : se comporter comme si l'on n'avait rien à cacher.

Apparurent enfin les premières collines, sur leurs flancs les rizières s'élevaient en vertes marches d'escalier, tentative obstinée de dompter un relief de plus en plus difficile.

Puis, dans le lointain les premières montagnes comme Julien n'en avait encore jamais vu : abruptes, crénelées, le roc affleurant entre les arbres, comme émergées brusquement du sol et portant encore des forêts sur leur échine. Elles étaient les sœurs de celles qu'il avait vues esquissées à l'encre dans les paysages des peintures chinoises, et que jusque-là il avait cru imaginaires.

— Drôle d'idée pour les Français d'aller faire la guerre dans ce genre d'endroit, dit Clea. On comprend tout de suite qu'on va la perdre.

On était loin de Diên Biên Phu, quelques centaines de kilomètres plus à l'est, mais le paysage de falaises et de forêts était le même, et tout aussi proche de la frontière chinoise.

— Les Anglais ne nous ont pas aidés.

— Mais nous n'y étions pour rien !

Il aimait bien cette petite discussion qui leur permettait d'éviter d'autres sujets.

— Si, vous êtes pour quelque chose dans notre défaite. En 1954, les Américains étaient prêts à envoyer leurs bombardiers lourds pour dégager le siège de Diên Biên Phu, mais ils ne voulaient le faire que dans le cadre d'une coalition internationale, comme en Corée. Mais Churchill a refusé de participer. Comme les Anglais n'ont pas donné leur accord, les Américains n'ont pas bougé.

— Les Américains n'avaient peut-être pas une folle envie d'aller lâcher des bombes si près de la Chine…

— Sans doute, mais ils y seraient allés avec le soutien des Anglais. Mais Churchill a dit : « J'ai dû supporter la perte de Singapour et de Hong Kong par les Japonais, les Français peuvent bien supporter de perdre Diên Biên Phu. »

— De toute façon, qu'est-ce que ça aurait changé ?

Clea n'avait pas complètement tort. Une intervention aérienne aurait sauvé quelques milliers de soldats bien sûr, mais le communisme au sommet de sa gloire se serait de toute façon imposé avec cette longue frontière commune avec la nouvelle Chine de Mao.

De la ligne lointaine des montagnes qu'ils découvraient à chaque nouveau passage de col, la Chine pourrait déferler, si un jour à Pékin des généraux fous décidaient de faire du Vietnam un autre Tibet.

Sur le trajet, ils avaient parfois rencontré des portions de route absurdement larges et bien tenues. Il était de notoriété publique qu'elles avaient été prévues pour servir de piste d'atterrissage pour l'armée vietnamienne en cas d'offensive ennemie. Ce n'était pas une éventualité imaginaire. Les troupes chinoises avaient déjà ravagé la région moins de vingt ans auparavant, une petite guerre féroce de trois semaines, sans témoins. Il fallait punir le Vietnam de son rapprochement avec Moscou, et surtout d'avoir renversé le régime des Khmers rouges, que Pékin soutenait. On disait que les pertes chinoises avaient été élevées, mais nul ne pourrait le vérifier avant le jour lointain où les archives des partis des deux pays s'ouvriraient.

Robert lui avait révélé que des échanges d'artillerie sporadiques entre les deux pays avaient continué jusqu'à récemment, dans un parfait secret.

Ils arrivèrent dans une vaste vallée, au fond plat entièrement tendu du vert de rizières.

— C'est merveilleux, dit Clea.

— Oui.

— Nous sommes si bien, tu ne trouves pas ?

— Oui…

Il redouta ce qui allait suivre. Elle se tourna vers lui.

— Je veux dire, nous sommes si bien ensemble.

Il chercha une réponse. Il n'en trouvait pas.

— Tu ne trouves pas que nous sommes si bien ensemble ?

— Si, bien sûr.

— Alors voilà ! Mais pourquoi tu as tant de mal à le dire ?

— Je ne sais pas.

— Regarde, on aime les mêmes découvertes, on est heureux quand on voyage ensemble, on s'entend assez bien non ?

— Oui, c'est vrai.

— Alors qu'est-ce que tu espères de plus ? Est-ce que tu t'es déjà senti aussi bien avec une fille ?

Il essayait de trouver une réponse. Mais c'était vrai, il ne s'était jamais senti aussi bien avec une fille.

— Non, je ne crois pas.

— On aime faire l'amour ensemble, on rit des mêmes choses…

C'était vrai, elle avait raison. Mais alors pourquoi ?

— … bon sang, on ne s'ennuie jamais quand on est ensemble…

Soudain elle vit son regard, son air malheureux.

— Oh, excuse-moi, dit-elle.

— Mais non… pas du tout.

— Si, excuse-moi, je suis chiante je sais, je ne devrais pas…

— Mais Clea…

Elle lui fit le geste de se taire, le regard sur la route. Elle détourna la tête pour s'essuyer les yeux. Elle avait raison. Il ne s'était jamais senti aussi bien avec une femme. Alors pourquoi garder cette distance avec elle ? Peut-être était-il incapable de ce bonheur-là ?

Il se mit à penser au premier de ses refus qui lui avait déjà fermé la voie de sa première passion, la recherche. Était-il en train d'en faire un deuxième qui lui coûterait son bonheur ? Mais là encore, c'était un scrupule d'honnêteté qui le retenait. D'honnêteté ou de rigidité ? Il ne se sentait plus amoureux, il ne pouvait s'engager sans l'être. Mais ne pourrait-il le redevenir ? Tout aurait été si merveilleux s'il avait continué de se sentir amoureux de Clea.

Ils roulèrent longtemps en silence. Le soir tombait, les hauteurs étaient encore ensoleillées, les forêts sur les pentes jaunissaient sous les derniers rayons, le fond de la vallée se teintait de bleu, et avec l'altitude, la fraîcheur arrivait enfin. Ils croisèrent un petit troupeau de buffles presque noirs, menés par un couple d'adolescents. Bêtes et humains s'immobilisèrent, Clea se retourna.

— Incroyable, le buffle de tête nous suit du regard !

— Une réincarnation, sans doute.

Ils avaient réussi à retrouver ou à rejouer la bonne humeur du début.

Au loin, dans un champ, ils aperçurent deux jeunes femmes en pantalon noir et chemisier ocre – la tenue de Lumière d'Automne – marcher courbées sous le poids d'un grand soc en bois qu'elles rapportaient sur leurs épaules.

En voyant leurs pieds nus s'arracher péniblement à la boue, il comprit mieux d'où Lumière d'Automne venait, et un manque d'elle le saisit.

Il avait déjà compris une des raisons de son attirance pour elle. Dès leur première rencontre, il avait senti une délicatesse, un souci de ne pas s'imposer, mais sans timidité non plus, elle avait montré une aisance, un tact qu'il avait vus à l'œuvre pendant sa conversation avec Wallace et Margaret. En voyant la dureté du monde d'où elle venait, ses douces qualités l'émerveillaient. Bien sûr, il pouvait les observer à l'œuvre chez Clea ou d'autres de ses amis, mais il leur trouvait moins de mérite : pas plus que lui, ils ou elles n'avaient connu les duretés de la lutte pour la vie, ni la prison de la pauvreté.

Et ce sentiment de compréhension mutuelle qu'il avait senti dans son regard pendant qu'ils échangeaient si peu de mots, alors qu'ils venaient de deux planètes si éloignées… Cela tenait un peu d'un miracle. Ou de l'illusion d'un miracle ?

Mais que faire de ce supposé miracle ? Offrir une fois de plus le spectacle d'une liaison entre un Occidental riche – pour le pays – et une Vietnamienne pauvre. La faire regarder avec mépris par la plupart de ses concitoyens, dont elle entendrait les réflexions crues sur leur passage quand ils se promèneraient ensemble ?

Il avait assez vécu dans ce pays pour savoir leurs univers trop éloignés, l'hostilité ambiante trop forte, ils ne pouvaient que s'adresser des signes amicaux comme des passages de deux bateaux qui se frôlent, mais ne peuvent arrêter leur course pour s'accoster et s'inviter à déjeuner à bord.

Et à supposer que Lumière d'Automne éprouve aussi un penchant pour lui, qu'elle en accepte tous les risques, qu'arriverait-il quand, après avoir créé un espoir de bonheur, il se lasserait de leur histoire ? L'exemple de Clea et d'autres femmes lui avait appris qu'il ne pouvait avoir aucune confiance dans ses propres sentiments amoureux.

Il connaissait trop bien son aptitude à faire des victimes en amour.

« Tu es gentil, tu es si attachant, tu es bien pire qu'un salaud », lui avait dit un jour l'une de celles qu'il avait cru aimer et qu'il avait fait pleurer, une fois de plus.

L'idée de faire de Lumière d'Automne une nouvelle victime lui paraissait aussi révoltante que de maltraiter volontairement une enfant.

Mais bien sûr, il savait que, sous son apparence fragile, elle n'avait rien d'une enfant, elle était peut-être même plus adulte que lui ou Clea, eux qui étaient encore à la poursuite de leurs rêves…

— À quoi penses-tu ? demanda Clea.

Ils arrivèrent à la nuit tombée, et dans ces régions éloignées, cette expression prenait tout son sens. La petite ville, nichée au fond d'une vallée aussi étroite qu'une gueule, était plongée dans une obscurité complète, comme soumise à un couvre-feu. Les phares de la voiture balayaient des murs crépis, des feuillages dans les jardins, un chat qui s'enfuyait en passant sous une grille, parfois quelques habitants ébahis, enfants en pyjama, sur le seuil de leur salon dans lequel on voyait briller une loupiote au-dessus de la table basse. Ils virent de la lumière dans le poste de police ouvert sur la rue, pas de policiers en vue, sans doute en train de regarder la télévision dans l'arrière-salle, et seul le buste de l'Oncle Hô semblait contempler, attristé, l'obscurité au-dehors.

À la lueur de sa lampe de poche, Clea regardait un plan grossièrement dessiné par le précédent médecin de l'ambassade et qui indiquait le seul hôtel local.

Ils trouvèrent la rivière, et longèrent la rue bordée d'arbres, cela devait être une belle promenade en plein jour, traversèrent un pont en manquant de heurter deux cyclistes qui roulaient sans lumière, puis distinguèrent ce qui ressemblait à une entrée éclairée, et quelques véhicules garés dans une cour, petits camions, pick-up, deux voitures, dont une avec les plaques d'immatriculation rouges qui caractérisaient les véhicules utilisés par les militaires.

En marchant dans la cour, ils entendirent le bouillonnement de la rivière toute proche, la seule qui semblait continuer une sorte de vie furieuse à la nuit tombée.

Une grosse femme déjà en pyjama les accueillit avec un sourire étonné – la visite de deux étrangers, un événement exceptionnel. Bien sûr, elle demanda leurs passeports et autorisation, qu'elle devrait selon la loi transmettre à la police. Julien espérait qu'elle ne le fasse que le lendemain, il ne se sentait pas la force de subir dès ce soir un interrogatoire en vietnamien par des policiers méfiants.

Clea demanda deux chambres. Elle avait dû décider de commencer à éviter de provoquer les moments où ils se sentaient bien ensemble.

Ils dînèrent sur une toile cirée dans la cour de l'hôtel, la fille de la maison les servait tandis que le fils s'activait sur la cuisinière chargée au bois. Tous les deux étaient grands pour des Vietnamiens, avec les yeux vraiment bridés, comme ceux des populations de l'autre côté de la frontière. Clea et lui étaient les derniers clients, les Vietnamiens de passage étaient déjà au lit. Le *phó* qu'on avait préparé à leur demande était différent de celui de Hanoï, moins bon hélas, une viande plus dure et moins d'épices. Ils calmèrent leur faim avec du riz, des saucisses, et Clea prit aussi du sang de porc caillé, que Julien refusa de toucher. La *Hanoï Beer* avait heureusement trouvé le chemin de cette vallée perdue. Clea évita de parler vietnamien avec le personnel. « En région éloignée, cela peut susciter la méfiance quand on est juste de passage. »

Les populations frontalières étaient encouragées à suspecter la présence d'espions à la solde de l'Empire du Milieu.

Contre le mur du fond, s'alignaient sur des rayons des curiosités proposées à l'appétit des voyageurs, bocaux d'alcool dans lesquels se lovaient des serpents entremêlés, guirlandes d'ail, bottes d'herbages variés, boîtes de biscuits ornés d'idéogrammes chinois, quelques plateaux laqués où des artistes locaux avaient minutieusement gravé les pics environnants, et aussi, reines de cette exposition, deux belettes empaillées, leurs petites gueules grandes ouvertes révélant des crocs féroces, comme pour bien montrer qu'elles ne toléreraient pas qu'on les prenne pour de vulgaires rongeurs.

Julien les désigna à Clea.

— Tu veux faire un prélèvement ?

Elle sourit.

— Tu rigoles, mais après tout c'est peut-être de cette viande-là qu'il y avait dans la soupe.

Il retrouva chez elle l'humour macabre, que l'on apprend très tôt en médecine, pour se distancier du spectacle de l'horreur quotidienne découverte lors des premiers stages à l'hôpital. Les soldats professionnels développaient sans doute une capacité du même ordre. Ensuite, on s'habituait à l'horreur, et cette défense devenait inutile, elle était juste un signe de jeunesse.

Au fond de la cour, une guirlande lumineuse clignotait. Julien entrevit à travers la fumée des cuisines deux jeunes femmes en pantalon assises sur des tabourets de plastique, qui attendaient. Massage. L'une d'elles fit un signe de la main à Julien, et sourit.

Clea se tourna vers Julien.

— Tu veux y aller ?

Il y avait un peu de rancœur dans sa voix.

— Non, pourquoi ?

— Ici, on sait prendre soin du voyageur fatigué.

Cela paraissait si naturel. Encore la tradition confucéenne, aurait dit Brunet. Les besoins de l'homme sont importants, irrépressibles, et mieux vaut les assouvir de manière pratique que de tenter de les domestiquer, ce que l'Occident tentait de faire depuis un demi-siècle. Il eut envie de raconter à Clea sa soirée avec Brunet, mais il s'arrêta. La scène lui donnait un trop beau rôle, et il ne tenait pas à en révéler trop sur Brunet à Clea, une femme, et – son réflexe patriotique le surprit – une étrangère, une Britannique.

Dans le couloir, elle lui dit bonsoir sans même se retourner.

Quand il se retrouva dans la chambre – carrelée comme une salle de bains, éclairée par le seul néon au-dessus du lit, lui-même recouvert d'un tissu-éponge douteux, les murs blanchis à la chaux, l'étrange lavabo bleu turquoise qui semblait plutôt destiné à un autre pays (Cuba ?), le vieux thermos d'eau bouillie sur la table de chevet en métal, sans doute une fourniture de l'armée – il se dit qu'il ne pouvait pas la laisser seule dans une telle aridité. Et puis, la vision de la grimace de fauve des belettes lui rappelait la présence de la mort.

Il s'imagina quelques jours plus tard, avec Clea, en train de suffoquer dans une chambre comme celle-là, les poumons envahis par le virus, condamnés à la mort dans un lieu si inhospitalier.

Il alla frapper à sa chambre. Elle commença à l'embrasser avant même qu'il ait refermé la porte.

M. Trần Quang Bình demanda qu'on leur serve du thé, et qu'on leur apporte deux petits tabourets pour leur éviter l'inconfort de se tenir comme tout le monde dans la pièce, assis sur la natte.

Mais Clea déclina le tabouret, et s'assit à la manière de toute la famille présente, trois cousines, deux belles-sœurs, des petites nièces et deux petits neveux dont l'un se déplaçait encore à quatre pattes, et le cadet qui tétait le sein de sa maman. Les hommes étaient ailleurs au travail, mais nul doute que l'allocation de M. Trần Quang Bình apportait un peu de prospérité dans cette maisonnée qui vivait de l'essentiel. Seul meuble dans la pièce, un grand buffet vitré de bois noir qui mêlait le style Henri II à l'influence chinoise avec ses incrustations de nacre. Derrière la vitre étaient exposés divers souvenirs et merveilles, une tour Eiffel en laiton, des clichés jaunis de montagnes européennes avec chalets et sapins, Notre-Dame-de-la-Garde dans une boule de verre, la photo d'un groupe d'Européens et de Vietnamiens souriant devant le Mont-Saint-Michel, et une autre en noir et blanc de jeunes soldats en short devant des montagnes arides, avec un jeune Vietnamien parmi eux, tous avec cet air de gaieté inséparable de la jeunesse même en temps de guerre.

— Des souvenirs du temps où j'étais en France. Et en Algérie !

Julien avait compris en lisant son dossier la veille que M. Trần Quang Bình touchait aussi une maigre pension d'ancien combattant. Quand il était adolescent, une partie de sa famille était partie avec lui pour la France après la défaite de Diên Biên Phu où son père avait disparu en combattant du côté des Français. Puis, enfant de troupe et suivant la vocation paternelle, il s'était enrôlé dès que possible pour se trouver à défendre un reste de l'Empire colonial français dont il avait pourtant déjà vu un pan s'effondrer.

Julien lui trouvait d'ailleurs quelque chose de français, dans sa manière de le regarder avec une certaine hauteur, le ton vigoureux dont il parlait à la maisonnée, ses avant-bras épais et le chaume de sa barbe, d'un dense inhabituel pour un Vietnamien. Peut-être une de ses aïeules avait-elle charmé un des soldats français qui restaient ici en poste en plein isolement ? L'avait-elle épousé, ce qui chez les minorités conférait un statut prestigieux et non un déclassement comme chez les Vietnamiens de la ville. Si M. Trần Quang Bình avait eu une carte d'identité vietnamienne, son ethnie et sa religion y auraient été mentionnées. En voyant la photo de Notre-Dame-de-la-Garde et de l'archange saint Michel, Julien n'avait guère de doute sur sa religion, même s'il venait d'apercevoir dans une autre pièce un petit autel des ancêtres illuminé par une bougie, surmonté de photos en noir et blanc d'aïeux disparus depuis longtemps. Il remarqua aussi à l'étage inférieur du buffet quelques cadeaux exposés. Au milieu des médailles commémoratives et de petites poupées en coquillage, une bouteille de

Chivas, intacte, voisinait avec une autre de vodka Zubrovska, vide celle-là, et entre leurs goulots pointait la tête empaillée et sournoise d'une belette, gueule fermée, celle-là.

Julien demanda à M. Trần Quang Bình s'il ne préférait pas qu'ils se parlent en tête à tête pour la consultation.

— Pas du tout, je n'ai rien à cacher, et puis ici personne ne parle français ! Je suis le seul. *Catholique et Français toujours*, chantonna-t-il avant d'éclater de rire, entraînant celui des enfants.

— C'est une chanson que vous avez apprise ici ? demanda Clea, toujours curieuse des absurdités de la colonisation française.

— Absolument ! Quand j'étais enfant, du temps où le chef de la France c'était Pétain. On nous expliquait à l'école que les pensées du Maréchal et celles de Confucius, eh bien c'étaient les mêmes !

Et M. Quang rit à nouveau, rire qui dégénéra en quinte. En tout cas il n'était pas déprimé.

Julien voulait connaître son traitement. D'un geste, M. Quang ordonna à une de ses nièces d'aller chercher l'ordonnance. On voyait bien qu'ici c'était lui le chef de famille. En France, avec sa petite pension, il aurait mené une vie misérable d'exclu, vivant dans ses souvenirs, ici, il était l'oncle d'Amérique, et ses bienfaits s'étendaient sur toute la maisonnée.

Tant qu'il prendrait son traitement, pensait Julien. Le diagnostic de psychose bipolaire avait été bien établi, et le traitement comprenait du lithium et un neuroleptique à faible dose. Il était incroyable que M. Trần Quang Bình ait réussi à prendre fidèlement ses médicaments, et à éviter toute rechute depuis cinq ans, sans autre consultation que les visites très espacées d'un médecin d'ambassade. La cuisine locale avait-elle des vertus médicinales ? Ou l'environnement familial ?

— Mais comment faites-vous doser votre lithium ?

— Une fois par an, je prends le car pour Hanoï. J'y vais avec les petites, dit-il en désignant ses nièces.

Julien pouvait imaginer la fête que ce devait être pour les jeunes femmes, dont les mères n'étaient sans doute jamais descendues de leur vie à la capitale.

— Et en ce moment comment vous sentez-vous ?

— En pleine forme !

Ce qui prouvait bien la réalité de sa maladie. Un faux malade, plus stratège, se serait présenté dépressif.

— Et vous prenez toujours la même prescription ?

— C'est elle qui s'en occupe, dit M. Quang en désignant la plus jeune de ses nièces, qui semblait avoir à peine dépassé la vingtaine. C'est elle qui a le plus de tête, alors comme ça pas d'oubli !

— Et elle n'a pas changé le traitement ?

— Jamais !

Clea posa la même question en vietnamien et la nièce confirma, mais juste en l'observant, Julien devina que *ce n'était pas si simple.*

— Et où trouvez-vous les médicaments ?

— Au début je les achetais à Hanoï, mais c'était cher. Mais maintenant ce sont les sœurs qui m'en rapportent de France, enfin quand elles ont des visiteuses.

— Les sœurs de l'orphelinat ?

— Oui. La communauté des Sœurs de la Charité de saint Paul, dit M. Trần Quang Bình comme pour montrer que le respect dû aux religieuses méritait leur dénomination complète. Louées soient-elles ! Je les aime beaucoup.

Julien vit Clea tressaillir. Maintenant ils avaient un prétexte pour rendre visite aux sœurs de l'orphelinat.

À leur départ, M. Trần Quang Bình, pour le remercier de son passage, tint à lui offrir un livre. « Quand vous l'aurez lu, vous aurez compris un peu de ce pays... ». Un exemplaire écorné d'une édition bilingue du *Kim Vân Kiều*, le même livre que Lumière d'Automne avait vendu aux Américains.

Arrivée sur le chemin qui menait au hameau voisin, elle vit sa petite sœur Liên courir sur la diguette de l'autre côté de la rizière, en direction de l'église.

Leur mère avait disparu.

Lumière d'Automne était arrivée la veille par le car venant de Hanoï, contente de revenir avec un peu d'argent, et la soirée avait été presque gaie. Son père ne travaillait pas ce soir-là, il avait fait la cuisine, et tout le monde avait apprécié sa recette habituelle, le poisson longuement cuit dans un pot avec de l'eau du riz ancien de quelques jours, mélangés avec oignons, tomates, saumure de crevette, graisse de porc, chou-rave, un repas de fête au milieu de l'éternel régime de liserons d'eau, de navets et de riz, enrichi parfois de quelques patates douces.

Les enfants étaient ravis, surtout les petites filles car elle leur avait rapporté de Hanoï de petits animaux en peluche importés de Chine, des invendus qu'elle avait eus pour presque rien de la femme du marché à qui elle achetait sa marchandise, et qui avait toujours été gentille avec elle.

Sa grand-mère, une petite femme qui paraissait encore jeune malgré son visage habituellement fermé, était sortie de son silence habituel et leur avait raconté que lorsqu'elle était petite fille du temps des Français, elle allait accompagner sa mère pour leur livrer du tissu, et parfois les dames françaises lui donnaient du chocolat, merveille des merveilles, que même aujourd'hui il était rare de s'offrir.

Son père semblait heureux aussi, d'être là, de voir la maisonnée se régaler de ce qu'il avait préparé. Mais elle s'inquiéta de voir ses joues plus creuses que dans son souvenir, et remarqua qu'il semblait se lever et s'asseoir avec moins de facilité qu'auparavant. Elle vit que l'aîné de ses frères, treize ans, l'avait remarqué aussi, et leurs regards se croisèrent avec inquiétude.

Et puis sa cousine Trang était venue. Elle se sentait très proche de Trang, plus âgée de deux ans, qui avait été comme une grande sœur pour elle. Elle lui parut plus grande et plus pâle que dans son souvenir, et auréolée de mystère. Elle arrivait du pays *Nga* – la Russie – où elle travaillait depuis six mois dans un atelier de couture en sous-sol avec une centaine d'autres jeunes Vietnamiens, tous de la région. Elle gagnait là-bas de quoi aider sa famille, et ce soir avait même apporté des cadeaux : de petites poupées de bois multicolores qui s'emboîtaient les unes dans les autres et que les enfants se disputèrent immédiatement.

Sa cousine était la seule personne vietnamienne qu'elle connaissait qui ait voyagé à l'étranger, et son récit la captiva.

À cette époque de l'année il faisait un froid terrible en pays Nga, mais ils avaient des vêtements chauds, les anoraks identiques à ceux qu'ils fabriquaient. Comme ils étaient entre Vietnamiens, ils pouvaient se faire leur cuisine dans le dortoir et trouvaient toujours les ingrédients du pays dans certains marchés, où travaillaient d'autres compatriotes. La plupart du temps, l'atelier avait beaucoup de travail, mais parfois une livraison n'arrivait pas, alors sa cousine et d'autres allaient acheter des légumes sur des marchés de la lointaine périphéric, et revenaient les vendre dans les rues du centre, de Moscou, un commerce occasionnel qu'ils avaient déjà tous pratiqué au pays. C'était illégal, il ne fallait pas se faire attraper par la police, mais à cela aussi ils avaient été habitués depuis leur enfance. Les policiers méchants vous dépouillaient de votre marchandise et de votre argent – ne jamais en avoir beaucoup avec soi, juste assez pour les contenter. Les policiers gentils vous imposaient comme amende de courir dans la neige autour du pâté de maisons, sans gants et sans bonnet, ce qui les faisait beaucoup rire, puis ils vous laissaient repartir en vous disant qu'ils ne seraient pas si gentils la prochaine fois.

Elle se mit à rêver un instant de suivre sa cousine quand elle repartirait vers son pays des neiges. Là-bas, elle serait bien accueillie, et gagnerait beaucoup plus qu'en vendant sa marchandise autour du lac, et avec moins de risques…

Mais non, ici ses sœurs et son frère avaient trop besoin d'elle, et si elle partait, qui s'occuperait de régler les disputes, de les encourager à travailler à l'école, ou de donner aux petits une tendresse qu'ils ne pouvaient plus trouver auprès de leur mère ? De Hanoï, elle pouvait revenir quand elle le voulait, du pays Nga ce serait une fois par an, comme sa cousine.

En même temps elle sentait qu'un départ au loin serait pour elle comme une libération… Ici, ils étaient tous comme un charmant fardeau qui reposait sur elle… Mais, non, si elle partait, le fardeau en deviendrait plus lourd pour son père, déjà si occupé et fatigué.

Elle s'en voulut de cette pensée de fuite.

Sa mère était venue dîner avec eux, murée dans son silence, sans un regard pour eux.

Puis elle était retournée se tenir sur le seuil, une grande femme mince immobile face à la nuit qui tombait.

La porte de la maison ouvrait sur un petit jardin enclos, et comme ils se trouvaient en bordure du village, en s'approchant de la clôture on pouvait voir les rizières, et plus loin, la courbe du fleuve. La mère avait commencé à murmurer. Cela faisait longtemps qu'ils n'écoutaient plus son murmure, des paroles incohérentes peuplées de noms d'inconnus, et c'est seulement quand elle commençait à élever la voix que l'on réagissait, craignant que les paroles se transforment en imprécations furieuses qui réveilleraient le voisinage. Mais ce soir-là, elle resta calme. Peut-être la présence du père, le retour de Lumière d'Automne, ou le dîner plus abondant qu'à l'habitude.

Mais ce matin, quand elle s'était réveillée, sa mère n'était plus dans la maison. En ouvrant les yeux, elle avait aussitôt vu la natte de sa mère inoccupée au coin de la chambre où dormait aussi sa sœur cadette. La grand-mère dormait avec les enfants plus jeunes, et son père était reparti décharger des barges après le dîner et n'était pas encore rentré.

Sa sœur lui avait dit qu'elle avait entendu sa mère se lever pendant la nuit, mais qu'elle n'y avait pas prêté attention, habituée à ce qu'elle revienne se recoucher, et elle s'était endormie aussitôt. Et ce matin, elle n'était plus là. D'habitude, la porte de la maison était fermée à clé, et la clé gardée dans la chambre pour éviter ce genre d'incident, mais la veille, inexplicablement, peut-être la joie de cette soirée plus gaie que les autres, on avait oublié la clé sur la porte.

Où la folie de sa mère l'avait-elle emmenée ?

Elle craignait plus que tout que sa mère soit allée faire irruption chez des voisins, vociférante, et cela était déjà arrivé. Elle redoutait qu'alors on l'emmène de force à l'hôpital. La seule fois où c'était arrivé, ils l'avaient vue jour après jour se transformer en morte-vivante sous l'effet des médicaments, raide, marchant à petits pas, tremblante, les yeux dans le vague, devenue muette au milieu de la cour, où d'autres femmes au contraire criaient ou se traînaient par terre comme des animaux.

Ou alors, le fleuve ? Sa mère était assez folle pour s'avancer dans le courant, violent en cette saison. Elle l'avait tenté une fois sous leurs yeux, désignant du doigt sur l'autre rive le clocher lointain de Nam Dương, sans que personne comprenne pourquoi il provoquait chez elle un tel intérêt.

Lumière d'Automne courut vers la digue qui longeait le fleuve, de là elle aurait une vue d'ensemble. Arrivée au sommet, elle continua de courir en évitant les puits obscurs des cheminées d'anciens fours à chaux, qui n'avaient pas été obstrués et s'ouvraient au milieu de l'herbe. Et si sa mère y était tombée ? Saurait-elle appeler à l'aide ? Vu de la digue, le paysage semblait comme envahi par l'étendue du fleuve, on aurait dit l'avancée d'une grande mer rougeâtre. Au loin sur l'autre rive, elle aperçut les barges amarrées maintenant vides, et qui dominaient les quais de leurs vieilles masses rouillées.

Elle parcourut tout l'horizon du regard, s'arrêtant sur chacune des silhouettes qu'elle apercevait sur les diguettes, sur les chemins, à l'orée des maisons, mais elle ne reconnut pas sa mère.

Scrutant maintenant la masse mouvante des eaux, la peur commença à l'envahir, elle sentait ses jambes s'affaiblir, son cœur battre plus fort, sa gorge se serrait dans un début de sanglot qu'elle voulait refuser. Souvent elle ne pouvait s'empêcher de se mettre en colère contre sa mère quand ses accès d'agitation leur rendaient la vie infernale, puis elle s'en voulait et s'en tourmentait, mais inévitablement sa colère, parfois sa haine revenait, et il lui était arrivé – horreur, elle n'en supportait pas le souvenir – de souhaiter un instant la mort de sa mère. Mais à cet instant c'était l'amour qui revenait, qui l'envahissait, à l'idée de sa mère peut-être déjà engloutie, perdue à jamais, emportée sous les eaux dont le tourbillon semblait émettre comme une grande clameur sourde.

Elle commença à prier.

Marie, mère de Dieu...

Au milieu de cette clameur, du souffle du vent, du bruissement des roseaux, des battements de son cœur, elle entendit quelqu'un chantonner en contrebas.

Elle s'avança. Au pied de la digue, accroupie, ses pieds nus enfoncés dans l'herbe gorgée d'eau, sa mère cueillait des plantes en chantonnant. Elle les disposait en petites brassées selon les espèces, comme on répartit une cueillette utile destinée à la cuisine, mais sa fille vit aussitôt qu'aucune n'était comestible.

Elle appela sa mère.

Souvent sa mère ne répondait pas, semblait sourde, mais cette fois elle leva son regard vers elle. Éblouie par le soleil, elle leva la main en visière au-dessus de ses yeux pour voir qui l'appelait.

— Maman !

Mais sa mère, semblant satisfaite, retourna à sa tâche, arrachant une tige, qu'elle ajouta à un de ses tas.

Elle entendit les pas de sa sœur arriver derrière elle.

Alors sans rien dire, elles regardèrent leur mère occupée à sa cueillette, le geste retrouvé de celle qui va aux champs pour nourrir sa famille, tandis que s'accumulaient autour d'elle les herbes inutiles.

Si on les interrogeait, le prétexte serait de rendre visite aux sœurs qui fournissaient les médicaments à M. Trần Quang Bình, afin de se renseigner sur son état des derniers mois.

Pour sortir de la ville et se rendre à l'orphelinat, il fallait demander une autorisation au poste de police locale. Les policiers appelleraient aussitôt Hanoï pour en rendre compte. Le refus pouvait arriver tout de suite, mais la demande pouvait aussi se perdre dans les dédales de différentes administrations, affaires étrangères, ministère de l'Intérieur, services de santé, chacun se couvrant en demandant l'autorisation à l'autre. Clea et lui seraient alors condamnés à attendre plusieurs jours, pour finalement se voir refuser l'autorisation.

L'autre option était de compter sur la voiture de l'ambassade, sa plaque et son fanion, même sous capuchon, qui impressionnerait assez la plupart des policiers pour qu'ils n'osent pas les contrôler, et de faire face s'ils l'osaient.

— De toute façon, au pire, on risque de passer une ou deux nuits au poste, dit Clea.

— La dame de l'hôtel a forcément déjà montré nos passeports à la police.

— Oui, mais tant qu'on ne sort pas de la ville, on n'a pas besoin d'autorisation.

Clea semblait toute guillerette, comme une lycéenne qui décide de faire le mur en tentant d'échapper aux pions.

— Au pire..., dit Julien.

— Oui ?

— Il y a une épidémie à l'orphelinat, on se fait pincer, et ils nous gardent en isolement ici jusqu'à ce qu'elle se termine. Adieu Hanoï, ma maison, mon café au bord du lac...

— Mais ce n'est pas ce que dit M. Trần Quang Bình !

— Une sœur est venue le voir il y a quinze jours, ça ne veut pas dire que rien ne s'est passé depuis. Đặng m'a parlé d'une mission du ministère de la Santé.

— Peut-être, mais il faut bien qu'on aille voir.

Il réalisa que Clea n'avait pas peur du virus, soit qu'elle se sentît invincible, soit que les souffrances de l'amour non partagé la rendissent indifférente au risque. Un peu des deux, sans doute.

Lui, c'était différent. Il avait senti plusieurs fois la peur poindre en lui par petites vagues espacées, mais l'idée d'y obéir, de s'en retourner à Hanoï lui aurait rendu le reste de sa vie insupportable. Il ne se serait pas supporté lâche. Il voulait continuer à s'aimer un peu. Il sentait que son père aurait approuvé, même au risque de perdre son fils, comme la mère révolutionnaire des chansons de mademoiselle Fleur.

Et sa mère ? Non, sa mère aurait préféré la survie de son fils à n'importe quelle considération morale. Pour elle la rigueur des mathématiques ne s'appliquait pas à la vie, juste à la science. Elle n'aurait pas été la mère héroïque chantée par mademoiselle Fleur, elle aurait tout fait pour garder son petit sous son aile.

Ils suivaient une route escarpée, surplombant un paysage de montagnes et de nuées, et croisant parfois des femmes des minorités en robe sombre, un fichu rouge sur la tête, penchées sous le poids d'énormes hottes débordantes d'épis de maïs, mais qui leur souriaient en les croisant, ainsi que leurs enfants ébouriffés, habillés de loques bariolées qui leur donnaient un air de gitans de conte.

En prenant de la hauteur, il leur arrivait de surplomber des nuages blancs, légers, qui dévoilaient parfois le vert des rizières dont les escaliers recouvraient les pentes, émouvant témoignage de la ténacité humaine quand on pensait au continuel entretien des diguettes qui s'effondraient dans la pente.

Au-dessus d'eux, d'autres nuages gris, presque noirs, tourmentés, comme chargés d'encre, se confondaient avec les sommets.

Julien commença à se tracasser : la route serait-elle praticable au retour s'il se mettait à pleuvoir ?

— C'est bizarre, dit Clea, c'est un orphelinat tenu par les sœurs, mais je n'ai pas vu d'églises dans le coin.

Julien s'était renseigné.

— Il n'y en a plus depuis le départ des Français. Et plus beaucoup de catholiques non plus.

— Et les sœurs ?

— L'orphelinat est tellement utile, elles ont été autorisées à rester.

— Mais la messe ? Qui peut célébrer la messe ?

— Je ne sais pas. Peut-être qu'elles descendent dans le delta pour trouver une église quand ça leur manque. Ou qu'un prêtre du delta vient de temps en temps pour célébrer.

Ils passèrent un col, et une vallée se découvrit devant eux, grande tranchée de vert sombre sous les nuages, qui se rétrécissait en un lointain défilé. Là-bas, c'était la Chine, son mystère, ses étendues, son immense armée.

La route de l'orphelinat était supposée se trouver avant ce col, ils s'étaient donc avancés trop loin. Julien fit demi-tour. Clea avait l'air soucieux. Finalement, peut-être commençait-elle à entrevoir les risques de cette expédition.

— Le problème, dit-elle…

— C'est que nous n'avons pas de tenue chirurgicale ? J'ai quand même apporté des gants et des masques.

— Non, le problème c'est de causer des ennuis aux sœurs.

Il y avait pensé. Les sœurs aussi ne pouvaient pas courir le risque de sembler dissimuler quelque chose. Elles devraient signaler leur présence immédiatement aux autorités, comme pour tout visiteur.

— Le temps qu'ils envoient une voiture de Bà Giang, on aura vu ce qu'on voulait voir.

— Sauf s'ils sont déjà sur place.

— On improvisera.

Il se souvenait du dialogue avec les policiers au bord du lac, mais ceux de Bà Giang seraient encore moins habitués aux étrangers parlant vietnamien. Et puis d'ailleurs par ici, ce ne serait plus la police, mais une unité spéciale de l'armée des frontières.

— Et puis peut-être que tout le monde est déjà mort à l'orphelinat ! dit Clea en riant.

Les sœurs étaient toutes petites, et leurs très simples coiffes à l'air médiéval leur donnaient l'apparence de personnages de contes. Elles venaient toutes de minorités Hmong ou Lahus, et avaient dû parler ces langues avant le vietnamien. Elles semblaient toutes avoir plus de cinquante ans, les derniers vœux s'étaient prononcés quelques décennies auparavant. Quelques-unes parlaient un français flûté et chantant dans lequel Julien retrouvait des tournures qu'il avait entendues chez ses grands-parents.

— Des soldats et un médecin sont revenus en visite avant-hier, mais nous ne les avons pas vus depuis, dit sœur Claire d'un ton désapprobateur.

Elle était courbée par l'âge, mais avec un sourire d'adolescente en révolte.

— Ils ont dit qu'ils enverraient un nouveau médecin qui resterait là.

— Pas encore vu non plus celui-là, dit sœur Marie-Catherine.

— Peut-on voir vos malades, mes sœurs ?

Sous un crachin tiède qui avait commencé à leur arrivée, ils traversèrent la cour de terre battue. L'orphelinat était fait de quatre bâtiments très simples à deux étages, avec des assises de pierre sur lesquelles reposaient des murs de planches. Sous un préau, une classe de jeunes enfants d'âges variés regardaient une sœur dessiner des lettres au tableau. Ils tournèrent tous le regard vers Julien et Clea. Même sans leurs tenues traditionnelles, habillés de blouses bleu marine, on devinait qu'ils appartenaient à des minorités. Une forme de paupières subtilement différentes, des cheveux moins foncés, et une espèce d'énergie irradiante, sélectionnée par des siècles de survie dans le milieu hostile de la montagne. Pour eux, la patrie n'était pas l'eau, et leur passeport ne portait pas la mention de *kinh*, le nom du peuple du delta, celui de mademoiselle Fleur ou de Lumière d'Automne.

— Depuis la politique d'ouverture, nous avons à nouveau le droit d'enseigner aux jeunes enfants, en tout cas ici, dit sœur Marie-Catherine.

Ils arrivèrent au pied d'un escalier de bois. La sœur Claire les précéda.

— Les autres sœurs vont nous laisser ici. Nous essayons de pratiquer des mesures d'isolement.

— Mais pourquoi venez-vous quand même avec nous ?

— Je ferai attention, et je suis la supérieure.

Clea lui tendit un masque chirurgical, la sœur le déplia avec curiosité.

— Ils sont beaucoup plus pratiques que ceux du temps de ma jeunesse !

— On vous en laissera un carton.

— Merci, merci.

Et sœur Claire s'inclina et joignit ses mains pour le petit *wai* de remerciement en usage chez les minorités.

Le dortoir occupait toute la longueur du bâtiment, un jour faible venait des persiennes entrouvertes, et se perdait dans l'ombre de la charpente. Les lits, de simples châssis sur lesquels étaient posés une natte et des draps, s'alignaient comme dans un pensionnat. Trois étaient occupés par des femmes – des sœurs au crâne rasé – deux autres par un garçon et une fille, à peine adolescents, qui se réveillèrent à leur arrivée et restèrent sidérés et craintifs à la vue de ces deux étrangers venus d'une autre planète. Tous semblaient épuisés. Deux autres sœurs en coiffe vinrent à leur rencontre, elles avaient noué des foulards en guise de masques chirurgicaux, et portaient des gants de latex, apportés par l'équipe du ministère de la Santé. Les pieds à perfusion étaient faits de bambous fraîchement coupés.

— Ils nous ont aussi apporté des désinfectants, des antibiotiques, des médicaments.

— Mais pas de médecin ?

— Il nous a aidés à poser les perfusions et puis il est reparti pour aller rendre compte.

Il n'y avait aucune ironie dans le ton de la sœur, après tout « rendre compte » à la hiérarchie était aussi une démarche habituelle dans l'Église catholique.

Clea avait du mal à cacher son contentement. Des malades pour elle toute seule, elle allait pouvoir faire des prélèvements. Julien ouvrit sa mallette et sortit son stéthoscope. Une des sœurs malades se réveilla.

— Bonjour… les enfants, dit-elle.

Clea avait fait tous ses prélèvements et rangé ses éprouvettes dans sa glacière. Julien en était à l'examen de la troisième sœur, aussi lisse, dure et jaune qu'un jade ancien, et qui semblait difficile à réveiller, soit épuisement, soit pudeur qui la faisait refuser de se voir examinée par un homme, quand ils entendirent du tapage en bas, des voix d'hommes.

Les sœurs près d'eux écoutaient.

— De toute façon, ils ne vont pas oser monter, dit l'une.

— La dernière fois, il n'y a que le médecin qui ait osé venir à l'étage.

— Bon, alors prenons notre temps, dit Clea.

Julien passa aux adolescents, qui étaient peu à peu passés de la crainte à un intérêt fasciné. Ils étaient tous les deux très maigres, et il demanda aux sœurs si c'était leur état habituel ou apparu avec la maladie.

— Un peu des deux. Nous n'avons qu'une balance à l'orphelinat, et nous ne l'avons pas utilisée ici, pour ne pas risquer de la contaminer.

Julien se concentrait sur ses étapes de l'examen clinique. À part la fièvre élevée et l'auscultation des poumons qui révélait une symphonie tragique de râles variés, il était surpris de trouver peu d'anomalies, une rate un peu augmentée, un souffle cardiaque mais probablement ancien, et l'hydratation de tous était suffisante malgré la fièvre. Les sœurs, aidées par les souvenirs de sœur Claire qui avait voulu devenir infirmière, y avaient bien veillé. Lors de sa visite le médecin militaire leur avait appris comment reconnaître les petits signes de déshydratation, expliqué comment mesurer les urines des vingt-quatre heures pour les comparer aux volumes des boissons ou des perfusions.

La sœur demi-consciente avait une sonde urinaire.

Julien aurait aimé rencontré ce médecin si bon pédagogue.

Clea était en colère.

— Ils auraient mieux fait de les transférer à l'hôpital !

Mais Julien comprenait. Le risque de contaminer l'hôpital, d'avoir à le fermer alors que c'était le seul accessible à toute la population d'un grand territoire. Clea n'était toujours pas d'accord :

— Je suis sûr que le fait qu'il s'agisse de sœurs catholiques, et de gens des minorités, ça a joué.

— Peut-être, mais ce n'est pas sûr.

C'est curieux, leur rôles s'inversaient : d'habitude c'était Clea qui défendait le Vietnam, qu'elle connaissait mieux que lui. Il essaya de sortir de la discussion.

— En tout cas, tous ces gens sont moins malades que ne l'était sœur Marie-Angélique, ou le personnel de Đặng.

— Peut-être que les gens des minorités sont plus résistants au virus que des Vietnamiens des plaines ou des Occidentaux.

Ce n'était pas impossible. Ici, on devait cohabiter avec ce virus depuis des générations. Mais une nouvelle mutation avait dû le rendre plus agressif. Il faudrait éviter de le ramener à Hanoï, comme l'avait fait sœur Marie-Angélique. Ils laisseraient leurs gants et leurs tenues sur place, et ils seraient probablement lavés et réutilisés, comme c'était l'usage dans un pays pauvre. Dans la cour d'un hôpital de Hanoï, Julien avait déjà vu des gants de latex sécher sur un fil.

Finalement il fallut bien descendre.

Des militaires en casquettes et vêtus d'imperméables les attendaient en bas de l'escalier. Ils étaient jeunes, avec l'air fermé et hostile d'hommes face à une situation inhabituelle, mais qui veulent montrer toute l'étendue de leur autorité. Julien n'avait jamais vu auparavant leur uniforme d'un vert sombre, différent des militaires habituels.

Une sœur commença à traduire leurs paroles brutales : Julien et Clea étaient en état d'arrestation, ils étaient venus sans autorisation. Clea l'interrompit, et commença à dérouler son vietnamien parfait en s'adressant à eux comme *Đồng chí*, camarades.

Julien eut plaisir à lire la stupéfaction sur leur visage, un instant non maîtrisée, puis leur méfiance revenir comme redoublée.

En région éloignée, un très bon vietnamien n'était pas toujours un atout, se souvint-il quand ils se retrouvèrent menottés à l'arrière du camion qui les ramenait à Bà Giang.

Clea s'énervait.

— J'espère que ces idiots ne vont pas gâter mes prélèvements.

À Bà Giang l'officier qui les reçut assis derrière son bureau était un homme massif, à la tête ronde, l'air débonnaire, qui lui n'avait pas besoin de prouver son autorité. Pendant qu'il écoutait le compte-rendu de ses hommes, il tenait dans sa grosse main une cigarette au-dessus du cendrier posé sur le bureau à côté de sa casquette ornée d'étoiles, et regardait Julien et Clea d'un air paisible. Devant lui, étalés comme pour une réussite, leurs passeports, l'autorisation du ministère, la carte de l'Institut Pasteur de Clea, l'ordonnance de M. Trần Quang Bình. L'officier était de la génération qui avait connu la guerre américaine, et peut-être aussi l'offensive chinoise qui s'était déroulée dans les parages. Julien reconnut chez lui ce mélange de détachement et d'attention qu'il avait déjà remarqué chez ceux qui avaient connu le feu, comme Wallace : le détachement pour se mettre à distance de l'horreur, l'attention qui avait permis d'y survivre.

L'officier hocha la tête en direction de Clea, qui commença à s'expliquer. Il l'écoutait sans montrer aucun signe d'un intérêt quelconque.

Depuis sa jeunesse, des centaines d'heures de réunions politiques obligatoires avaient dû lui apprendre à ne pas trahir ses sentiments et à contrôler son expression faciale, aptitude qu'on retrouvait portée au plus haut point chez les dirigeants du pays que l'on voyait toujours garder une impassibilité de bûche, même dans les réunions internationales où les représentants des démocraties souriaient.

Finalement, il parla, peu. Deux phrases.

Clea se tourna vers Julien.

— Il veut savoir pourquoi nous n'avons pas demandé d'autorisation.

— Nous voulions revenir aujourd'hui même à Hanoï, et ça nous a paru une bonne idée.

— Il ne va pas nous croire.

— Non.

Elle répondit quand même, et l'officier eut une moue contrariée. Il répondit d'un ton inamical.

— Il dit qu'il peut nous incarcérer immédiatement et nous serons jugés pour espionnage...

— Mais j'ai l'immunité diplomatique, et toi aussi sans doute.

— Non, pas moi.

— Tes compatriotes arriveraient à te faire sortir.

— Aucune idée.

— Bon, alors autant dire la vérité. On est venu voir M. Quang parce qu'on devait le faire, mais après on s'est dit que c'était utile de faire un tour à la communauté d'où venait la sœur Marie-Angélique, nous étions certains de ne pas obtenir l'autorisation.

— La vérité, il l'a comprise déjà.

Clea retourna vers l'officier et s'expliqua. Julien entendit à nouveau « Institut Pasteur, » « Ambassade de France », comme si les documents étalés sur la table n'étaient pas suffisants.

L'officier soupira. Il tira une bouffée de sa cigarette. Derrière lui les jeunes soldats restés debout essayaient de regarder Clea d'un air hostile, mais eux n'avaient pas encore le contrôle de leur expression faciale, et la curiosité, l'étonnement se laissaient voir sur leurs jeunes visages.

L'officier parla à nouveau à Clea, du ton dont on parle à des enfants ou à un idiot.

— Il dit que nous avons enfreint la loi, que cela ne dépend pas de lui, qu'il doit maintenant nous incarcérer.

Julien se mit à rassembler tout ce qu'il avait compris du Vietnam. Un dicton lui revint : « La décision de l'empereur s'arrête à la barrière du village. »

— Dis-lui que nous sommes des amis de la République Socialiste du Vietnam. Notre souci est justement d'aider les Vietnamiens à combattre cette épidémie.

Il entendit Clea prononcer *bạn*, amis, et *chiến sĩ*, combattants.

L'officier sourit pour la première fois.

— Il dit que le compliment est bien tourné, mais qu'il aurait quand même fallu une autorisation.

— Il n'a pas tort.

— Je vais lui faire part de nos regrets infinis.

Mais cette fois le visage de l'officier se referma. Il parla brièvement.

— Il ne voit aucune preuve que nous sommes des amis de sa patrie. Il pense que nous sommes là pour trouver des informations défavorables et salir la réputation de son pays et exciter les éléments hostiles, des nostalgiques du régime fantoche basés à l'étranger.

C'était comme une douche froide.

— … Il parle bien la langue du Parti, celui-là.

— Obligé.

Pourtant, Julien, n'ayant pas à faire l'effort de traduction, s'était concentré sur l'expression de l'officier. Et dans son regard, il avait cru lire un soupçon d'amusement.

— Je pense qu'il ne croit pas à ce qu'il dit.

— Je ne vais pas lui dire ça ! À ce stade, mieux vaut avoir l'air d'idiots repentants.

— C'est le moment de se trouver des amis.

— Je peux lui demander d'appeler l'Institut Pasteur de Saigon, notre directrice doit être assez haut placée, et elle m'aime bien, enfin je crois.

Julien se souvenait d'une Vietnamienne assez effacée qui ne sortait de son bureau que pour les cérémonies officielles. Saurait-elle parler à un soldat d'un corps d'élite ?

— J'ai mieux. Dis-lui d'appeler Đặng. Le professeur Đặng.

— Mais je ne l'ai vu qu'une fois.

— Moi, plus souvent.

Đặng téléphona à sa femme qu'il ne rentrerait pas à la maison ce soir, ni dans les jours à venir.

Par la fenêtre il apercevait les fleurs de chrysanthème, cette fleur d'hiver que sa femme aimait tant, sans savoir qu'en France c'était la fleur de la Toussaint, la fleur des cimetières. Il se demandait s'il reverrait cette fleur mélancolique refleurir à nouveau l'année prochaine. Il entendait sa femme pleurer, et cela lui rappela soudain ses premières larmes, quand il lui avait dit qu'il partait pour le front. À cette époque, tout flirt était considéré comme une activité contre-révolutionnaire, toute l'énergie devait être dévolue à la défense de la patrie, et ils devaient se cacher pour se rencontrer. Ils se retrouvaient dans la soupente de l'appartement familial d'un de ses amis déjà parti pour la guerre. Il se souvenait quand sa femme s'était dénudée pour la première fois, son mince corps blanc et frais de jeune fille, presque lumineux dans la pénombre de la soupente, lui offrant sa virginité comme un suprême cadeau avant son départ pour un front dont si peu revenaient.

Plus tard, sa nature d'homme à femmes avait provoqué bien d'autres larmes chez sa femme, qu'elle cachait le plus souvent. Mais jamais, même quand une de ses maîtresses l'avait plus touché que d'autres, ou s'était faite pressante pour qu'il divorce, il n'avait douté un seul instant que c'était sa femme qu'il aimait plus que tout, et que jamais il ne la quitterait, ni ne voudrait vieillir avec une autre.

— Je dois rester, tu comprends. Je ne peux les laisser.

Aujourd'hui, la nouvelle guerre avait commencé. Après les surveillantes, une des infirmières malades était aussi morte d'un syndrome hémorragique. Plusieurs membres du personnel étaient devenus fiévreux. Le ministère de la Santé avait fini par prévenir officiellement la déléguée de l'OMS. Elle allait arriver dans l'après-midi, pour observer et rendre compte. Une alerte de l'organisation risquait de faire plonger le tourisme naissant et l'économie du pays, mais c'était la guerre, et pour la gagner il fallait faire des sacrifices. Sacrifice, il avait tant entendu ce mot pendant la guerre américaine. Les sacrifices demandés étaient devenus au fil des années de plus en plus cruels, mais, assurait-on, dignes de la victoire finale et de la réunification. Đặng était arrivé à une autre conclusion : dans cette guerre, les deux adversaires avaient perdu. Les Américains, leur bonne conscience et leur prestige d'éternel vainqueur. Les Vietnamiens, des millions de jeunes vies. Et tout cela, toutes ces victimes, ces familles brisées, ces paysages dévastés, pour que le pays finisse un jour par se rallier au capitalisme, il suffisait de regarder ce qui se passait en Chine pour le prévoir…

C'était le genre de pensées qu'il ne partageait qu'avec deux ou trois amis de longue date, aussi décorés que lui, et en général à la fin d'une beuverie qui leur permettrait le lendemain de faire semblant d'avoir oublié ce qui s'était dit. Il se consolait aussi en se disant que le Vietnam n'était pas le seul pays à avoir mené des guerres pourtant évitables.

Il se souvenait de sa classe terminale au lycée Chasseloup-Laubat à Saïgon, du temps du « régime fantoche », quand, préparant le baccalauréat français, il avait appris l'absurde enchaînement du déclenchement de la Première Guerre mondiale, entre nations européennes supposées avancées…

La décision avait été prise de fermer son service à tout nouveau malade, et tout le personnel était consigné et ne devait plus revenir à son domicile ni rencontrer sa famille. Ceux qui étaient présents les jours précédents mais non malades avaient été regroupés dans une caserne.

Respect de la tradition confucéenne, ou prestige d'un héros de la Révolution, son nom n'avait pas été inclus dans la liste du personnel consigné en quarantaine, qui comprenait celui du docteur Minh. Mais pour lui, il n'y avait pas d'autre choix, de même qu'il n'en avait pas eu d'autres quand il était parti pour la guerre dans la jungle de son pays, abandonnant ses promenades le long de la Seine avec ses camarades français.

Sa femme avait arrêté de pleurer.

— Je ne peux pas venir te voir ? Je peux te préparer quelque chose, t'apporter de quoi dîner.

Même dans les grandes catastrophes, la nature nourricière de sa femme ne disparaissait jamais. Avant son départ à la guerre, elle l'avait chargé d'un paquet de *bānh chu'ng*, ces gâteaux de riz gluant au porc et au soja devenus une rareté à l'époque, qu'il avait vite partagés avec ses camarades.

— Non. Ne t'inquiète pas. Ton mari est fort.

Elle rit, la voix encore assourdie par les larmes.

— Parfois, je t'aimerais moins fort.

Soudain il se souvint : c'est ce qu'elle lui avait dit quand il était parti pour la guerre ! Le même dialogue revenait à trente ans de distance.

— Tu voudrais que je revienne à la maison ?

— Que tu reviennes, là, maintenant ?

Il vacilla un instant. Il pouvait encore le faire, et il avait la conviction qu'il n'était pas contaminé. Au moins lui dire au revoir, la serrer dans ses bras.

— Non, tu dois faire ce que tu penses juste.

Et puis elle ajouta : « Je t'aime ainsi. »

La même phrase, il s'en souvenait, elle l'avait murmurée dans l'ombre de la soupente.

Brusquement les larmes montèrent aux yeux de Đặng. Elle l'aimait tant, elle l'avait tant aimé toutes ces années, malgré tout, malgré toutes ses infidélités. Un sentiment de remords l'assaillit, comment avait-il pu être aussi faible, envers des femmes qu'il n'aimait pas, juste pour son plaisir et pour flatter sa vanité. Était-il possible qu'il meure sans qu'il puisse le lui dire, sans la serrer dans ses bras ?

À peine avait-il raccroché que le téléphone sonna à nouveau. Il décrocha, transformant aussitôt ses larmes en colère, comme un vrai combattant vietnamien, prêt à clouer le bec à son interlocuteur, sans doute un fonctionnaire du ministère, ils ne cessaient de le harceler d'appels depuis le début de la matinée.

Non. Un colonel de l'armée des frontières voulait lui parler. D'un poste de Bà Giang ?

À ce grade et à ce poste, sûrement un homme qui avait combattu comme lui dans la guerre américaine.

Au fur et à mesure qu'il écoutait lcs explications, le sourire revint sur le visage de Đặng.

— Camarade..., commença-t-il.

La pluie était revenue, et le seul essuie-glace qui fonctionnait donnait une faible visibilité au gros tout-terrain kaki de l'armée dans lequel ils se trouvaient en compagnie du colonel Phan Vân Huy et de son chauffeur, d'une sœur qui ferait l'interprète quand ils arriveraient au village, et d'une infirmière de l'hôpital de Bà Giang, que le colonel avait fait venir avec un nouveau stock d'éprouvettes pour les prélèvements et une glacière supplémentaire.

L'ordre de l'Empereur s'arrête à la barrière du village, et la solidarité des combattants pouvait être plus forte que les directives d'un gouvernement. Et Đặng avait pu aussi faire jouer ses relations à haut niveau.

Ils étaient d'abord passés à l'orphelinat, et Clea avait pu continuer d'interroger les sœurs. Plusieurs enfants avaient eu de la fièvre dans les jours précédant l'arrivée de sœur Marie-Angélique. Et tous venaient du même village plus haut dans la montagne.

— Mais ne sont-ils pas orphelins ?

Sœur Marie-Agnès expliqua que ce n'était pas si simple. Certains enfants étaient vraiment orphelins, leurs parents décédés de causes variées dans un univers où l'espérance de vie était plus brève que dans le delta. Mais beaucoup d'autres avaient été déposés à leur naissance à la porte de l'orphelinat, les familles étant trop pauvres pour élever un enfant de plus. Parfois c'était un père qui descendait du village en pleine journée pour apporter un nouveau-né, la mère venant de mourir en couches. En l'absence d'un autre foyer prêt à se dévouer, un homme seul qui devait travailler tout le jour ne pouvait s'occuper d'un nouveau bébé. Donc certains enfants connaissaient encore leur famille, ou au moins leur village, et y revenaient de temps en temps.

Clea avait utilisé ses dernières éprouvettes de prélèvements sur les enfants qui avaient été fiévreux. Elle s'était installée dans le réfectoire de l'orphelinat, près d'une table chargée d'énormes marmites, et sous un chromo du Christ-Roi qui semblait arriver d'une chapelle napolitaine. Les enfants avaient été rassemblés au-dehors, avant qu'une sœur les fasse entrer un par un, pour que la vue du sang n'effraie pas les suivants.

Mais ils étaient tout excités, ce n'était pas la première fois qu'ils voyaient des *Tay*, mais Julien et Clea ne ressemblaient en rien à sœur Marie-Angélique, qui, petite et ridée, avait dû leur paraître assez proche des religieuses qu'ils connaissaient. En observant Clea, sa blancheur et ses yeux bleus, ils murmuraient entre eux *pu pê,* poupée, un mot laissé par les Français. Aucun n'aurait voulu donner sa place.

Pendant que Clea cherchait où piquer sur leur petit bras, les sœurs leur parlaient pour leur faire détourner la tête, leur donnaient un bonbon une fois le pansement posé, leurs larmes duraient peu.

Dans la voiture, Clea échangeait quelques phrases avec le colonel, qui ne parlait pas anglais, mais un peu d'allemand, résultat d'un stage de formation en ex-Allemagne démocratique. Julien ressuscita son allemand, non pratiqué depuis le lycée, et ils arrivèrent ainsi à échanger des informations essentielles.

— Marié ? demanda le colonel.

— Non, pas encore.

— Raison… pas bon se marier trop tôt.

— Marié ?

— Oui. Enfants.

— Grands enfants ?

— Deux filles. Étudiantes.

— Félicitations.

— Au Vietnam, préférer garçons, dit le colonel.

Il sourit d'un air légèrement mélancolique, sans que l'on puisse savoir s'il se désolait de la mentalité rétrograde de son pays, ou de se retrouver sans héritier mâle. Dans l'ancien temps, le colonel aurait pu continuer de procréer jusqu'à ce que surgisse le garçon désiré, y compris en prenant une deuxième épouse, mais le gouvernement avait imposé la politique de la famille de deux enfants, pas toujours suivie à la campagne. Et les militaires et les membres du Parti devaient donner l'exemple, faute de voir leur carrière compromise.

L'infirmière était jeune, elle rappelait à Julien mademoiselle Fleur, mais elle semblait intimidée, ou effrayée, de se retrouver en cette compagnie si inhabituelle, militaires, étrangers, sœur des minorités. Elle était *kinh*, une Vietnamienne de notre eau natale. En tant que jeune et moins gradée, elle s'était retrouvée désignée pour cette mission qui devait paraître effrayante : se rendre dans un village des minorités, peut-être infesté d'un mystérieux virus.

Elle avait été reléguée sur un strapontin à l'arrière, et Clea se retournait pour lui parler et la rassurer.

— La pauvrette, elle est terrorisée.

— On aimerait bien les voir plus souvent, nous, les gens de l'hôpital, dit la sœur.

— Que se passe-t-il quand un enfant tombe malade ?

— On fait les médecins nous-mêmes, si ça devient sérieux, on le fait descendre à l'hôpital. Mais ça oblige une sœur de rester avec lui. Pas un bon système !

On sentait une critique du système tout entier dans le ton de la sœur, et elle n'aurait sans doute pas prononcé la même critique en vietnamien devant le colonel. Après la victoire de la Révolution, les communautés de sœurs avaient longtemps été interdites d'enseignement.

Le crachin avait cessé, le ciel ressemblait à une grande bâche laineuse, tendue au sommet des montagnes. Par une trouée lointaine, un rayon de soleil illuminait une vallée, lointaine, coulée de vert brillant.

Ils passèrent devant les ruines d'un fortin, de grands chicots de pierre noircis par le feu, où une garnison française avait dû périr plus de quarante ans plus tôt. La route devint plus étroite, ce n'était plus qu'une piste d'argile, bombée en son milieu, et leur véhicule commença à peiner et à chasser de l'arrière. Julien aperçut la boucle suivante, encore plus raide.

— Il va falloir descendre, dit-il.

— Et faire le reste à pied ?

— Oui. Par temps sec, ce serait possible, mais là… Dis au colonel de le faire arrêter.

— Tu crois ?

— Il va nous mettre dans le ravin.

Mais le conducteur s'acharnait, sous l'œil impassible du colonel. S'obstiner sans se soucier des pertes, voilà qui était une valeur de la guerre révolutionnaire, et donc de l'armée vietnamienne. Le fort français, comme tant d'autres, avait dû être emporté par des vagues d'assauts successives, exterminées l'une après l'autre par les mitrailleuses, jusqu'à ce que la dernière vague arrive à tout emporter. Les roues patinaient de plus en plus, la voiture finit par se mettre en travers, avancer en crabe. Finalement le colonel donna un ordre, et le chauffeur arrêta la voiture.

Ils descendirent et commencèrent l'ascension. La pluie s'était transformée en un doux crachin. Le chauffeur portait la glacière, le colonel marchait en tête, suivi de la sœur et de l'infirmière, trois uniformes si différents qui donnaient à leur procession quelque chose de comique, comme une troupe de comédiens ambulants se rendant sur la scène d'un théâtre de village.

Julien vit Clea qui marchait à ses côtés, son air de reine en visite qui ne la quittait jamais, avec ce sourire d'amusement qu'il était le seul à pouvoir effacer, et il se sentit un élan pour elle, qu'il refréna comme une fausse promesse.

Il n'arrivait pas à dormir.

Sa nuit était peuplée de trop de bruits. La pluie avait recommencé, la route du retour était devenue impraticable, et ils avaient dû rester à dormir chez les Hmongs.

Il l'entendait crépiter sur les feuilles de teck du toit au-dessus de sa tête, puis sur un ton différent sur la tôle ondulée qui couvrait une autre partie de la grande pièce commune. Il reposait sur le seul lit de la maison – geste d'hospitalité envers les étrangers en visite – en fait un meuble qui devait servir aussi de table pour les repas communs, avec une natte en guise de matelas, ce qui suffisait à Clea qui s'était endormie aussitôt. Toute la famille Hmong s'était dispersée dans d'autres parties de maison, plus ou moins séparées par des demi-cloisons de planches. Il pouvait entendre le ronflement d'un grand-père, la respiration d'un enfant enrhumé, des petits soupirs et gémissements des bébés, et parfois un murmure d'une voix adulte, mère rassurant son enfant, protestation contre un empiétement, ou peut-être un cauchemar apporté par l'extraordinaire présence d'étrangers en ce lieu. La sœur dormait quelque part au milieu d'eux, ils étaient son peuple. Le colonel, le chauffeur et l'infirmière avaient été invités à passer la nuit dans une autre maison, sans doute celle du chef de village qui devait être en contact régulier et obligatoire avec les autorités.

D'entre les planches mal jointes du plancher sur pilotis, montait la rumeur des bêtes, chiens, poulets, et petits cochons noirs dont l'un avait été égorgé pour les accueillir dignement, et dont un lambeau de viande grasse lui restait obstinément coincé entre deux molaires. Il avait fallu aussi partager l'alcool de riz – une boue de feuilles, racines, et fragments de serpent tournait au fond de la bouteille – et cela, plus la faim, n'aidait pas à son sommeil. La sœur avait pu s'abstenir de boire à la bouteille passée à la ronde, mais pas un homme, comme lui, et quant à Clea elle en avait eu une envie sincère, curiosité et goût pour les alcools forts qu'il avait déjà remarqués.

Au dîner, ils formaient comme un cercle enchanté, avec les deux pères de famille à l'air humble, qui avaient revêtu leur tenue brodée traditionnelle, sans doute en leur honneur, une grand-mère aux yeux bleuâtres, voilés par la cataracte, mais qui riait en montrant ses dents laquées de noir, et qui ne parlait pas le vietnamien, et deux femmes, sans doute deux sœurs, dans la splendeur de leurs robe et châle aux teintes de rouge sang et de bleu fumée et de leur coiffe ornée de pendeloques d'argent. Tenue que les femmes portaient tous les jours, comme ils s'en étaient aperçus à leur arrivée au village. Elles n'étaient pas timides, leurs yeux pétillaient, elles plaisantaient avec Clea, posant des questions sur le couple qu'ils semblaient former, et malgré les dénégations de Clea, elles avaient déjà tout compris, et riaient en regardant Julien. Leurs visages, sous leurs sourcils rasés, étaient parfaits et presque identiques, comme épurés de toute variation inutile, dans une communauté où tout le monde se reconnaissait.

Il ouvrit les yeux, l'obscurité était presque complète, mais il distinguait un grand tas d'épis de maïs qui occupait tout un coin de la pièce. Et après tout ? Il se leva sans bruit en emportant sa couverture, qu'il jeta sur le maïs.

On ne pouvait parler de confort, mais les épis formaient comme un matelas noueux qui se moulait autour de son corps, et il eut l'impression qu'il allait enfin s'endormir.

« Merde », avait dit Clea en français quand elle s'était piquée avec l'aiguille de la seringue. Elle venait de la retirer du bras d'une petite fille, qui s'était débattue pour s'enfuir, mal retenue par sa mère. Elle faisait partie des enfants fiévreux. Il avait vu le sang perler dans la paume très blanche de Clea quand elle avait retiré son gant, et elle lui avait souri, comme pour l'inviter à partager le comique de la situation : le médecin se pique lui-même.

« De toute façon elle n'a pas l'air très malade », avait-elle ajouté.

Pour s'en assurer Julien avait plus tard demandé à retrouver l'enfant, et l'un des hommes l'avait conduit à une maison plus misérable, en bas du village, non loin du torrent. Il avait retrouvé la fillette, terrifiée par son apparition, craignant sans doute une autre piqûre. Il avait confié le thermomètre à la mère, en restant à distance de la petite qui s'était réfugiée comme un chat apeuré sous le châssis qui servait de lit.

Elle avait un peu de fièvre. Il fallait l'ausculter. Pendant que sa mère la rassurait dans une langue qui ne ressemblait en rien au vietnamien, il avait réussi à poser son stéthoscope sur le torse de l'enfant, d'abord à travers sa tunique, puis sur sa peau. La fièvre pouvait être due à la bronchite banale dont il entendait les sons, manipulant le petit corps aux côtes saillantes qu'il sentait frémir entre ses mains, tandis qu'il posait son stéthoscope çà et là. Les larmes de la petite fille avaient cessé, tandis que la mère continuait de murmurer, et elle avait fini par le regarder avec confiance. Dans ses yeux marron, étonnés, il avait senti qu'elle venait d'entrevoir un nouveau monde, un monde où des étrangers bienveillants s'occupent de vous, un monde de richesse et de confort. Quand il était parti elle l'avait suivi au-dehors, et sa mère avait dû la retenir par la main.

« Bronchite banale », se répétait-il.

Il entrouvrit les yeux, et distingua la silhouette de Clea endormie, seule sur la grande natte qu'il venait de déserter.

Il sentit sa gorge se nouer.

Il se releva avec précaution, provoquant un silencieux écroulement d'épis, et revint se coucher près d'elle.

Sans ouvrir les yeux, elle se retourna et passa un bras autour de son cou.

Finalement, il s'endormit.

Seule, la petite marchande lisait dans la chambre. La tombée de la nuit lui rappelait que la veille, elle avait vu la fin du jour dans la chaleur de sa famille, et que maintenant, elle se retrouvait seule, à attendre le retour de ses deux camarades de chambre encore au travail.

Elle s'absorbait dans sa lecture, pour chasser le sentiment d'abandon qui l'envahissait.

Elle lisait une traduction en vietnamien de *Sans famille*, ses sourcils droits légèrement froncés, redoutant par avance les nouveaux malheurs qui allaient fondre sur Rémi et Vitalis errant sur les routes de la France du siècle passé. Le livre avait connu un succès au Vietnam à travers les générations, sans doute parce que lutter contre la misère, se retrouver orphelin, s'épuiser au labeur, s'endormir en ayant faim, craindre d'être arrêté par la police n'étaient pas des situations exotiques pour beaucoup de lecteurs.

Les passages qui décrivaient la neige la troublaient particulièrement, elle en avait une représentation à la fois merveilleuse et maléfique, *le grand manteau blanc, les flocons par milliers*. Et de cette neige surgissaient les loups qui dévoraient les chiens Dolce et Zerbino.

Les larmes lui montaient aux yeux à chaque scène de séparation, et l'histoire n'en était qu'une longue suite. Mais toujours luisait l'espoir d'une fin heureuse, et dans sa petite chambre, à chaque lecture, cette lueur réchauffait la petite marchande, cette histoire lui donnait comme un horizon heureux à ne pas oublier, et elle regrettait d'avance le temps où elle aurait fini la lecture de *Sans famille.* Elle savait qu'elle aurait en réserve *Les Misérables* de Victor Hugo, une des lectures favorites de son père.

Elle avait déjà lu quelques nouvelles de Maupassant, mais n'avait pu continuer sa lecture. Les duretés de la vie dans la campagne française du XIXe siècle lui rappelaient trop celles dont elle avait été témoin depuis son enfance. Avec Maupassant elle avait l'impression d'ajouter de la tristesse à celle qu'elle ne sentait jamais loin d'elle.

Elle posa son livre, elle était fatiguée, mais elle ne voulait pas s'endormir avant le retour de Vân et de Huyền.

Elle se demanda si sa mère avait eu aussi le goût de la lecture avant de perdre l'esprit. Elle n'arrivait pas à s'en souvenir, elle se souvenait juste que sa mère était bonne en calcul, qu'on faisait souvent appel à elle dans le voisinage quand il s'agissait de faire des comptes ou de calculer des surfaces d'un champ au périmètre compliqué.

Peut-être sa mère guérirait-elle un jour ? Elle ne croyait plus à la médecine traditionnelle et aux offrandes, et elle s'était promis de tout faire pour refuser la prochaine fois qu'une tante proposerait de nouvelles dépenses pour un rituel avec un nouveau guérisseur. Les médicaments modernes n'avaient pas réussi non plus. Mais il est vrai qu'ils avaient été prescrits par des médecins vietnamiens. Bien sûr, depuis leur première rencontre elle avait pensé au jeune médecin français. Peut-être aurait-il une autre manière, lui ? Mais venir parler de sa mère, lui révéler cette disgrâce de la famille, lui paraissait impossible. C'était trop embarrassant de paraître quémander quelque chose, d'exhiber ses plaies, alors qu'elle ne l'avait rencontré que trois fois. Peut-être un jour, s'ils faisaient mieux connaissance, elle amènerait sa mère à Hanoï… Il s'arrangerait pour qu'il la rencontre, sans rien lui dire, ils prendraient un café tous ensemble et peut-être comprendrait-il ?

Mais elle avait l'impression que cette rencontre resterait un rêve.

Ces dernières nuits, elle avait commencé à rêver à lui. Elle ne savait pas si elle devait s'en réjouir ou s'en désoler, comme d'un sentiment qui ne pouvait que la rendre malheureuse, aussi inutile que les herbes que cueillait sa mère. Pour la première fois, elle murmura son nom dans le silence de la chambre.

Elle entendit des pas dans le couloir, et Vân entra. Elle revenait du restaurant qui fermait à dix heures, épuisée d'avoir servi pendant des heures dans une salle bondée et bruyante où elle devait en particulier veiller à maintenir toujours pleins les verres de bière des nombreux clients, mais sa jeunesse lui permettait de se réveiller vaillante chaque lendemain. La petite marchande l'aimait bien. Vân n'était pas très bavarde, il était difficile d'échanger des confidences, elle ne lisait jamais, mais elle était bonne, toujours optimiste, et s'amusait d'un rien. Sa famille venait de Thái Bình, son père invalide de guerre touchait une maigre pension et sa mère tenait une petite échoppe où elle préparait aussi des cafés. Son grand frère venait de terminer son service militaire, et ayant obtenu son permis poids lourd, se cherchait un emploi comme camionneur ou conducteur de bus, une source de revenu garanti.

Pour la petite marchande, cette famille paraissait rêvée. Le père était invalide, mais il était resté le père qui pouvait parler à ses enfants. Deux personnes, et bientôt trois pouvaient subvenir aux besoins de la famille et aider les grands-parents ou les cousins quand le besoin s'en faisait sentir. La famille de Vân avait de la chance par rapport à la sienne. Trop de bouches à nourrir dépendaient juste de son commerce autour du lac et du labeur de son père, et personne ne pouvait plus trouver aucun réconfort auprès de sa mère.

Mais elle ne s'arrêtait jamais longtemps à cette pensée, trop attristante, elle savait que, comme Rémi dans *Sans famille*, elle devait reprendre sa route et sa vie de petite marchande ambulante.

— Où est Huyền ?

D'habitude Vân et Huyền revenaient ensemble, travaillant dans deux restaurants voisins, près du grand réservoir central, une massive tour ronde d'aspect gallo-romain laissée par les Français.

Vân la regarda d'un air intrigué.

— Tu ne sais pas ? Elle ne t'a pas dit ?

— Non, j'étais à Nam Định.

Vân approuva de la tête cette vérité indiscutable, se déshabilla et se glissa dans son pyjama, puis elle sortit en direction des douches communes au fond du couloir.

La plupart des serveuses de restaurant vivaient dans des chambres communes au-dessus de leur établissement, mais, à part qu'on n'y connaissait jamais la solitude, la vie y était inconfortable avec l'impression de ne jamais quitter son travail. Cette chambre, au loyer anormalement bas, était une aubaine. La propriétaire était la veuve d'un soldat, tante éloignée de Vân et qui semblait ne pas veiller de près à ses affaires, à moins qu'elle ait décidé d'aider la jeunesse laborieuse.

Vân revint et s'allongea sur sa natte, prête à dormir.

— Tu peux continuer à lire, ça ne me dérange pas.

— Oui, mais Huyền ?

Vân resta un instant sans rien dire, elle s'était tournée sur le côté. Lumière d'Automne voyait juste la douce courbe de sa joue, sa petite oreille aussi délicate qu'un coquillage, ses cheveux noirs aux pointes mouillées par la douche.

— Elle a trouvé une place dans un bar.

— Dans un bar ? Elle est serveuse ?

— Non.

Elle mit quelques secondes à accepter ce dont elle se doutait déjà. Vân continuait :

— Non, tu sais ce genre de bar où tu fais boire le client, et après…

Il y eut un silence, et puis elle ajouta :

— De toute façon, elle ne pouvait pas s'en sortir avec le restaurant. Sa famille…

Le père de Huyền buvait trop, et trouvait de moins en moins souvent du travail. Un de ses frères, qui trafiquait un peu, s'était retrouvé en prison et il faudrait payer pour qu'il y soit assez nourri, et encore plus pour le faire sortir avant le terme de sa peine.

Les deux amies savaient aussi que le père de Huyền s'était mis à jouer, et qu'il avait accumulé des dettes. Et il fallait quand même nourrir le petit frère, qui lui était studieux à l'école, et sans doute quelques cousines et cousins dans la difficulté.

— Alors maintenant, elle va travailler là ?

— Elle y allait déjà de temps en temps, je ne t'avais pas dit mais maintenant c'est tous les soirs.

— Dans ce bar ?

— Oui. Elle est jolie. Elle peut vraiment gagner de l'argent.

Vân, comme d'habitude, voyait l'aspect positif de la situation, mais dans sa voix, Lumière d'Automne sentit comme une fêlure.

À propos de leur amie, aucune des deux n'aurait pu prononcer le mot qu'elles connaissaient bien, *ca vê*, prostituée.

Quand la lumière fut éteinte, la petite marchande n'arriva pas à s'endormir. La respiration paisible de Vân ne l'apaisait pas, elle aurait voulu réveiller son amie, et lui dire : « Ce n'est pas possible, on ne va pas laisser Huyền faire ça. »

Mais elle savait bien que c'était inutile, pire, enfantin.

Comme dans *Sans famille* il fallait reprendre sa route.

Huyền avait été obligée de faire un détour, c'était tout.

Le lendemain, elle décida d'aller au lac plus tôt que d'habitude.

La veille, elle avait remarqué plusieurs cars près de l'hôtel *Hoa Binh*, sans doute une délégation étrangère, il y aurait donc plus de policiers en faction sur la promenade.

Mais elle espérait trouver quelques touristes ou délégués matinaux qui viendraient admirer le lac à l'aube, puis elle reviendrait chez elle.

Entre les feuillages des arbres, la nuit n'avait pas laissé place à des nuages gris comme les jours précédents, mais à un bleu profond, limpide, celui d'un beau ciel pur, annonçant la première belle journée d'hiver.

Elle arriva au bord de l'eau à l'instant où le soleil touchait le pagodon, qui émergeait au milieu des derniers bancs de brume.

Elle repéra quelques promeneurs, certains habitués, et pas encore de policiers en vue.

Assis à la terrasse du petit kiosque, elle aperçut le couple d'Américains si gentils, c'était comme un heureux présage pour sa journée.

Elle savait maintenant pourquoi Wallace aimait revenir se promener librement avec sa femme dans une ville dont il n'avait rien pu voir pendant toutes ces années derrière des murs. Margaret lui avait raconté comment elle l'avait attendu, espérant des lettres qui n'arrivaient jamais. Et puis comment un jour, elle était venue l'accueillir à l'aéroport de Los Angeles, avec les épouses et les fiancées des autres prisonniers libérés. Wallace était si amaigri qu'elle ne l'avait pas reconnu tout de suite au milieu des autres, elle avait eu soudain peur qu'il ne soit pas revenu, une erreur dans la liste, peut-être était-il mort, et puis elle avait croisé son regard, le même que dans son souvenir.

La petite marchande avait adoré l'histoire de Wallace et de Margaret, qui lui paraissait aussi belle que celle de *Sans famille*.

Elle vit qu'ils l'avaient aperçue, il lui fit un signe. Qui ressemblait à un avertissement…

Elle sentit la main sur son épaule en même temps que les deux hommes l'entouraient.

Elle n'avait même pas eu le temps de faire le geste de vendre. Mais elle savait que cela ne comptait pas. C'était l'heure de la revanche.

Pendant qu'elle se sentait emmenée vers le commissariat tout proche, dans l'odeur de sueur rance de celui qui lui tenait le bras, elle pensa à toute sa marchandise perdue, qui serait saisie et disparaîtrait, à sa famille d'abord sans nouvelles, puis sans argent pour les semaines à venir.

Elle sentait les regards de la rue sur elle, elle savait qu'elle n'avait pas à avoir honte, mais l'émotion était trop forte, elle se trouvait entre deux policiers comme une voleuse, elle baissait les yeux sans pouvoir s'en empêcher.

En entrant sous le porche du commissariat central, elle pensa au jeune médecin et à son amie, ses divinités si lointaines qui aujourd'hui n'étaient plus là pour la sauver.

Quand ils arrivèrent à Hanoï – ils étaient partis du village à l'aube, réveillés par le froid – l'hiver les avait précédés. Les Vietnamiens s'étaient vêtus d'anoraks de couleurs terreuses et de bonnets tricotés, les jeunes gens à vélo avaient le visage caché par des écharpes, les grand-mères sur les seuils s'étaient emmitouflées, mais pour les Occidentaux ce n'était encore qu'une fraîcheur agréable. Le vrai froid arriverait dans quelques jours, et eux aussi seraient obligés de se couvrir et de supporter pendant des semaines des draps toujours humides dans des maisons dépourvues de chauffage.

Les braseros fumaient sur les trottoirs, leurs fumées se mêlaient à la brume sur le lac, c'était l'hiver, mais les arbres gardaient leurs feuillages, seuls les grands badamiers faisaient une concession à la saison en abandonnant quelques feuilles devenues rouges, qui venaient s'échouer sur les dalles de la promenade ou s'en allaient flotter sur les eaux. La ville prenait la couleur du ciel gris et semblait avoir commencé à hiverner, c'était son charme, le défilé des quatre saisons, avec leurs ciels, et leur influence sur les caractères. Dans quelques semaines, ce serait Noël, et puis le Têt, ces quelques jours où Hanoï se viderait, les dettes se paieraient, les boutiques fermeraient tandis que tout le monde reviendrait à la campagne se réunir en famille, honorer les ancêtres et manger des *ban chung* que l'on préparerait en famille.

— J'aime l'hiver, dit Clea. Quand j'étais petite j'adorais voir les jours raccourcir, sortir de l'école quand la nuit commençait à tomber. Et les vitrines de Noël…

Clea avait passé son enfance à Londres, dans une majestueuse maison de South Kensington, dans le cocon d'une famille de banquiers et de hauts fonctionnaires, mode de vie qu'elle avait vite abandonné dès la fin de ses études de médecine pour des missions humanitaires dans des pays sans confort. Elle disait qu'elle devait avoir une bonne part des gènes d'un grand-oncle, qui avait été révérend en Chine pendant l'invasion japonaise et la guerre civile.

— On m'a dit que les signes de Noël étaient plus visibles à Saigon.

Il se demandait pourquoi il éprouvait toujours le besoin de défendre le charme de Saigon, alors que tous deux savaient qu'il préférait Hanoï. Clea haussa les épaules.

— Oui, on voit quelques guirlandes, mais à Saigon, c'est comme la Californie du Sud, ce n'est jamais l'hiver !

Bien sûr, ils tournaient autour de la question du départ de Clea ou de son éventuelle installation. à Hanoï.

— De toute façon, je dois y revenir, avec tous ces prélèvements.

Un avion militaire l'attendait à l'aéroport de Gia Lâm – il était hors de question de faire voyager les prélèvements sanguins contaminés dans un avion civil contenant des passagers. Julien se demandait si ce n'était pas la partie la plus risquée du voyage de Clea dans le Nord, voler dans un avion russe qui ne serait plus entretenu par les équipes d'origine.

Ils avaient appelé Đặng avant de quitter Bà Giang. Les nouvelles étaient catastrophiques.

À l'hôpital, après la surveillante, deux infirmières étaient mortes, trois autres membres du personnel étaient en réanimation. D'autres personnes avaient de nouveaux symptômes de bronchite. Seule bonne nouvelle dans ce champ de ruines, l'épidémie n'était pas sortie de l'hôpital.

Et en effet, le vieux quartier n'avait pas changé, les mêmes boutiques débordaient sur la rue, et la voiture devait rouler au pas pour se frayer un passage dans la foule des acheteurs, vêtus des couleurs ternes de l'hiver, l'air affairé et insouciant. Les enfants regardaient passer leur voiture, jetaient un œil à l'intérieur, leur faisaient des signes joyeux.

Il espérait qu'ils ne leur apportaient pas la peste. Mais d'ailleurs cette peste, d'où venait-elle ? Clea devait savoir.

— Et alors, après ce voyage, tu as des hypothèses ?

Clea sourit.

— Bien sûr.

— Raconte, dit-il en évitant brusquement une mère à vélo, son enfant sur le porte-bagages.

— On peut imaginer que le virus traîne dans la région depuis des années, voire des siècles. Pour les gens du coin, ça donne de grosses grippes, peut-être que ça les a tués parfois, mais là-bas la mort n'est pas inhabituelle...

— Et ensuite ?

— Eh bien, ce virus a muté, il est devenu plus méchant, en tout cas pour des gens qui n'ont pas le patrimoine immunitaire des minorités montagnardes.

— Et les belettes ?

— C'est peut-être le réservoir de virus, si nous avons un peu de chance…

En voyant la foule autour d'eux, tous ces innocents sur lesquels le fléau pouvait s'abattre, il eut soudain envie de faire demi-tour, de rejoindre le désert des montagnes, comme si leur disparition de Hanoï pouvait diminuer le risque d'épidémie. Mais le virus était déjà dans l'hôpital. Et il pensait sans cesse à l'aiguille qui avait fait perler le sang de la main de Clea.

Ils arrivèrent devant l'ambassade. Ils avaient juste le temps d'y passer, le temps d'une réunion rapide, avant d'emmener Clea à l'aéroport.

Il pensait que le portier allait ouvrir la grille, mais surprise, elle resta close. Ils virent un des gendarmes en uniforme s'approcher dans l'allée. Il restait de l'autre côté de la grille. Julien descendit de la voiture pour lui parler.

— Que se passe-t-il ?

— Vous ne devez pas entrer dans l'ambassade.

— Comment ?

Le gendarme regarda à ses pieds, comme honteux de ses consignes.

— Ce sont des ordres de Paris. Du fait de l'épidémie, et votre voyage à l'orphelinat, ils ne veulent pas de contact entre vous et le personnel de notre ambassade.

— Mais nous avons pris nos précautions.

— L'ambassadeur est désolé, il m'a chargé de vous donner cette lettre…

La lettre fut glissée entre les barreaux.

— Et la voiture ?

— Vous pouvez la garder pour le moment.

Garder la voiture était une véritable aubaine, dans une ville encore dépourvue de taxis. Ils refirent un tour du lac, poussèrent jusqu'à la Citadelle, puis finalement rejoignirent l'immense lac de l'Ouest, qui s'étendait aux confins de la ville. Ils trouvèrent sur la berge une petite buvette provisoire avec des tabourets en plastique. Malgré le froid, des pédalos en forme de cygne traversaient lentement le paysage, occupés par des couples de jeunes amoureux. Le lac semblait l'embouchure d'une mer, on distinguait à peine au loin un mince horizon d'une ligne de roseaux. Ils commandèrent deux cafés, qu'on leur servit dans des verres, surmontés de petits filtres en aluminium cabossé. Le café était très fort, avec un goût unique auquel ils s'étaient habitués.

Ils n'arrivaient pas à prendre la situation au tragique.

— En tout cas, on a été utile.

— Surtout notre dernière prise.

Au village, en se dirigeant vers la partie de la maison qui tenait lieu de cuisine, mais bizarrement sans cheminée, juste une fenêtre pour que la fumée s'évacue, Julien les avait découvertes, suspendues à un clou : deux cadavres de belettes, leurs fourrures sombres et poissées de sang, attendant d'être préparées pour le dîner. Un dédommagement notable avait été offert à leurs hôtes, qu'ils allaient priver de leurs mets de choix.

Et maintenant, dans une des glacières, enveloppée dans un sac en plastique, se lovaient les deux corps effilés, du genre *mustela kathiah* avait précisé Clea, très documentée sur la faune et la flore locale.

Elle termina son café.

— Si ça vient de ces bêtes, il doit sûrement y avoir des cas en Chine. Les belettes ne s'arrêtent pas aux frontières.

— Cela fera plaisir aux autorités si tu leur dis que la maladie vient de Chine.

— Ça serait bon pour l'Institut, si c'est vrai.

— On va voir si Pékin a signalé quelque chose à l'OMS.

— Je saurai ça à Saigon. Il est peut-être temps d'y aller, non ?

Julien le pensait depuis plusieurs minutes, mais il n'avait pas osé l'annoncer. Comme s'il craignait d'avoir l'air une fois de plus de rejeter Clea. Ou était-il retenu par la délicatesse que l'on se sent pour une personne que l'on sait en péril ?

L'aéroport militaire ressemblait encore à une prairie, avec quelques anciens casernements du temps des Français, un bâtiment d'honneur en béton de style soviétique, des hangars hors d'âge. L'avion était déjà en bout de piste, un gros bimoteur kaki dont Julien reconnut aussitôt le modèle, souvenir de sa passion de petit garçon pour les avions militaires : un Antonov 26. C'était plutôt rassurant, les accidents survenaient surtout avec les modèles d'emblée civils, l'Union soviétique ayant toujours dirigé ses meilleurs éléments vers son complexe militaro-industriel. Quand il vit Clea marcher vers l'appareil, entourée d'une escorte de soldats qui semblaient se maintenir à une respectueuse distance, sa gorge se noua à nouveau.

Ne pouvait-il l'aimer que quand il avait le sentiment de la perdre ?

Quand elle eut atteint la porte de l'avion, juste avant d'y disparaître, elle se retourna, lui fit un geste de sa main, et lui sourit, de ce sourire aussi radieux que celui de Lumière d'Automne.

Il gara sa voiture bien en vue le long de l'avenue *Lý Thái Tổ* qui longeait la rive du lac. Le gardien qu'il paya pour garder un œil sur elle – mais qui aurait osé toucher à un véhicule dont la plaque révélait l'appartenance à une ambassade, au monde des puissants ? – le regarda avec un nouveau respect, et sa réputation allait gagner un cran dans le quartier. Il repassa dans sa maison prendre un pull, car la fraîcheur tournait décidément au froid, et se retrouva assis à sa table habituelle, pour profiter de la fin de l'après-midi.

Il se sentait comme en vacances, plus de consultations, plus de réunions, ce plaisir immédiat l'emportait sur le risque éventuel d'avoir attrapé un virus mortel. En face, l'horloge carrée de la poste venait de s'allumer, le ciel commençait à bleuir, et quelques cyclistes avaient allumé leurs lampes qui dansaient comme des lucioles sur l'autre rive.

— Je savais que j'allais vous trouver là.

C'était Brunet, vêtu d'une parka militaire, un foulard autour du cou qui lui donnait une sorte d'élégance.

— Vous n'avez pas peur d'attraper un virus ?

Brunet sourit.

— Vous savez, je me dis que j'ai déjà touché une malade sans précautions, alors…

— Et si c'était une longue incubation ?

— D'après ce qui se passe à l'hôpital, l'incubation n'est pas si longue…

Julien avait voulu passer voir Đặng pour le remercier, mais là aussi, pour des raisons inverses, il avait trouvé porte close. Tout un secteur de l'hôpital était bouclé, ni entrée, ni sortie. Ils avaient pu se parler au téléphone, et échanger leurs nouvelles, rassurantes de Bà Giang, très sombres à l'hôpital. « À bientôt, cher ami », avait conclu Đặng, comme si c'était une certitude, alors que tous deux savaient qu'il n'en était rien.

— … et vous, je suis sûr que vous avez pris vos précautions là-bas dans la montagne, non ?

Brunet avait quand même un fond d'inquiétude.

— Autant que possible.

Il raconta à Brunet toute l'expédition.

— … Mais je vais mettre tout ça par écrit, si vous voulez.

— Je rapporterai, dit Brunet, ne vous inquiétez pas.

Il sortit un carnet de sa poche et pris quelques notes. Les nombres de cas, le nombre de prélèvements. Brunet voulait sans doute écrire un rapport à son nom.

— Vous êtes donc autorisé à m'approcher ?

— Je ne suis pas autorisé, mais je ne suis pas interdit non plus. Tout ça est venu de Paris. À Paris, la directrice des affaires asiatiques est connue pour être une grande phobique des microbes. Elle a fait un foin terrible auprès du ministre, et du ministère de la Santé.

Alors les consignes sont arrivées. L'ambassadeur m'a chargé de vous dire qu'il est absolument désolé.

— Oui, j'ai lu sa lettre. Et mes consultations ?

— Un autre médecin arrive de Paris la semaine prochaine.

À cet instant, Brunet aperçut la voiture de l'ambassade, garée bien en vue. Des Vietnamiens s'arrêtaient pour la contempler, cette présence française et officielle inhabituelle garée en pleine rue.

— Mais elle va passer la nuit ici ?

— Je ne vois pas d'autre solution.

Mais Brunet avait l'air de ne pas aimer cette solution.

— C'est embêtant… Un véhicule diplomatique ne peut pas rester dans la rue comme ça.

— Vous n'avez qu'à la faire désinfecter. Après vous pourrez la ramener à l'ambassade.

— Désinfecter, oui, mais par qui ?

— L'armée vietnamienne doit avoir un service de désinfection. Vous savez, pour la guerre chimique et bactériologique…

Brunet se renfrogna. Entrer en contact avec l'armée vietnamienne pour la désinfection d'une voiture, même en parlant vietnamien comme lui, cela représenterait sans doute beaucoup de contacts et de rapports, du travail, qui n'était pas l'activité favorite de Brunet. À moins qu'il ne passe le dossier à l'attaché militaire ? Julien eut une idée :

— Mieux, vous la ramenez vous-même à l'ambassade, vous n'êtes pas interdit, vous, tenez, je vous donne les clés. Après vous la faites désinfecter vous-même. La directrice des affaires Asie ne sera pas au courant.

Brunet réfléchissait en regardant la voiture d'un air sombre, puis il regarda Julien, qui souriait.

— Vous vous foutez de ma gueule ? Non ?

— Mais non, pas du tout.

Brunet soupira.

— En fait c'est une bonne idée. Je vais dire aux gendarmes de préparer de l'eau de Javel.

— Faites-la bien diluer, autrement ce ne sera pas bon pour les cuirs.

— On les fera refaire, ils ont de très bons selliers ici… Allez, on a tout résolu, ça mérite bien une petite bière, non ?

Et Julien accepta le plaisir de cette bière partagée, de la compagnie de Brunet, pour se consoler de savoir qu'il était trop tard pour qu'il voie surgir celle qu'il avait espéré voir en arrivant.

À cet instant il aperçut Wallace et Margaret qui marchaient dans leur direction.

— Alors, comment était la baie d'Hạ Long ?

Mademoiselle Fleur semblait joyeuse, comme si elle était déjà sûre que Julien allait lui faire part de son admiration pour les beautés de son pays.

Il était content de la voir, cela le distrayait de penser à Lumière d'Automne.

Brunet avait lancé la manœuvre auprès de la police, et avait dit qu'il fallait attendre, et ne surtout pas tenter de rendre visite au camp où Lumière d'Automne était détenue, à la périphérie de Hanoï, cela ne ferait qu'augmenter les difficultés et le montant des sommes à verser.

Donc il n'avait rien d'autre à faire que d'améliorer son vietnamien avec cette jeune patriote.

Elle avait apporté un sachet de thé à l'artichaut, denrée précieuse de la région de Dalat, au centre du Vietnam. Il la laissait s'occuper de la préparation, et la voir s'agiter dans la cuisine lui avait donné un étrange sentiment de proximité.

Elle posa les deux tasses fumantes sur la table.

— C'était magnifique, Hạ Long. Bien sûr, j'avais déjà vu des photos, mais rien ne remplace…

— Vous avez eu beau temps ?

Il réalisa soudain qu'il n'avait aucune idée du

temps sur la baie pendant ces deux jours, il n'avait pas regardé les bulletins météo.

— Dans l'ensemble, oui.

Il eut l'impression qu'elle marquait un léger temps d'arrêt. Était-ce une illusion ?

Ils burent les premières gorgées de thé. Leurs regards se croisèrent. Elle avait toujours son trait de bleu au bord des paupières. Sa lèvre supérieure s'avançait quand elle buvait, ce qui lui donnait l'air enfantin.

— Délicieux. C'est la première fois que je bois du thé comme ça.

— À Dalat, ils font pousser des artichauts, des asperges, et l'été des cerises, des framboises, tout ce que vous avez en Europe !

Julien avait visité Dalat, petite bourgade d'altitude, où les Français, séduits par le climat, avaient fait construire un palace et de belles villas pour venir se reposer de la touffeur des villes dans un climat proche de celui de leur patrie. L'emplacement avait été remarqué par Yersin, un médecin suisse, qui, non content d'être le découvreur du bacille de la peste, avait aussi introduit l'hévéa et le café au Vietnam. Mademoiselle Fleur aurait-elle accepté de reconnaître les bienfaits d'un étranger envers son pays ? Sans doute puisque certaines rues portaient toujours le nom de Yersin.

— Notre pays était plein de richesses, c'est pour cela qu'il a toujours attiré les envahisseurs !

Julien se tut. En pensant aux femmes aux pieds nus là-haut dans la montagne, aux jeunes filles maquillées dans le rayon de la lampe, à Lumière d'Automne maintenant enfermée, il sentit soudain une bouffée de colère contre elle.

— Je ne crois pas, dit-il. Le Vietnam n'était pas riche. C'était juste une question de compétition entre grandes puissances.

Elle se pencha vers lui, interloquée.

— Comment ?...

— Les Anglais avaient déjà l'Inde, ils prenaient la Birmanie, alors la France a voulu sa colonie asiatique. Et puis on croyait que le Mékong donnait une voie d'accès à la Chine, qui, elle, était réellement riche.

Il savait qu'il venait de prononcer une suite d'énormités aux oreilles de mademoiselle Fleur. Elle restait muette, le regardant avec un mélange de stupeur et de colère naissante.

— ... Et puis, une autre raison, les catholiques vietnamiens étaient gravement persécutés par votre empereur ! Alors notre Église voulait aussi qu'on vienne à leur secours.

— Tout ça... Tout ça n'était qu'un prétexte pour s'approprier nos richesses !

— En partie, mais c'était des richesses rêvées. Le Vietnam n'était pas riche. Il est devenu plus riche avec la colonie, les nouvelles cultures apportées, l'hévéa, le poivre, et la construction de voies de communication...

— En exploitant le peuple vietnamien !

Avec la colère, son accent devenait plus fort, elle perdait en grâce, elle devenait une guerrière.

— Sans doute. Mais le peuple vietnamien était encore plus sévèrement exploité auparavant par votre système féodal.

— Nous avons triomphé du féodalisme et du colonialisme ! Grâce à la vaillance de notre peuple !

Il allait dire « vous avez triomphé du féodalisme grâce à l'arrivée du colonialisme, et du colonialisme grâce à Mao puis aux Soviétiques », mais il s'arrêta dans son élan iconoclaste.

Il venait de voir l'expression de souffrance sur le visage de mademoiselle Fleur.

— C'est vrai... Je ne dirai jamais rien contre la vaillance du peuple vietnamien, il a prouvé cette vaillance bien des fois.

Après ces paroles plus douces à ses oreilles, le visage de mademoiselle Fleur s'apaisa, mais il vit le doute subsister dans son regard, comme celui d'un enfant qui vous faisait confiance et qui vient de découvrir qu'il peut vous prendre l'envie de lui faire mal.

Il se souvint qu'il était peut-être porteur d'un germe mortel, ce qu'il dissimulait à mademoiselle Fleur.

— Votre thé est délicieux, la baie d'Hạ Long est sublime, et j'aime beaucoup prendre des leçons avec vous, vous êtes un très bon professeur. L'Histoire, c'est du passé.

Il s'aperçut qu'il venait sans y penser de mettre sa main sur la main de mademoiselle Fleur, qu'elle ne retira pas. Il retira la sienne pour saisir sa tasse.

Ils burent en silence. Puis elle parla, sans lever les yeux de sa tasse.

— Et puis vous n'êtes même pas allé à Hạ Long, dit-elle. J'ai une amie là-bas. Le temps était si mauvais qu'aucune jonque n'est sortie.

— Pas de chance.

— C'est tout ce que vous trouvez à dire ?

Elle le regardait, interloquée. Qu'il ne prenne pas plus au sérieux la découverte de son mensonge, voilà qui était encore plus déroutant que sa vision erronée de l'Histoire. Que devenait la morale ?

— J'ai dû faire une mission pour votre gouvernement et le mien aussi, et je suis désolé, mais c'est confidentiel.

Il vit le respect revenir dans le regard de mademoiselle Fleur. Une mission officielle, au service de leurs deux patries, garder un secret, cela le rapprochait de l'idéal qu'elle avait peut-être de lui. Il fut tenté de poser à nouveau la main sur la sienne, et pourquoi pas d'essayer de l'embrasser. Mais non, il ne le ferait pas, il se dit qu'il aurait un peu ressemblé alors à un vil colonialiste, et peut-être l'aurait-elle pensé aussi ? C'était un chemin qu'il ne voulait pas explorer.

Clea avait décidé de s'amuser.

Pour oublier qu'elle venait de quitter pour longtemps un homme qu'elle aimait, pour oublier un virus qui prospérait peut-être dans son sang, pour oublier qu'elle se demandait de plus en plus où menait sa vie.

Ils dansaient dans la cour d'une ancienne maison coloniale, encore envahie de végétation, comme une ruine tropicale qu'on aurait ranimée juste pour une dernière fête.

Le mélange des gens était imprévisible et merveilleux, comme celui des alcools dans les verres, la bonne proportion d'habitués, les expatriés comme elle, des visiteurs en mission, et de Vietnamiens, surtout des Vietnamiennes, attirées par la lueur de l'Occident, sa liberté, son argent, son exotisme. Clea s'entendait bien avec elles, leur énergie, leur mélange de drôlerie et de désespoir caché, leurs efforts d'élégance avec de pauvres moyens, mais leur minceur et leur minois l'emportaient sur leurs tentatives maladroites de s'approprier la modernité – le *jean* nouvellement arrivé à Saigon était leur uniforme – mais porté avec des chemisiers démodés qui paraissaient venir d'anciennes républiques socialistes d'Europe centrale. La plupart étaient à la chasse au Blanc, au *Tây*, pour un soir, pour un mois ou pour la vie. Elles avaient faim.

Clea en était à son troisième *mojito*, toujours parfaitement préparé grâce aux liens culturels avec Cuba, ce pays frère.

Les habituels étaient là, Tom, Mike, Guy et d'autres, des médecins travaillant pour des ONG, des représentants de compagnies occidentales qui voulaient s'installer au Vietnam, des aventuriers de la finance, et même quelques chercheurs spécialistes de la civilisation vietnamienne. Les rôles étaient imprévisibles, le gars au catogan qui ressemblait à une *rock star* montait un fonds d'investissement, le type aux épaules de surfeur était un chercheur en civilisation vietnamienne, le mince jeune homme à l'air d'employé modèle construisait une usine de meubles en pleine cambrousse, le boxeur représentait une grande compagnie d'immobilier, et d'autres parfois assortis à leur rôle, ou pas du tout. Ses amis britanniques avaient un point commun, ils avaient voulu faire un pas de côté et échapper à une carrière traditionnelle pour laquelle ils auraient pourtant eu des facilités. Ils venaient de familles privilégiées, et malgré ou à cause de cela, ils avaient voulu de l'aventure, comme elle, ou Julien, pensait-elle. Pas mal de Français étaient là aussi, attirés par la nostalgie de l'aventure coloniale, dont ils avaient souvent entendu des récits dans leur enfance par un grand-père ou un oncle qui avait combattu dans la région. Les Français avaient déjà été assez habitués dans leur pays à cohabiter avec une administration tentaculaire pour venir s'affronter à celle de la République Socialiste du Vietnam.

Les Fugees chantait *Killing me softly,* et Clea dansait avec plaisir, souriant en pensant au titre de la chanson comme un message codé qui lui était destiné,

— Tu vas bien ?

Il la regardait d'un air attentif, il était plus subtil que Benjamin, il était anglais, il avait compris que quelque chose n'allait pas. Ils n'avaient jamais couché ensemble alors que l'occasion s'en était présentée plusieurs fois, mais comme tous deux retenus par un accord secret et réciproque de conserver leur amitié et leur tranquillité.

Elle rit pour toute réponse, ce qui en fait disait beaucoup. La Vietnamienne la regardait avec inquiétude, croyant à une dangereuse rivale.

Clea se dit que ce serait amusant de lui piquer Guy pour ce soir, un petit triomphe pour la femme blanche, une revanche pour toutes ses sœurs occidentales qui se sentaient devenir invisibles aux hommes aussitôt qu'elles posaient le pied dans le pays. (Les Vietnamiens avaient peur d'elles, et la plupart des Blancs ne regardaient que les Vietnamiennes.)

Guy la regardait, l'air préoccupé, il sentait bien qu'elle n'était pas dans son état normal. Son regard la dégrisa. Elle savait trop bien pourquoi elle avait envie de se venger d'une Vietnamienne.

Non, c'était trop mesquin, et stupide.

— Merci, tout va bien, dit-elle.

Et elle alla rejoindre Benjamin. Son bonheur visible de la voir revenir lui fit plaisir. Plus tard, elle irait commander un autre *mojito*.

quand les paroles de la chanteuse – *strumming my pain with his fingers, singing my life with his words* – lui firent soudain penser à Julien et des larmes lui montèrent aux yeux, qu'elle voulut chasser aussitôt. Elle se retrouva en face d'un autre danseur, Benjamin, le surfeur américain, qui était vraiment surfeur et chercheur en civilisation vietnamienne à UCLA, un des rares spécialistes du *nom*, les anciens idéogrammes vietnamiens, et désespérément amoureux d'elle.

Il lui sourit, il était vraiment beau garçon.

— Tu as l'air en forme !

— Les voyages, tu sais, ça me fait du bien…

Elle rit pour elle-même en imaginant la tête de Benjamin si elle lui avait raconté son périple. Elle avait déjà voyagé avec lui dans le centre du Vietnam où il se rendait à la recherche de pagodes oubliées, et elle avait découvert à quel point Benjamin était obsédé d'hygiène, refusant de manger dans les restaurants de rue, doutant même de l'eau en bouteille faite au Vietnam, et portant sur lui un désinfectant pour les mains qu'il utilisait avant chaque repas pris sur la route. Cette faiblesse révélée lui avait fait perdre son appétit pour lui, et elle avait mis fin à leur liaison au retour à Saïgon.

Sans doute voulait-il essayer de coucher à nouveau avec elle, et pourquoi pas ? Pour elle, il appartenait à la même catégorie de plaisir que les *mojitos*.

Elle le quitta pour aller boire un peu d'eau, elle ne voulait pas se sentir ivre trop vite. Elle tomba sur Guy, le financier à l'air de rock star, en conversation rapprochée avec une Vietnamienne qui ressemblait à un très joli requin, dont il se détourna légèrement pour saluer Clea.

Le froid s'était vraiment installé, un vent humide tournait sournoisement autour du lac, bousculait les rares feuilles mortes et les faisait retomber dans l'eau en pluie triste.

Au hasard de ses promenades le soir dans la ville, Julien cherchait des signes de Noël, et se réjouissait chaque fois qu'il en apercevait. Parfois, une crèche en carton clignotante dans le fond d'une boutique. Une guirlande de boules vermeilles sans doute apportée par un parent de l'étranger. Quelques étoiles collées dans le coin d'une vitrine, comme un signe de reconnaissance. Il aperçut deux petits garçons coiffés de bonnets de père Noël, qui se poursuivaient entre les arbres, à la stupéfaction des autres enfants qui n'étaient pas encore habitués à cet accessoire universel. Mais la vraie fête familiale, où l'on se retrouve pour se faire des cadeaux, payer ses dettes et se pardonner, serait le Têt, un mois plus tard.

L'air était toujours brumeux, son humidité enveloppait tout, en même temps qu'il exaltait les odeurs, et il aimait reconnaître les odeurs de soupes, de riz chaud, de gâteaux, qu'il croisait le long de trottoirs où les Vietnamiens se rassemblaient sur de petits tabourets pour se réchauffer autour de verres remplis de thé. De temps en temps il arrêtait une porteuse de palanche, ces femmes venues de la campagne, et qui achetaient leurs fruits et légumes au grand marché de nuit ou dans les villages alentour, pour les revendre avec un petit bénéfice en centre-ville dans la journée. Le port de la palanche – une mince planche de bois posée sur l'épaule dont les extrémités portaient suspendus deux plateaux d'osier chargés de marchandises – demandait de l'entraînement. Un jour, il s'y était essayé, charmant une vendeuse au visage ridé qui avait ri de voir ce Tây vouloir connaître son labeur quotidien. Mais il n'avait pas réussi à attraper la bonne cadence de marche qui, coordonnée aux mouvements de la palanche qui ployait et se redressait, permettait à des femmes aussi menues que Lumière d'Automne de transporter leur fardeau pendant des heures. Il avait redonné à la vendeuse son instrument de torture. À ses semblables, il achetait des oranges vertes, des clémentines avec leurs feuilles, des cacahuètes bouillies, des patates douces déjà cuites et encore tièdes qu'il mangeait tout en marchant. Et parfois, il repérait sur un plateau des *Bánh gai*, des gâteaux de riz gluant enveloppés dans leur feuille de bananier comme les habituels *Bánh Chưng*, mais au contenu plus riche : au milieu du riz gluant, une pâte cuite qui mêlait broyés chair de noix de coco, graines de soja vert, pois de lotus, et poitrine de porc. Il les trouvait encore plus merveilleux depuis qu'il les savait une spécialité de Nam Định.

Il ne cessait de penser à elle. Il résistait à l'envie d'appeler Brunet pour avoir des nouvelles. Il savait qu'il valait mieux attendre, que la manœuvre avait été lancée par un expert, et que son agitation n'aiderait en rien. Mais il se sentait comme en cage, refrénant l'envie qu'il savait stupide de sauter dans sa voiture diplomatique, et d'arriver, fanion déployé, aux portes du camp dont il avait découvert l'adresse en parlant à d'autres vendeurs, soudain devenus plus amicaux depuis la disparition de la petite marchande.

Comme il n'allait plus à l'ambassade, il se sentait désœuvré, en même temps qu'un vague scrupule – était-il contaminé ? – le retenait de faire signe à des amis et connaissances, dont beaucoup étaient d'ailleurs repartis en Europe pour les fêtes. Le même scrupule l'avait empêché de sauter dans un avion pour Bali ou Pékin, il n'aurait pas voulu tomber malade et devenir contagieux dans un pays encore plus étranger, encore plus loin de Lumière d'Automne.

Comment célébrait-on Noël dans un camp de rééducation ?

Wallace et Margaret avaient disparu pour le fêter à Hué, l'ancienne capitale impériale, sur laquelle Wallace avait également lâché quelques bombes pendant l'offensive du Têt en 1968, quand l'armée nord-vietnamienne avait pris la ville et l'avait tenue trois semaines, exécutant au passage tous les officiers et administrateurs du Sud revenus passer le Têt en famille.

Lors de leur dernier café ensemble, Margaret l'avait regardé avec inquiétude.

— Que faites-vous pour Noël ?

Il se dit qu'il devait avoir l'air malheureux quand ils lui proposèrent de les accompagner. Il n'avait pas encore annulé sa vraie soirée de Noël chez un couple hispano-mongol, lui jeune diplomate à l'ambassade d'Espagne, elle travaillant pour une ONG. Ils habitaient une charmante petite maison au bord du lac de l'Ouest, dans laquelle se réuniraient d'autres jeunes expatriés de nationalités variées, mais aucun Français. Il s'était promis de les rejoindre seulement s'il n'avait aucun signe de fièvre.

Clea lui avait expliqué qu'il n'était – probablement – pas contagieux tant qu'il ne tombait pas malade.

Et s'il allait la rejoindre à Saigon ? Enfin quelqu'un avec qui il pouvait partager leur secret.

Mais il se sentait retenu à Hanoï comme par un filet. Le souvenir de Lumière d'Automne, la vision de Đặng enfermé dans son hôpital, sa maison et ses balcons encombrés de plantations, la brume du matin sur le lac, l'odeur de la soupe qui sortait des boutiques, le froid nécessaire à un vrai Noël, tout ce qu'il ne trouverait pas à Saigon.

Il décida d'aller courir pour se calmer. Mais pas autour de ce lac, où tout lui rappelait trop ses soucis.

Comme une ancienne beauté un peu négligée, le parc Lénine lui ouvrait en toute simplicité ses vastes espaces peu entretenus, son grand lac semé de bois mort et de détritus variés, ses arbres magnifiques, ses manèges rouillés, et sa population exclusivement vietnamienne.

Les touristes ne venaient jamais s'égarer jusque-là.

Du parc, on ne distinguait plus la ville autour, on pouvait se croire ailleurs, dans un Orient d'un autre siècle.

Il arrivait au bord du lac, quand il aperçut Robert, l'homme des services, qui courait presque parallèlement à lui. Il se demanda si Robert allait l'éviter, mais non, il se rapprocha, et ils continuèrent à courir.

— Vous avez le livre ?

— Le livre ?

Il se souvint du cadeau de M. Trần Quang Bình, l'exemplaire écorné du *Kim Vân Kiều.* Comment Robert pouvait-il être au courant ?...

— M. Trần Quang Bình travaille pour vous ?

Robert ralentit, ils se mirent à marcher en reprenant leur souffle.

— Vous devriez dire « il travaille pour nous ». Non, pas habituellement. Mais quand j'ai su que vous alliez le voir, je me suis dit qu'un ancien soldat pouvait rendre un service à sa patrie.

M. Trần Quang Bình avait juste servi de messager. Robert avait donc un agent là-bas. Mais pourquoi Robert s'intéressait-il à une région pauvre peuplée de minorités ethniques ?

— La Chine, mon vieux. Il n'y a que ça d'intéressant par ici.

C'était la première fois que Robert l'appelait « mon vieux ». En servant de messager, venait-il de rejoindre la grande communauté du renseignement ?

— Le livre est à la maison, vous voulez passer le prendre ?

— Non, il ne vaut mieux pas qu'on me voie chez vous. Apportez-le quand vous viendrez à l'ambassade.

— Mais je ne peux plus entrer dans l'ambassade.

— Ah ? Oui, bien sûr.

Il eut l'impression que Robert s'éloignait de lui d'un pas, mais peut-être était-ce une illusion.

— Donnez-le à Brunet quand vous prendrez un café avec lui... Demain matin.

— Demain matin ?

— Oui, je lui dirai l'heure. Dix heures ?

Brunet serait obligé de se réveiller après une soirée de Noël sûrement très arrosée. Robert avait l'air satisfait de celui qui a résolu son problème. Ce contentement énerva Julien, qui avait l'impression d'avoir été utilisé.

— Robert, pourquoi ne m'avez-vous rien dit ?

Robert hocha la tête, comme s'il s'attendait à cette demande d'explication.

— Parce que ce n'était pas nécessaire, mon vieux.

— Pas nécessaire ?

— Et en cas d'ennuis, moins vous en saviez, plus vous auriez eu l'air d'être innocent.

— Quels ennuis ?

— De toute façon vous ne risquiez rien. Ceux qui risquent vraiment, ce sont les Vietnamiens.

— Et donc M. Trần Quang Bình.

— Pas vraiment non plus, il est français.

— Votre agent là-bas ?

— Chut, dit Robert en souriant. Allez, à bientôt. Joyeux Noël.

En le regardant s'éloigner – Robert avait repris sa foulée rapide, comme pour rattraper le temps perdu à marcher – il eut l'impression pénible d'avoir été un enfant entraîné à son insu dans un jeu de grandes personnes.

À son retour dans la ruelle qui menait à sa maison, il tomba à nouveau sur la vieille dame qui apportait à son échoppe un pack de bouteilles de soda poussiéreuses et un vieux tabouret en plastique, sa silhouette courbée enveloppée de châles qui ressemblaient à des chiffons et d'un pull marron troué qui devait dater de la colonie. Il voulut l'aider.

Elle marmonna une phrase indistincte, puis il réalisa que c'était « Non, merci, monsieur. »

— Madame, mais vous parlez français ?

Elle fit comme si elle ne l'avait pas entendu, traînant le tabouret derrière elle, ployant sous le poids des bouteilles. Puis elle se retourna.

— Elle ne devrait pas venir chez vous.

— Venir chez moi ? Qui ne devrait pas venir chez moi ?

— L'étudiante. Celle qui vous apprend le vietnamien.

Bien sûr, tout le monde dans le quartier devait savoir qui était mademoiselle Fleur.

— Pourquoi ?

Elle parut chercher un mot, du temps lointain où elle parlait français tous les jours.

— Les… cancans. Les… commérages.

— Mais elle vient juste pour les leçons !

Elle haussa les épaules.

— Je sais bien, monsieur, mais vous savez comment sont les gens…

— Vous le lui avez dit ?

Elle le regarda – il vit que ses yeux étaient un peu voilés par la cataracte – et elle commença à se détourner, pour bien lui montrer que ce serait ses dernières paroles.

— Non, je vous le dis à vous, monsieur.

Et elle s'en fut.

Pourquoi mademoiselle Fleur n'avait-elle pas pris conscience du risque pour sa réputation ?

Il avait passé la fin de la journée chez lui avec l'exemplaire du *Kim Vân Kiêu* donné par M. Trần Quang Bình, qu'il voulait lire avant de le remettre à Brunet.

Il avait cherché un signe dans le livre, mais n'avait rien remarqué. Un microfilm collé quelque part sur le noir d'un caractère ? Il lui sembla distinguer quelques trous d'épingle sous certaines lettres des pages du milieu du livre. Un moyen d'échanger un code pour un autre message ?

Mais les secrets que pouvait contenir le livre – la composition des divisions chinoises de l'autre côté de la frontière ? – l'intéressaient moins que l'œuvre, considérée comme fondatrice de la littérature vietnamienne, bien que l'histoire fût tirée d'un conte chinois.

Le traducteur français n'avait pu garder la forme versifiée du poème, mais le ton lyrique avait été préservé.

« Regard profond comme l'onde automnale, sourcils rêveurs comme la ligne des monts au printemps », Kiêu, une jeune fille remarquable par sa beauté, excelle aussi en poésie et en peinture, et son sourire « pouvait faire chavirer empire et citadelle ».

Née de parents aimants, elle s'entend à merveille avec sa sœur cadette, et se fiance vertueusement à un jeune homme excellent sous tous rapports.

Las, comme l'annonce l'auteur dans son incipit, « nul don qui ne doive être chèrement payé ». Aussitôt le fiancé parti pour assister à des funérailles lointaines, la catastrophe s'abat sur la famille. Un négociant jaloux accuse le père d'escroquerie, avec l'appui du mandarin local. Le père et le frère de Kiêu sont chargés de la cangue et pendus par les pieds à la poutre maîtresse, tandis que des nervis dévastent la maison et détruisent les métiers à tisser. Un vieux scribe du voisinage tente d'arranger la situation. Le seul moyen d'échapper à la justice et au déshonneur est de payer au plaignant trois cents taëls d'or, que la malheureuse famille ne possède pas. Une entremetteuse est au courant de l'affaire. Elle propose à Kiêu d'épouser un homme de passage, qui semble charmé par sa beauté et ses talents, et qui est prêt à payer la somme pour pouvoir prendre Kiêu comme deuxième épouse. À sa famille éplorée la jeune fille affirme : « Il vaut donc mieux que je sois la seule sacrifiée. La fleur aura ses pétales arrachés, mais l'arbre gardera intactes ses feuilles verdoyantes. »

C'est une prémonition car une fois emmenée au loin par son nouveau mari, il se révèle que sa première épouse est en fait une mère maquerelle, et que la mission de l'homme était juste de trouver une recrue de prix pour leur maison de passe. Maltraitée et humiliée, Kiêu se retrouve pensionnaire forcée d'une « maison verte », et connaît le cruel destin des « filles aux joues roses ».

S'ensuit une odyssée où toujours le destin s'acharne sur elle, elle est tantôt tirée de sa terrible condition par des personnages bienveillants ou des clients qui tombent amoureux d'elle, mais elle ne parvient jamais à garder sa liberté longtemps, « lentille d'eau entraînée par la vague ». Un valeureux seigneur de la guerre, apprenant son histoire, veut la rencontrer et ils tombent amoureux au premier regard échangé. Il la prend comme épouse, fait châtier la longue chaîne de ses persécuteurs, elle devient une grande dame et connaît le bonheur avec l'homme qu'elle aime. Mais plus tard, elle lui conseille d'accepter les offres de paix de l'Empereur plutôt que de commencer une nouvelle guerre. Il l'écoute, accepte de négocier, mais il est attiré dans un piège et tué. Meurtrie de culpabilité, Kiêu, après avoir écrit un ultime poème, se jette dans la rivière.

Sur le rivage, deux bonzesses qui discutent de son karma concluent que « même si elle est tenue par l'amour, elle n'a jamais trempé dans la luxure. Avec l'amour profond, elle a payé l'amour profond ».

Par miracle, elle est sauvée, ramenée dans un filet tendu dans la rivière. Rétablie, elle se retire dans un monastère au milieu des bonzesses. Nouveau miracle, son ancien fiancé la retrouve après toutes ces années. Il avait entre-temps épousé la sœur cadette pour être fidèle au serment échangé jadis avec Kiêu, si jamais celle-ci venait à disparaître.

L'amour du jeune homme pour Kiêu est intact, il veut la prendre comme deuxième épouse, ce à quoi la petite sœur consent volontiers. Les familles se réjouissent de ces émouvantes retrouvailles. Mais après avoir réaffirmé leurs sentiments réciproques, arrivée dans la chambre nuptiale, Kiêu se refuse à lui, se trouvant devenue trop impure au fil de ses aventures. Pour elle l'acte conjugal ne ferait que « rejouer une scène ignoble ». Elle préfère la vie religieuse. Il souffre, mais la comprend. Elle se retire dans un temple non loin de là. Dès lors, il lui rend visite chaque jour, et ils se livrent ensemble aux plaisirs élevés de la musique et de la poésie.

Les enfants apprenaient encore de longs extraits de cette histoire à l'école, comme les petits Français apprenaient les *Fables* de La Fontaine.

Ainsi, les petites filles découvraient donc très tôt les valeurs du sacrifice et de la piété filiale.

Il pensa à Lumière d'Automne, et aux jeunes filles maquillées entrevues dans la pénombre. « Les filles aux joues roses ».

La nuit tombait. La tristesse l'envahissait.

Le manque d'elle commença à le saisir. Enfermée dans son camp, allait-elle passer Noël loin des siens ?

En même temps, il s'en voulait de ne pas se soucier plus de Clea, aux prises avec un risque autrement plus grand.

Il appela l'ambassade, il voulait parler à Brunet, mais celui-ci était absent.

Il appela l'Institut Pasteur de Saigon, mais l'approche de Noël avait commencé à saturer les lignes, et il n'obtint qu'une suite de sifflements chantants, semblable à un chœur de spectres joyeux.

La communication aurait été peut-être possible de l'ambassade…

Avant de rejoindre sa soirée de Noël, il décida d'aller faire un tour au Métropole.

Pierre était déjà au bar, impeccable dans un costume bleu nuit, rayonnant comme un roi au centre de sa cour. Il sourit en voyant arriver Julien.

— Quel bon vent vous amène ?

— Le Métropole est mon refuge, cher Pierre.

Deux bouteilles de vin, toutes les deux du Nouveau Monde cette fois, se dressaient sur le comptoir, noires, brillantes, déjà ouvertes.

— Tenez, vous allez expérimenter avec moi ce qu'on me propose. Vais-je le mettre à la carte, on va voir ? Monsieur Nhung, deux verres.

Nhung sourit à Julien et posa deux grands verres près des bouteilles.

Pendant qu'ils faisaient tourner le vin dans leurs verres pour l'aérer, Pierre regardait Julien.

— J'ai entendu dire que vous revenez d'une promenade en montagne.

— Oui, une visite à un patient.

Pierre le regarda de l'air désolé d'un confesseur qui attendait plus de sincérité.

— Non, voyons, je voulais parler d'une visite à une communauté de religieuses.

Comment Pierre pouvait-il être au courant ? Pas par Brunet, les gens de l'ambassade étaient supposés tenir leur langue.

Il se souvenait que les colons appelaient radio-bambou la circulation des rumeurs dans le milieu impénétrable des Vietnamiens.

— La plupart des gens de mon personnel… viennent de Hanoï et des villages avoisinants.

— Mais certains ont de la famille à Bà Giang ?

— Exactement.

— Et certains pourraient même être catholiques ?

— Dieu les bénisse !… Finalement ce shiraz est à la hauteur.

Pierre leur reversa deux verres pleins, avant que Nung ait eu le temps d'intervenir.

— Et l'endroit d'où je viens ne vous inquiète pas ? Je veux dire pour la sécurité de votre hôtel ?

Pierre ricana.

— Je ne suis pas aussi trouillard que notre ambassadeur !

Pierre et l'ambassadeur ne s'entendaient pas, le fait était bien connu. Les façons gasconnes et un brin familières de Pierre heurtaient l'ambassadeur, qui sous des dehors affables appréciait les discrets signes de déférence qu'il estimait dus, non pas tant à lui-même, mais à sa fonction, puisqu'il considérait le service de l'État comme forcément supérieur à toute activité mercantile, suivant sans le savoir l'exemple des mandarins vietnamiens des siècles précédents, hauts fonctionnaires qui méprisaient le commerce et les commerçants.

— Ma mise en quarantaine ne vient pas de l'ambassadeur, mais de la direction Asie…

— Je sais ça aussi, dit Pierre, mais un peu de mauvaise foi ne fait de mal à personne. Hé, n'arrêtez pas de boire, c'est sûrement bon pour ce que vous avez !

— Jusque-là, je n'ai rien.

— C'est bien ce que je vois.

Pierre parcourut la salle d'un regard attentif, quelques dîneurs, tous européens, hommes d'affaires, et un couple de touristes aux cheveux blancs.

— Je pense que vous êtes un garçon responsable... Et Brunet m'a dit que tant qu'on n'était pas malade, on n'était pas contagieux.

— Brunet vous a dit...

— J'en savais déjà trop, et puis vous savez comment est Brunet. Une bonne bouteille...

Depuis son intervention en faveur de Lumière d'Automne, Julien se sentait obligé de défendre Brunet.

— Il a aussi ses bons côtés.

Pierre le regarda en roulant des yeux de conspirateur et se mit à murmurer :

— Défendre la veuve et l'orpheline ? Ou plutôt, la petite marchande d'allumettes... non, la petite marchande de souvenirs.

Pierre savait décidément tout. Il murmura, comme pour annoncer un secret :

— Une des seules choses que j'ai comprise de ce pays. On ne peut rien cacher. Nous sommes sous leur regard.

Julien se souvint que l'appartement de Pierre se trouvait dans l'hôtel. Que pouvait-il cacher, en effet ? Mais Pierre arrivait à créer une impression d'intimité sans jamais rien révéler de lui. Son ironie, son jeu d'acteur, était comme une carapace bourrue dont il s'enveloppait. Julien savait que Pierre avait bon cœur, mais il s'employait à ne pas le montrer. Peut-être était-ce une nécessité dès qu'on est en position de commandement, et encore plus dans ce pays.

— Au fait, que faites-vous ce soir ? Je donne un petit dîner de Noël avec des amis dans mon appartement.

Dans le regard de Pierre, il lut la même inquiétude qu'il avait trouvée chez Wallace et Margaret.

Il remercia et déclina, content de rassurer Pierre par son hypothétique soirée japonaise.

En repassant devant le comptoir de la réception, il croisa le regard brûlant de mademoiselle Neige, sage comme une icône sur le fond d'une grande laque dorée qu'on venait d'accrocher au mur derrière elle.

— Joyeux Noël, très bonne année, docteur.

— Merci, mademoiselle Tuyết.

Tuyết, neige, rien ne semblait plus approprié pour des vœux de saison. Elle baissa les yeux un instant, puis levant vers lui un regard frémissant :

— Je vous souhaite la réalisation de tous vos rêves, docteur.

Il faillit demander à mademoiselle Neige quels étaient les siens, de rêves, mais il vit le regard de ses collègues posé sur elle, et sur lui.

— Je vous souhaite aussi la réalisation de tous vos rêves, mademoiselle Tuyết… et bien plus, beaucoup de bonheur !

Quand il la quitta, elle avait l'air de réfléchir au sens de ce « et bien plus ». Il aurait pu lui expliquer que les rêves réalisés n'apportent pas toujours le bonheur qu'on en espérait, surtout en amour, mais ce n'aurait été possible qu'en l'invitant à prendre un café, et bien sûr, c'était un chemin qu'il ne voulait pas prendre.

Au dernier étage d'un immeuble colonial, accoudée à sa terrasse, Clea buvait une vodka-orange en regardant la nuit tomber sur Saigon. Le vent faisait bruisser les feuilles des bambous en pots qu'elle avait placés le long de la balustrade de colonnettes art déco. Elle aimait ce moment de solitude avant de retrouver une soirée où les mêmes que d'habitude seraient là, cette fois avec le prétexte de célébrer Noël ensemble, et certains en effet se rejoindraient plus tard à la messe de minuit à la cathédrale Notre-Dame.

Clea ne savait pas si elle avait la foi. Elle ne se retrouvait dans une église ou un temple que pour les mariages, baptêmes ou funérailles. Mais la Messe de Noël était comme un lien avec toutes celles de son enfance dans l'odeur de la neige et du papier des cadeaux, et ici avec l'émotion de sentir autour de soi la ferveur des familles vietnamiennes. Mais bien sûr, élevée dans l'Église anglicane, elle n'avait aucune tendresse pour l'Église catholique. Elle se souvenait d'une conversation avec Julien où elle s'était attaquée avec vigueur au Vatican. Le maintien du célibat des prêtres, l'interdiction de la contraception, et plus que tout, les scandales des prêtres pédophiles couverts par leur hiérarchie, tout cela n'aurait-il pas dû révolter Julien, lui-même un catholique ? Il avait répondu qu'il était d'accord avec elle sur tous ces points, puis avait esquivé tout débat. Elle s'était soudain aperçue que son attachement au catholicisme était comme un autre de ses sentiments qu'elle souffrait de ne pas comprendre, une autre manifestation de sa prise de distance avec elle.

La nostalgie de Julien l'assaillit à nouveau. L'autre soir elle avait couché avec Benjamin, ce qui avait amélioré son humeur sur le moment – il était bon amant, et montrait tant son bonheur de la retrouver – mais ensuite, quand il avait eu les gestes tendres d'un homme amoureux, elle avait eu le sentiment d'une erreur inutile, et avec l'impression dérangeante d'avoir un intrus dans son lit. Elle croyait que Benjamin s'en apercevrait, mais non, sa félicité semblait inaltérable, et il s'était endormi à côté d'elle d'un air comblé.

Elle se demandait quelle aurait été sa réaction, lui qui était si soucieux de ne pas attraper un mauvais germe, s'il avait su d'où elle revenait. Et pire, s'il avait vu la piqûre dans sa paume, maintenant une trace minuscule. Elle avait pensé annuler la fête de ce soir, elle n'aurait voulu risquer de ne contaminer personne, mais elle ne sentait aucun signe de maladie, et sa température, qu'elle prenait scrupuleusement deux fois par jour, restait normale.

Mais ce soir, elle se sentait épuisée, au point que la fête à venir lui paraissait une épreuve. Elle avait peu dormi, passé la journée à travailler sur les échantillons sanguins, dont une partie avait été envoyée à l'Institut Pasteur de Paris.

Elle revint à l'intérieur, dans la pièce aux plafonds immenses qui servait de salle de séjour, splendeur architecturale témoin du faste de la vie coloniale –

pour les colons. L'appartement originel courait sur toute la façade de l'immeuble, mais après la chute de Saigon tous les étages avaient été divisés en lots aux surfaces moins extravagantes, et attribués à des familles méritantes, venues du Nord. Il était revenu à Clea la partie centrale de l'appartement, deux pièces de réception aux dimensions impressionnantes, dont les hauts plafonds lui rappelaient les demeures de son enfance. À travers les cloisons elle entendait parfois pleurer les bébés des familles voisines. Du temps des Français, l'appartement avait été la résidence en ville d'un directeur de plantation, puis d'un ambassadeur de Suisse, et cette splendeur passée irradiait encore de ses murs décrépis, de sa grande salle de bains rouillée, de ses baies vitrées non jointives qui surplombaient la rue Catinat, nommée maintenant *Dồng Khởi*, rue du soulèvement général. Le soir, la vue grandiose sur la ville donnait à Clea l'impression de tout dominer, le monde, sa vie, ce qui était une illusion, bien sûr. Elle avait obtenu l'appartement par une chaîne de relations vietnamiennes et de sous-locations successives, sans arriver à savoir qui était le propriétaire, un secret bien gardé. Sans doute un valeureux général du Nord, qui avait reçu l'appartement en récompense quand lui et ses camarades de combat s'étaient partagé le butin de la victoire. Mais il avait dû préférer rester dans les brumes de sa Hanoï natale, loin de cette ville ensoleillée du Sud qu'il avait aidé à conquérir. Aux yeux de certains des vainqueurs, elle était déjà corrompue par un trop long voisinage avec l'Occident, cette ancienne perle de l'Empire, comme l'appelaient les Français.

Sans allumer aucune lumière, elle ouvrit le réfrigérateur, un colossal Cadillac aux formes bombées qui datait de la présence américaine, pour prendre une nouvelle orange à presser, elle décida de s'abstenir de vodka pour le prochain verre, la soirée allait être longue.

Elle se retrouva à genoux, son front avait heurté un des rayons du réfrigérateur, elle avait perdu conscience une ou deux secondes. Hypotension, pensa-t-elle, il faisait chaud, l'alcool... Mais se relever lui paraissait très pénible, et elle resta là, savourant le froid qui venait du réfrigérateur ouvert, sa douce lumière qui enveloppait les oranges embuées, les bouteilles de bière rangées comme pour la bataille, des gâteaux de riz encore enveloppés dans leurs feuilles de bananes, les petits bols en porcelaine blanche et bleue dans lesquels la bonne avait préparé des sauces vietnamiennes, pour y tremper les rouleaux de printemps tout frais qui s'empilaient sur plusieurs assiettes. Le spectacle lui paraissait aussi beau qu'une crèche, et elle regrettait presque que cette harmonie, ce silence soient rompus par l'arrivée prochaine de ses invités.

On sonna.

Elle se releva. Elle marcha dans la pénombre vers la porte d'entrée à deux battants. Elle avait l'impression de ne plus sentir ses jambes qui pourtant, miracle, la portaient.

Benjamin, joyeux, athlétique, presque bondissant, et derrière lui l'immense et caverneux hall d'étage.

— Je me suis dit que je pouvais t'aider en arrivant en avance...

Elle vit son regard se charger d'inquiétude.

— Clea, tu es très pâle !

Elle sentit à nouveau ses jambes se dérober sous elle.

— Ne me touche pas, s'entendit-elle dire.

Mais c'était trop tard, Benjamin l'avait retenue dans sa chute, elle sentait ses grands bras autour d'elle, son souffle contre sa joue.

— Ne me touche pas !

Mais il ne comprenait pas le sens de ses paroles, il l'emportait vers le canapé, tandis qu'elle sentait monter en elle une terrible envie de tousser.

En sortant du Métropole, il décida de se passer de soirée de Noël.

Il se sentait chargé de trop de soucis, pour faire bonne figure dans une soirée qui se devait d'être joyeuse.

Et puis, il se sentait fatigué. Un vague doute le saisissait par moments sur son état. Selon Clea, on ne contaminait pas tant qu'on n'était pas malade, mais pouvait-elle en être sûre ?

Il revint à pied chez lui, en suivant les rues les plus obscures, il avait envie de calme.

Arrivé dans la maison, il pensa qu'il pourrait essayer d'appeler son père, avant que les lignes ne deviennent trop saturées. L'ambassade avait réussi à faire installer chez lui une ligne téléphonique qui fonctionnait la plupart du temps, mais sans doute pour compenser ce privilège, les fonctionnaires vietnamiens n'avaient installé qu'une prise au premier étage de la maison, dans le grand salon vide où mademoiselle Fleur en partant aimait se contempler dans le miroir. La fenêtre ouvrait sur le mur décrépi de la maison d'en face, il n'y avait pas de climatiseur et la pièce était sombre et étouffante à la saison chaude, n'incitant pas à prolonger les conversations téléphoniques.

Julien avait fini par apporter un combiné sans fil de Paris, mais ce soir, il préférait parler à son père de cette pièce presque abandonnée, dépouillée, comme une sorte de sas qu'il établissait entre son père et la réalité de ces derniers jours.

Ce soir d'hiver, il y faisait enfin froid, il évita le grand sofa de skaï verdâtre, concession des propriétaires à la modernité, pour s'asseoir sur une chaise incrustée de nacre d'inspiration chinoise.

Son père répondit presque aussitôt. Il venait de finir de déjeuner chez lui, et se préparait à ses visites de l'après-midi, les malades à l'hôpital.

— Comment vas-tu ? Quel temps fait-il ?

Il sentait la joie de son père. En même temps il réalisa qu'il ne pouvait rien lui dire de ces derniers jours qui ne l'aurait inquiété : la menace d'une épidémie, son voyage dans le Nord. Et comment lui parler de Clea ou de Lumière d'Automne ? Heureusement, il y avait le temps.

— L'hiver vient d'arriver, il y a quelques jours à peine. Avant nous avons eu un peu chaud.

— Ici il gèle à peine, un peu de neige fondue.

Il y eut un silence. Puis à nouveau la voix de son père, inquiète cette fois.

— Tout va bien là-bas ?

— Oui, bien sûr.

Mais il sentait toujours l'inquiétude dans la voix de son père.

— Ta voix… Ta voix n'est pas comme d'habitude. Tu n'es pas malade ?

— Non, papa. J'ai peut-être un peu pris froid. Je suis allé voir un patient dans le Nord du pays.

— Ah bon…

Il sentait que son père ne le croyait pas complètement.

— … c'est curieux, avant je ne me faisais aucun souci pour toi, c'était ta mère qui s'en chargeait. Maintenant…

Son père avait l'air de réfléchir tout en parlant, de s'étonner de son nouvel élan d'instinct paternel apparu depuis quelques années.

— Ne t'inquiète pas, papa.

— Si en fait je pense à toi… et parfois je m'inquiète !

— Mais pourquoi ?

Il sentit que son père hésitait, comme si à son tour il ne voulait pas lui non plus le charger d'un souci.

— Parfois je me demande… si je ne t'ai pas donné des principes un peu trop rigides.

— Vraiment ?

— Oui, tu vois j'y pense souvent depuis cette affaire… avec ton patron. Ton refus de modifier l'article. Et maintenant tu te retrouves là-bas, au loin… J'ai l'impression que c'est de ma faute.

Il se sentit un élan de tendresse pour son père. Il avait depuis longtemps découvert sa tendance à se tourmenter mais c'était la première fois qu'il la voyait s'appliquer à lui.

— Mais papa, je suis très heureux ici, j'ai une vie passionnante.

— Oui, je sais, mais… la recherche ?

— Je trouverai bien un moyen. Et puis tu sais, vu d'ici cela paraît moins important.

— Ah bon ? Et autrement ta vie…

— Tout va bien aussi.

— Tu m'avais parlé d'une jeune femme anglaise ?

Au début de sa liaison avec Clea, quand il en était encore amoureux, il n'avait pu s'empêcher de l'évoquer brièvement dans une conversation avec son père, imaginant qu'un jour, il la lui présenterait. Son père sur le moment avait eu l'air de n'y prêter aucune attention. Et maintenant cette question qui montrait qu'il n'avait sans doute pas cessé d'y penser.

— Oui, mais maintenant... je crois que nous allons plutôt rester des amis.

— Ah ?

Il sentit son père un peu désemparé. Son père et sa mère s'étaient rencontrés très jeunes, s'étaient mariés aussitôt, sans doute le premier amour pour chacun d'eux. Il était certain que les deux avaient toujours été fidèles. Son père n'avait donc pas une grande expérience des incertitudes de l'amour, il n'avait aimé qu'une femme de toute sa vie, et il continuait à chérir son souvenir après sa mort.

— Mais ne t'inquiète pas, papa, tout va bien quand même.

Le souvenir du sourire triste de Clea lui revint, juste après qu'elle se soit piqué la main.

— Bon, pour ça... je me dis que tu sais te débrouiller. Je n'ai pas vraiment de conseil à donner en ce domaine.

— Pourquoi pas ?

— Oh, non, tu sais j'ai eu beaucoup de chance. Avec ta mère, j'ai senti tout de suite que c'était elle. C'est comme si nous nous connaissions déjà depuis des années... ou dans une autre vie, ajouta son père avec un petit rire, pour diminuer la gravité de ces derniers mots.

— Eh bien, j'espère que cela m'arrivera.

— Mais tu sais là aussi, je ne sais pas si c'est vraiment un bon exemple à te donner…

Peut-être mais l'exemple avait été donné, et comme les principes, et c'était un cadeau ou un fardeau qu'il ne pouvait rendre à son père.

Pendant que la conversation se terminait – il continuait de rassurer son père – il se souvenait du regard de Lumière d'Automne, l'autre jour au bord du lac.

La petite marchande posa son grand sac de skaï près de son lit. La récupération de sa marchandise était ce qui l'avait le plus étonnée. Elle se demandait quelle somme avait dû circuler pour que les policiers lui rendent le sac et son contenu presque intact. (Seule une paire de lunettes de soleil avait disparu.)

Elle regarda la carte que Julien lui avait laissée le jour où il l'avait accompagnée à son vélo. Elle était ornée d'un petit drapeau français. Ce trio de couleurs la toucha, comme un petit dessin qui lui était spécialement adressé. Elle savait que ce drapeau avait joué un rôle dans sa libération.

Elle s'était dit pendant tout le trajet en car de retour du camp qu'elle allait l'appeler, mais maintenant à la nuit tombée, elle ne s'en sentait pas le courage. Appeler une ambassade étrangère – et donc des standardistes vietnamiennes, bilingues, éduquées, d'un autre monde, pas forcément cordiales – lui paraissait aussi difficile que de se présenter à un examen. Elle avait l'impression qu'elle ne saurait pas trouver les bonnes formules pour demander à lui parler. Et s'il était occupé ? Elle risquait de le déranger, ou pire, de l'embarrasser.

Mais elle avait envie de le revoir. Cette envie avait quelque chose de doux, d'apaisant, à l'opposé du courage à mettre en œuvre pour appeler l'ambassade.

Peut-être le reverrait-elle autour du lac ? Mais elle savait que maintenant le lac était devenu pour elle une zone presque interdite. Même sa nouvelle protection lui ferait courir un plus grand risque : certains policiers sauraient qu'elle pouvait désormais être une source de revenus.

Elle reconnut le pas de Vân dans le couloir. Elle appela son nom pour ne pas la surprendre quand elle entrerait. Vân, pourtant si calme en général, avait une tendance à sursauter et à pousser un cri quand elle était surprise. Mais là, elle apparut joyeuse.

— Petite sœur est revenue !

Elle savait que la sentence habituelle était de trois mois, le retour de son amie était une surprise.

— Ils t'ont fait sortir pour Noël ?

— Non. Ce n'est pas ça...

Elle avait de la gêne à expliquer son mystérieux lien avec un autre monde.

Mais Vân était une si bonne amie. Elle se sentait gênée de ne pas lui dire la vérité. Alors elle lui raconta.

— Des étrangers ? Mais quels étrangers ?

La petite marchande ne connaissait pas précisément le déroulement des circonstances, mais les acteurs étaient évidents : les Américains qui avaient été les premiers témoins de son arrestation, le jeune médecin et son amie qui parlait vietnamien. Pour la faire libérer, il avait fallu de l'argent, et le poids d'une fonction officielle. Elle expliqua cela à Vân, mais elle s'arrêta avant de parler de Julien. Elle avait l'impression que ceci devait rester comme un secret, qu'elle ne devait pas l'embarrasser en associant son nom au sien.

— Dans notre restaurant, il ne vient jamais de *Tây*...

Vân avait dans la voie une nuance de regrets. Quand elles étaient toutes les deux petites filles, certains Russes, surtout leurs femmes, étaient détestés, mais les *Tây* d'aujourd'hui avaient la réputation d'être curieux du pays et assez généreux, même s'il y avait des exceptions qui s'attendaient à ce que tout fonctionne comme chez eux et qui s'énervaient pour des riens.

De nouveaux pas dans le couloir, c'était Huyền.

Ce soir, simplement vêtue d'une chemise blanche et d'un pantalon noir, Huyền avait toujours l'air de l'étudiante qu'elle aurait pu être – elle était bonne élève à l'école, mais avait toujours su que sa famille ne pourrait subvenir à des études. La petite marchande avait du mal à l'imaginer dans son nouveau métier du soir, maquillée sans doute, et sa mince silhouette enserrée d'un *áo dài*. Elle était toujours admirative de la beauté de Huyền. Grande, pâle, des yeux à peine bridés, avec un visage ovale, aux lèvres généreuses, qui même sans maquillage attirait le regard des hommes. Lumière d'Automne revoyait Huyền pour la première fois depuis qu'elle avait commencé son nouveau métier, et elle chercha un changement chez son amie, la marque d'une blessure, mais non c'était toujours la même Huyền, à première vue gracieuse, réservée, mais qui surprenait par l'autorité de sa voix un peu grave, l'autorité d'une aînée sur ses deux amies : elle avait vingt-deux ans. Elles étaient surprises de la voir revenir aussitôt dans la soirée :

— Tu ne travailles pas ce soir ?

— Non, ce soir j'ai mon congé. De toute façon, il y aura moins de clients, ils ont besoin de moins de personnel.

— Alors on pourrait sortir ?

Sortir ensemble toutes les trois, cela ne leur était pas arrivé depuis longtemps.

La petite marchande savait qu'ensuite elle irait seule à la messe de Minuit, car Vân et Huyền n'étaient pas catholiques. Elle aurait préféré se retrouver dans la cathédrale de Nam Định, comme tous les ans, entourée de sa famille et des voisins, mais cette messe à Hanoï était déjà un merveilleux cadeau.

« Merci, Maria », se dit-elle, coupable une seconde de n'avoir pas montré plus de reconnaissance. Puis elle adressa par la pensée un autre remerciement au jeune docteur dont elle murmura à nouveau le prénom.

Il avait dit à son père qu'il irait à la messe de Noël, il savait que cela lui ferait plaisir, et puis ensuite il s'aperçut qu'il avait réellement envie de se diriger vers la cathédrale.

Il ne savait pas s'il était toujours croyant mais il se sentait toujours un lien avec le passé religieux de son enfance, lien renforcé par une lecture épisodique des Évangiles.

Il trouvait dans le Nouveau Testament un message d'une pureté radicale, qui lui semblait fort éloigné des interdits actuels de la doctrine du Vatican, si tristement centrée sur la sexualité. Mais sans doute les refus de la contraception ou du mariage des prêtres seraient-ils un jour abandonnés comme l'avaient été le dogme de l'infaillibilité papale ou l'interdiction des obsèques religieuses pour les comédiens ? Après tout, le Christ s'était appliqué lui-même à enfreindre les lois religieuses de son époque : il avait sauvé la femme adultère, parlé à la Samaritaine, accepté parmi ses disciples une femme au passé trouble, et surtout il avait proclamé que l'Amour était plus important que la Loi. Julien avait tenté d'expliquer cela à Clea, la différence entre le message originel et la très vieille institution humaine. Puis il avait compris que, dans ses attaques passionnées de l'Église catholique, se cachait aussi la souffrance de le sentir lui échapper par un autre de ses sentiments. Il avait vu dans son regard qu'elle l'avait réalisé presque en même temps que lui, et elle avait aussitôt changé de sujet. Il s'était dit tristement qu'il arrivait à faire perdre à Clea son humour, elle qui normalement ne s'en départait jamais même pour aborder les sujets les plus graves…

Il referma la grille derrière lui, sortit dans la ruelle froide et obscure. Il se sentait à nouveau en forme, il était sûr de ne pas apporter la peste au milieu des fidèles.

Dans la nuit, la cathédrale avait retrouvé une splendeur que le jour lui ôtait en exposant sa façade salie d'humidité. Mais là, ses arêtes soulignées de guirlandes lumineuses, une énorme crèche en carton-pâte accrochée au-dessus de son porche, où le firmament étoilé de Bethléem semblait être un morceau tombé du ciel nocturne, elle ressemblait à ce qu'avait voulu son architecte : une humble petite copie de Notre-Dame de Paris, avec ses deux clochers carrés, ses ogives, sa grande rosace illuminée.

Il vit tout de suite qu'il n'arriverait pas à entrer, la nef était pleine, et la foule des familles débordait dehors sur le parvis, chantant avec une ferveur qu'on retrouvait rarement là d'où il venait. Des haut-parleurs transmettaient la liturgie qui se déroulait dans la nef et le chœur des fidèles à l'intérieur se mêlait à ceux du dehors pour monter dans l'air froid.

Les catholiques étaient une minorité, mais elle faisait nombre quand elle se rassemblait. Suivant l'exemple des mandarins qui toléraient mal la concurrence d'un autre mandat céleste, le pouvoir communiste avait commencé par persécuter et enfermer des prêtres, mais depuis quelques années, l'Église avait retrouvé une liberté négociée, qui se montrait ce soir.

Il surplombait la foule de sa taille, juste devant lui deux adolescentes en nattes chantaient en vietnamien des cantiques dont il reconnaissait certains à leur mélodie. Les petits enfants qu'elles tenaient par la main se retournaient pour le regarder avec étonnement. De-ci de-là il apercevait dans la foule quelques *Tây* émergeant au-dessus des têtes, dont il reconnut certains, sans doute juste arrivés de leur dîner de fête. Il n'aperçut pas l'ambassadeur ni aucun membre du corps diplomatique, qui arrivés plus tôt, devaient déjà être à l'intérieur.

Il parvenait à suivre le déroulement de la messe grâce aux repères des *Kyrie Eleison*, et les *amen* qui avaient persisté, intacts, au milieu de la liturgie tonkinoise.

Dans cette grande clameur des croyants d'une autre langue, il se sentit heureux. Comment les habitants d'un delta miséreux s'étaient-ils laissé convaincre par des premiers missionnaires, parfois aussi faméliques qu'eux, que le Christ serait leur sauveur ? Au point de suivre son exemple en allant souvent jusqu'au martyre ? Quel était le message qui avait transporté une partie de ce peuple au-delà de ses croyances séculaires ? La parabole du bon Samaritain ? Celle de la femme adultère ? L'ouvrier de la onzième heure ? La prophétie qu'il serait plus difficile à un riche qu'à un pauvre d'entrer dans le Royaume des Cieux, croyance si contraire à la tradition confucéenne ? Le message que l'amour et la foi valaient mieux que le respect des rites ? Ou bien les rites eux-mêmes, avec leurs mystères si exotiques et leur encens si familier ?

Il se mit à penser à Lumière d'Automne, se demandant si elle chantait en ce moment même dans une des églises de sa ville natale, quand soudain il l'aperçut.

Elle se tenait sur le parvis, tout près de l'entrée, en compagnie de deux autres jeunes filles. Il ne pouvait voir que son dos, la courbe de sa joue, et pourtant il était sûr que c'était elle. Mais un doute le saisit. Tant de jeunes filles pouvaient avoir la même silhouette, la même natte, le même cou, le même caban bleu marine…

Il commença à se rapprocher d'elle, tout en se déportant de côté pour la voir de profil. Il s'avançait avec précaution entre les fidèles, en murmurant quelques *xin˜lô i, xin˜lô i*, pardon, pardon bien accueillis, l'heure était à la bienveillance réciproque.

Il arriva à quelques mètres du trio.

Oui c'était bien Lumière d'Automne avec deux amies, leurs regards à toutes les trois dirigés vers la nef où elles pouvaient voir le déroulement de la messe. Une des amies était un peu ronde, avec un doux visage lunaire, comme une ambassadrice de la sérénité bouddhique. L'autre plus grande, belle, les lèvres boudeuses, déjà une femme, avait l'air de s'ennuyer, mais quand Lumière d'Automne chantait, elle lui jetait un regard curieux, comme si un nouvel aspect de son amie se révélait à elle.

Ce fut celle-là qui aperçut Julien la première, leurs regards se croisèrent, elle maintint le sien une seconde, puis il la vit se pencher vers Lumière d'Automne et murmurer à son oreille.

Lumière d'Automne se retourna et vit Julien.

Surprise, joie, crainte, il vit les émotions passer sur son visage, elle esquissa un sourire, puis se retourna vers la nef, comme chargée soudain d'un sentiment qu'elle devait examiner.

Il était si heureux de la voir libre ! Mais il savait que ce n'aurait pas été un cadeau à lui faire que d'aller lui parler sous les yeux de centaines de regards vietnamiens et quelques Occidentaux.

Il se mit à prier, de reconnaissance d'abord, de la voir libérée, entourée de ses amies, et puis il pria pour Clea si loin à Saigon, pour Đặng enfermé dans son hôpital, pour Brunet qui avait permis ce petit miracle de la retrouver ce soir.

Et puis pour tout ce peuple déjà tant éprouvé qui chantait avec confiance, il pria pour que le fléau s'éloigne d'eux et retourne se perdre dans les montagnes du Nord.

Alléluia, entonna-t-il avec la foule. *Alléluia*, pour la première fois depuis son enfance, et, le temps du cantique, il se sentit à nouveau croyant.

Đặng se réveilla. Il regarda sa montre, il était près de minuit.

Sa chambre était une ancienne buanderie dans laquelle il avait le privilège de dormir seul. À part lui, et les malades à l'isolement complet, le reste du personnel s'était réparti en petits groupes dans différentes chambres, et les lits ne suffisant pas, on avait étendu des nattes sur le carrelage.

Il regarda machinalement le tableau affiché au-dessus de la petite table qui lui servait de bureau. Quatre colonnes marquées d'étiquettes avec les noms : sans symptômes, symptômes mais sans réanimation, en réanimation, décès. Depuis une semaine, il voyait la première colonne diminuer pour remplir les suivantes. Minh et lui étaient encore parmi les indemnes, mais pour combien de temps ? Mais, espoir, deux étiquettes étaient revenues vers la gauche après avoir passé quelques jours dans la troisième colonne « en réanimation ». Il se demandait si le virus s'atténuait de passage d'un hôte à l'autre, ou si leur technique de réanimation à lui et à Minh s'améliorait grâce aux conversations téléphoniques avec des médecins de l'hôpital Saint-Louis de Paris, dont l'un était un ancien camarade d'études. Deux médecins d'un service voisin, un homme et une femme assez jeunes, s'étaient portés volontaires pour les rejoindre, des collègues qu'il connaissait à peine, tandis que d'autres, qu'il pensait plus proches de lui, des gens de sa génération, s'étaient prudemment tenus à l'écart. Mais il avait déjà appris depuis longtemps que l'épreuve vous révèle toujours des surprises, bonnes ou mauvaises, lorsqu'on a besoin d'aide.

C'était une nouvelle guerre. Mais il était étonné de voir son personnel, presque tous trop jeunes pour avoir combattu, vivre si bien cette épreuve. Ils gardaient leur calme, les larmes restaient silencieuses quand on annonçait un nouveau décès. Tout le monde semblait accepter le confinement, de vivre à plusieurs dizaines dans des pièces où l'on s'arrangeait pour à la fois dormir, faire la cuisine, lire, jouer aux dames, en attendant son tour pour aller auprès des malades. Mieux qu'à la guerre, la hiérarchie avait disparu dans ces moments de repos, il voyait Minh ou d'autres médecins en train de faire la cuisine, transporter des malades d'une chambre à l'autre, le travail des aides-soignantes, mais dont quatre étaient alitées. On se relayait. Chaque fois qu'il passait dans le dortoir, il ressentait de l'émerveillement face à ces jeunes gens et ces jeunes femmes qui n'avaient jamais connu le feu mais qui montraient doucement leur bravoure.

Pourquoi s'étonner après tout ? Même les années d'après-guerre avaient été très difficiles, tout le monde avait dû s'habituer au dénuement, à l'isolement du reste du monde, aux tickets de rationnement et aux files d'attente, à la catastrophe toujours possible de la maladie dans un pays avec un système de santé épuisé, tout en subissant une propagande qui vantait le régime et le Parti. À l'époque, dans ce dénuement, on plaisantait souvent à propos de la célèbre phrase d'Hồ Chí Minh : « Il n'y a rien de précieux comme l'indépendance et la liberté » en disant que le Parti n'avait encore réalisé que la première partie du programme : « Il n'y a rien. » Aujourd'hui on disait que le Parti avait réussi une avancée notable : « Il n'y rien de précieux. »

Il devait appeler sa femme, il le lui avait promis. Elle avait été élevée dans la foi catholique par sa mère, et dans la foi dans la Révolution par son père. Ces dernières années, peut-être devant l'évidence des erreurs tragiques et des promesses non tenues par ceux que son père avait admirés, Đặng l'avait sentie revenir discrètement à la foi maternelle.

Mais le Christ avait-il si bien tenu ses promesses ? Bien sûr, il n'avait rien promis pour cette existence terrestre, il ne risquait pas de décevoir. « Heureux les humiliés, car ils seront réconfortés », « Mon royaume n'est pas de ce monde ». Il n'avait donc pas cherché à échapper au supplice, et son exemple avait inspiré ses disciples vietnamiens quelques siècles plus tard. Quand il vivait à Paris, Đặng avait découvert rue du Bac la crypte de la chapelle des Missions étrangères, où des tableaux peints à l'époque montraient le martyre des premiers missionnaires et de leurs disciples vietnamiens. Même lorsque certains mandarins leur proposaient la vie sauve, à condition d'abjurer publiquement leur foi en enjambant un crucifix posé sur le sol, prêtres et fidèles refusaient et marchaient au supplice.

Đặng avait été témoin que l'idéal révolutionnaire pouvait pousser à un même sens du sacrifice. Il avait vu des milliers de jeunes hommes partir en longues colonnes vers le Sud, en sachant que la plupart d'entre eux n'en reviendraient pas, mais que les survivants et leurs camions qui échapperaient aux bombes américaines suffiraient pour maintenir assez de guérilla autour de Saigon pour que les médias occidentaux s'en émeuvent et déclarent la guerre ingagnable. Une génération plus tôt, d'autres jeunes hommes se lançaient à l'assaut des postes français par vagues successives, brisées l'une après l'autre par les rafales de mitrailleuses jusqu'à ce qu'un talus de cadavres se forme sous les meurtrières. L'idéal révolutionnaire était-il admirable pour le sens du sacrifice qu'il développait, ou méprisable pour son indifférence au sort de l'individu ? Il s'était souvent posé la question, en se gardant bien, à l'époque, de partager ses doutes.

Mais ces morts-là, sur le tableau en face de lui, et tous ceux à venir, quel était leur sens ? Une punition pour quelle faute ? Cette catastrophe en développement le renforçait dans son matérialisme : il ne croyait pas qu'il existe un autre monde que celui-là. Nulle divinité bienveillante aux alentours, nulle transcendance à espérer. Il croyait aux vertus bouddhiques, si proches des chrétiennes d'ailleurs, mais en médecin : prônées et respectées, elles pouvaient diminuer la souffrance que les hommes s'infligent les uns aux autres. Mais elles étaient impuissantes contre un virus inconnu, de même qu'aucune foi ne pouvait vous protéger si vous croisiez la trajectoire d'un chapelet de bombes de cinq cents livres.

Il entendit sonner le téléphone, longuement. Et puis la voix de sa femme, étrangement lointaine, sur le fond d'une rumeur venteuse, comme s'ils se parlaient à travers la tempête. Les lignes devaient être saturées, c'était Noël.

— On commence à espérer, lui dit-il, en regardant le tableau et les deux précieuses étiquettes qui étaient revenues dans la colonne de gauche.

— Je pense à toi. Tout le temps.

Derrière sa voix, Đặng entendit une autre rumeur. Un chœur de voix, une récitation qu'il ne distinguait pas. Brusquement il comprit : sa femme avait organisé un groupe de prière. Mais elle n'avait pas osé dire qu'elle priait, à lui, un ancien révolutionnaire, un matérialiste, et surtout un grand sceptique.

Il fit comme s'il n'avait rien entendu, et ils échangèrent les mots tendres et simples de ceux qui se sont déjà tout dit.

Les quatre bols de *phó* fumaient devant eux, dissolvant un peu le froid de la nuit, sous l'auvent du restaurant à ciel ouvert où ils étaient assis sur des tabourets en plastique, pressés contre les autres clients qui, comme eux, n'avaient pu trouver de place à l'intérieur. Lumière d'Automne osait à peine le regarder, mais Vân et Huyền l'observaient avec curiosité. C'était un trio magnifique, Lumière d'Automne, petite, dorée, un visage d'idole qu'animait soudain son sourire rayonnant, Vân potelée, pâle, lunaire, à l'air rêveur quand elle savourait son *phó*, plat de fête, et Huyền, la grande tige provocante, qui connaissait déjà sa force. Julien avait l'impression de l'avoir déjà vue, mais son type de beauté n'était pas inhabituel, on le retrouvait chez les hôtesses de l'air choisies pour les publicités de la compagnie nationale, ou aux devantures des coiffeurs. On aurait dit les trois personnages d'un conte, une adaptation du *Voyage vers l'Ouest* dont les trois héros auraient été des héroïnes.

Lumière d'Automne s'affairait à distribuer les épices, remplir les bols, demander un supplément de bœuf, tenant à nouveau un rôle de maîtresse de maison. Après que Julien ait échangé des salutations d'usage, ses deux amies étaient retombées dans le silence, elles ne parlaient pas anglais, et il ne trouvait pas de phrases appropriées pour essayer son vietnamien avec elles.

Puis comme à un signal donné, elles se mirent à parler en vietnamien à Lumière d'Automne, qui leur répondait en regardant Julien, et parfois riait cachant sa bouche de sa main.

Soudain, prenant conscience que cet aparté pouvait lui être inconfortable :

— Mes amies disent que grand frère est très gentil, et elles sont contentes de connaître un docteur.

— Les amies de petite sœur sont très gentilles, répondit-il en vietnamien.

Surprise des deux autres, le grand *Tây* parle vietnamien ? Un petit peu, répondit-il. Elles rirent à nouveau. Il avait donc compris leur conversation ! Il les détrompa, le vietnamien de grand frère ne lui permettait pas de comprendre – même s'il avait reconnu au passage l'expression *đẹp trai*, beau garçon.

La conversation commença vraiment, avec Lumière d'Automne qui s'occupait à passer d'une langue à l'autre quand cela devenait trop difficile.

D'où venaient-elles ? Qu'est-ce qu'elles aimaient de Hanoï ? Étaient-elles amies depuis longtemps ?

Ce qu'elles aimaient de plus à Hanoï, c'était le parfum des fleurs des premiers jours de printemps, le *phở* l'hiver dans la rue, comme ce soir, pour elles encore une rareté réservée aux grandes occasions. Elles aimaient aussi la beauté de certaines avenues, bordées de tamariniers et d'acacias, et les petits coins de campagne que l'on trouvait encore en plein cœur de la ville. Lumière d'Automne traduisait quand c'était nécessaire, en lui adressant un petit sourire comme pour l'inviter à être indulgent pour les humbles réflexions de ses amies, mais nul besoin, il les trouvait toujours intéressantes.

C'était merveilleux, il se sentait heureux d'être près d'elle, de la voir animée, les joues rosies par le froid et la chaleur de la soupe, l'air heureuse avec ses amies, dont la présence leur permettait de ne rien se dire. Car qu'auraient-ils pu se dire ? N'appartenaient-ils pas à deux mondes qui ne pouvaient se rapprocher sans dommage ?

Ainsi pensait Julien, et à voir la manière dont Lumière d'Automne s'occupait à traduire, à animer la conversation sans jamais lui parler directement, il sentit qu'elle le comprenait aussi.

Tout à l'heure, sur le parvis, quand ils s'étaient aperçus de loin, c'était la grande Huyền qui avait mené le mouvement, en entraînant Lumière d'Automne et Vân à sa rencontre.

Mais quand même, ne pourraient-ils pas continuer de se revoir ?

Il était en train d'apprendre la géographie du Delta, Vân était de Phủ Lý, Huyền de Thái Bình, et la composition de leurs familles, sujet sans péril, quand il vit une silhouette connue marcher dans sa direction.

Brunet qui ne les avait pas aperçus.

Il n'avait pas du tout envie d'introduire Brunet, ses regards lourds, son vietnamien excellent dans ce cercle magique, mais comment refuser ? C'était grâce à son aide que Lumière d'Automne se trouvait libre ce soir, et lui souriait au-dessus de son bol fumant.

Brunet allait passer devant eux, et Julien remarqua son regard sombre. Lumière d'Automne l'avait aperçu aussi, mais restait immobile, elle laissait la décision de l'inviter à Julien.

Il fit un signe à Brunet, qui les vit, et parut un instant frappé de stupeur. Puis il s'approcha d'eux sans sourire. Pendant qu'il échangeait avec les jeunes filles des salutations en vietnamien, Vân tira un tabouret pour lui.

Les échanges de politesses se terminèrent, mais Brunet ne s'égayait pas, comme insensible au charme des jeunes filles, même s'il jetait de temps en temps des regards, dubitatifs, presque soucieux à la belle Huyền, Mystérieuse en vietnamien, qui regardait ailleurs.

— Je suis désolé d'interrompre votre petit dîner de Noël. Mais il faut qu'on se parle assez vite.

Et à l'air sombre de Brunet, Julien devina aussitôt qu'une crainte qu'il portait en lui depuis trois jours venait de se réaliser.

— Clea ?

Brunet approuva de la tête.

Les jeunes filles restaient muettes, elles avaient senti l'ombre qui venait d'apparaître dans la conversation.

Brunet s'expliqua, vite, en français, tout en jetant de temps à autre des regards à Huyền.

Clea était tombée malade quelques heures auparavant. Elle était en isolement à l'hôpital Graal de Saigon, en réanimation, isolée, l'équipe vietnamienne était complétée par un pneumologue allemand en visite pour six mois. Un réanimateur anglais arrivait de Hong Kong le lendemain.

Julien essayait de contrôler l'expression de son visage, comme si Lumière d'Automne et ses amies avaient pu tout deviner juste en le regardant.

— Bon, dit Brunet, il faut que je retourne à l'ambassade, il y a encore des gens joignables au ministère à Paris. Et vous, vous vous sentez toujours bien ?

— Comme vous le voyez.

— C'est vrai. Mais faites attention quand même.

— À quoi ?

— À ces jeunes filles. Je suis content d'être arrivé ici à mon âge… Au vôtre, je crois que j'aurais succombé.

— À la tentation ?

— Oh, ça vous savez bien que j'y succombe, en général…

— Alors à quoi ?

— Au sentiment, mon vieux. Au sentiment.

Julien haussa les épaules. Que pouvait comprendre Brunet au sentiment ? Il le regarda s'éloigner, puis revint à Lumière d'Automne et ses amies. Mais la magie s'était évaporée, il faisait froid, il se faisait tard, leurs bols étaient vides, les gens s'en allaient.

Ils se saluèrent sans se toucher, son regard resta plongé dans celui de Lumière d'Automne une seconde de plus, et puis elles s'en furent, ce magnifique trio.

Dans sa poche il avait maintenant un petit trésor : l'adresse de leur chambre et le numéro du téléphone qui sonnait dans la cage d'escalier.

Mais ce qui l'aurait comblé quelques heures auparavant lui paraissait maintenant arriver à contretemps.

La pensée de Clea, là-bas dans sa chambre d'hôpital, commençait à l'envahir comme une marée.

Mademoiselle Fleur avait changé de coiffure pour une frange et une coupe carrée, le rideau lisse de ses cheveux dévoilait son cou pâle quand elle inclinait la tête, cette nouvelle coupe la faisait ressembler à une Japonaise.

— Vous avez fait des progrès, dit-elle avec surprise.

Il ne lui avait rien raconté de Lumière d'Automne, de sa libération, de sa soirée de Noël. Comme elle ne savait sans doute rien non plus de l'épidémie en développement dans le service de Đặng – rien n'était apparu dans les journaux vietnamiens, seule la presse internationale avait évoqué un signalement, et non une alerte, de l'OMS – il avait l'impression que le peu d'intimité qui avait existé entre eux avait complètement disparu.

Transformée par sa nouvelle coiffure, elle lui paraissait doublement étrangère.

Du coup, il ne se sentit aucune gêne à lui révéler la réflexion de la vieille dame : ils ne devraient pas se retrouver dans sa maison pour les leçons.

Il la vit sursauter comme s'il lui avait donné un coup :

— Mais… mais tout le monde sait que je viens pour donner des leçons !

— Sans doute. Mais je vous rapporte ce qu'elle m'a dit. Des cancans, disait-elle.

— Cancan ?

Elle le regardait comme s'il venait de proférer un mot blessant, qu'elle ne comprenait pas.

— Les… « qu'en-dira-t-on », les commérages, si vous voulez…

Elle baissa la tête sur son cahier, butée, et puis il réalisa qu'elle voulait cacher ses larmes.

Elle se leva brusquement.

— Il vaut mieux que je parte !

— Mais pas du tout. Continuons, je voulais juste vous dire…

Mais elle rangeait déjà son cahier dans son sac, sans le regarder.

— Écoutez, ne le prenez pas si mal, c'était juste une réflexion que l'on m'a faite…

— Au revoir !

Déjà elle dévalait l'escalier, il courut à sa poursuite. Il la retrouva en bas, debout face à la grille qu'il devait ouvrir pour la laisser sortir. Elle se tenait raide près de son vélo, évitant de regarder Julien. Il vit ses joues humides de larmes.

Il était tellement préoccupé par des drames en cours – Clea qu'il allait rejoindre en prenant le vol de midi, Đặng qui voyait les victimes augmenter – qu'il se sentait prêt à considérer tout cela comme un enfantillage fastidieux. Mais non, la souffrance de mademoiselle Fleur était réelle, elle avait été atteinte dans son jeune orgueil, et pire, il s'était trouvé le témoin de sa perte de face.

Il s'approcha d'elle, parla en vietnamien.

— Petite sœur, grand frère ne voulait pas te vexer…

Ellc baissait les yeux. Il continua en français.

— … Je me moque des commérages, je pensais juste à vous, c'est votre pays…

— Je veux sortir, murmura-t-elle.

Alors, lassé, il se détourna, commença à ouvrir le cadenas qui fermait la grille. Quand il se redressa, elle était toute proche, et juste avant d'enfourcher sa bicyclette, elle lui posa une main sur l'épaule, et à demi hissée sur sa selle, elle déposa un rapide baiser sur sa joue, à la française.

C'était la première fois qu'ils se touchaient, mais il n'eut pas le temps d'en comprendre plus, déjà elle filait dans la ruelle, tournait et disparaissait.

C'était Saigon et son éternel été, son ciel bleu, ses fleurs toute l'année, sa brise venue de la mer qui adoucissait les plus fortes chaleurs, ses larges avenues plantées d'arbres à l'ombre si précieuse, une magnifique création qui avait servi à justifier toutes les injustices du régime colonial. « Regardez ce qu'on leur a apporté ! » s'exclamaient les Français en désignant la rue Catinat, son opéra digne de Paris avec ses grandes cariatides, ses palaces, sa cathédrale de briques rouges, et la terrasse du *Continental* où se retrouvait toute la bonne société coloniale – les serveurs étaient vietnamiens.

Il était arrivé par l'avion de midi, un Tupolev-134, avait-il noté, avion civil dont l'historique de sécurité n'était pas des meilleurs, car souvent employé dans d'anciens pays frères désormais privés de conseillers soviétiques.

Il se sentait faible, transpirant, pas encore acclimaté. Le long de ce trottoir dallé, le passage d'une ombre à l'autre était une épreuve. Il regretta de ne pas avoir accepté l'offre des conducteurs de cyclo qui l'attendaient à la sortie de son hôtel.

Il se retira en lui-même, indifférent aux appels des vendeurs de rue, aux marchandes de cartes postales – plus bronzées et plus hardies qu'à Hanoï – déjà concentré sur l'image de Clea, qu'il allait voir dans quelques minutes.

Brunet avait parlé de forte fièvre, mais sans diagnostic encore, et sous les tropiques on pouvait espérer bien d'autres causes que le virus, sans compter les fièvres dont on ne trouvait pas l'origine et qui se calmaient en quelques jours.

Il ne se sentait plus capable de prier, comme l'autre soir. Le ciel vide et bleu, les immeubles magnifiques et décrépis qui semblaient abandonnés, le harcèlement des vendeurs, et même le cul-de-jatte crasseux qui le suivait en mendiant et en baragouinant en français : tout lui donnait l'impression d'un monde sans Dieu.

Comme à la guerre, c'était juste une question de chance. Clea avait-elle croisé le chemin d'un nouveau virus, ou juste celui d'un bon vieux microbe tropical ?

Elle était aussi pâle que son oreiller, et ses yeux paraissaient d'autant plus vivants, lumineux et inquiets.

— Ils pensent que c'est la dengue. C'est la saison ici.

Oui, elle aurait pu être piquée à Saigon par un moustique porteur avant son départ pour Hanoï, et le mal se déclarait maintenant. C'était une bonne idée à savourer quand on se retrouve dans une chambre d'isolement et que tous vos visiteurs apparaissent en tenue chirurgicale, avec le masque qui ne vous laisse voir que leur regard.

Il abaissa son masque, il ne pouvait se résoudre à apparaître ainsi à Clea, en se disant que si elle toussait, il se détournerait.

— C'est gentil, mais ne fais pas ça.

Donc elle ne croyait pas vraiment à la dengue, elle non plus.

— Tu as toussé ?

— Un peu au début, mais ils m'ont donné des corticoïdes et des antibiotiques, et là je n'ai plus envie... Enfin je sens tout le temps une vague envie. Remets ton masque s'il te plaît.

Il remit son masque.

Soudain le visage de Clea s'éclaira, ses yeux pétillèrent.

— Et si je te demandais un dernier baiser ?

Sans même penser, il baissa son masque et s'avança vers le lit.

— Non ! Non ! Tu es fou ! Remets ton masque ! Je t'en prie, je t'en prie, et assieds-toi, je voulais juste blaguer.

Une fois assis, le masque remis, il vit Clea détourner son visage de lui. Puis ses larmes.

— C'était vraiment gentil, dit-elle, tu es fou, mais je ne veux pas que tu le fasses.

— C'est peut-être la dengue, ou autre chose...

— Oui, peut-être.

Le silence retomba entre eux. Dans ces circonstances, toute parole prenait un caractère solennel, et ils avaient peur de cette solennité, puisqu'elle était comme un prélude à la mort possible de Clea.

Il trouva comme issue de revenir aux détails pratiques.

— Ils vont te transférer ?

— C'est en discussion. À Hong Kong, peut-être avec un avion militaire pour que je ne contamine personne. Il faut en profiter, l'année prochaine on rend cette île à la Chine, plus de colonie pour les Rosbifs !

C'était une plaisanterie rituelle dans leur conversation, les Britanniques étaient toujours désignés comme Rosbifs, et les Français comme *Froggies*.

— Bravo aux Rosbifs, ils s'occupent vraiment de leurs concitoyens.

— Ton ambassade ne t'a rien proposé ?

— Tant que je ne suis pas malade, rien. Le vrai test sera ce qu'ils feront si je tombe malade. Mais ils n'ont déjà pas réussi à trouver d'avion disponible pour rapatrier sœur Marie-Angélique, alors pour moi qui ne suis qu'un humble pécheur...

— Mais non, tu n'es pas un pécheur, c'est ton problème, justement !

Il avait voulu plaisanter, mais il vit que c'était pour elle un sujet important.

— Mon problème ?

— Eh bien oui. Regarde, tu te sens coupable de ne pas être amoureux de moi, alors tu préfères qu'on ne se voie plus. Tu pourrais aussi t'en moquer, te préoccuper moins de moi, je ne suis plus une petite fille, tu sais, et finalement on pourrait vivre heureux les moments que l'on a... Ou les moments que l'on avait...

Ce n'était pas dit comme un reproche, mais comme une calme constatation. Il se sentait sans pensée, sans paroles.

— Écoute... Je ne sais pas. Attendons que tu ailles mieux.

Elle rit.

— Quelle bonne réponse ! Tu m'as fait pas mal pleurer, mais tu me feras toujours rire.

— Clea...

— Non, ne t'approche pas. Quoi qu'il arrive, je veux que tu continues à être Julien, à parcourir le monde... et à briser le cœur d'autres filles.

Il avait attendu que Clea s'endorme, au moment où la nuit tombait, pour la quitter.

Il avait fait le point avec le pneumologue allemand, Wilhelm, de Leipzig, qui venait déjà en mission au Vietnam du temps où il était citoyen de la République démocratique allemande.

— Les Vietnamiens venaient se former dans notre service. Maintenant ils veulent aller en Australie ou aux États-Unis.

Il disait cela avec un sourire triste, c'était un gros type chauve sympathique, avec un regard doux, qui devait être très rassurant pour ses malades. Wilhelm expliqua que Clea n'avait pour l'instant aucun signe de détresse respiratoire ou de syndrome hémorragique, donc on pouvait espérer qu'elle avait une forme atténuée de la maladie. Les résultats des prélèvements étaient arrivés, en faveur d'une infection virale. L'Institut Pasteur donnerait plus de résultats sur l'identité du virus demain dans la journée.

Le chef de service vietnamien, un homme à l'air sévère et à l'accent du Nord, ne parlait ni français ni anglais, mais un excellent allemand. Wilhelm traduisit ses paroles pour Julien. Le professeur Nguyen Vân Chau l'assurait qu'ils feraient tout leur possible pour son amie – tiens tout le monde savait qu'ils étaient

« amis », on ne disait pas « collègues » – et aussi pour coopérer avec l'équipe qui arriverait de Hong Kong, peut-être le lendemain dans la soirée.

Il quitta l'hôpital, en essayant de se convaincre que tout se passerait bien pour Clea, avec la meilleure équipe possible.

Il avait rendez-vous avec Brunet dans un bar de la rue *Dong Khoi* – que Brunet s'amusait à nommer toujours rue Catinat – où l'on pouvait dîner aussi. Brunet venait souvent à Saigon, mais il avait laissé entendre qu'il préférait les nuits de Hanoï.

À la nuit tombée, il attendait Brunet, dans ce bar en rotonde au rez-de-chaussée d'un immeuble colonial. Il réalisa que Clea habitait au dernier étage du même immeuble, et que l'emplacement du bar correspondait exactement à celui de son appartement quatre étages plus haut. Brunet ne pouvait pas le savoir.

La musique avait déjà commencé quand il arriva. Un groupe de Vietnamiens pas si jeunes, gominés, un peu usés, chantaient – très bien – des standards du rock et du pop, sans doute appris trente ans plutôt auprès des alliés américains – ils étaient du Sud. Cette fidélité avait quelque chose de touchant, ils mettaient leur cœur dans *Hotel California*, et *Stand by me*, qu'ils n'avaient pas dû pouvoir chanter pendant leurs années en camp de rééducation, étape obligatoire pour les prisonniers de l'armée vaincue, d'autant plus prolongée qu'ils avaient un peu de galon.

Autour du bar et aux tables de la salle il ne voyait que des Vietnamiens d'entre deux âges, parfois discutant avec des femmes plus jeunes, habillées de robes d'été démodées, et qui semblaient être leurs petites amies régulières. On devinait les habitués, les nostalgiques, et l'endroit avait étrangement quelque chose de familial, malgré les lumières tamisées, la fumée, et l'alcool dans les verres.

Il s'accouda au bar parfaitement circulaire, derrière lequel s'affairaient de jeunes serveuses, qui ne comprirent pas son vietnamien, et qui ne parlaient pas anglais non plus. Un voisin vietnamien traduisit, lui aussi quinquagénaire, l'air fatigué, et à l'accent du Sud.

— Elles ne voient pas encore beaucoup d'étrangers, vous comprenez.

Il parlait avec un accent américain parfait, peut-être vivait-il en Californie, un ancien boat people revenu revoir la ville de sa jeunesse ?

— C'est un bar spécial, dit le Vietnamien.

— Pourquoi ?

— Un bon mélange.

Il crut qu'il voulait dire un mélange d'hommes d'âge mûr et de jeunes femmes, mais non :

— Il y a des anciens de l'armée du Sud, mais aussi de l'armée du Nord, qui sont restés ici après la Chute.

Il parlait de la chute de Saigon, et non pas de la Libération, le terme devenu officiel sous le nouveau régime.

— Et ils s'entendent ?

L'autre sourit comme si la question était trop compliquée ou trop simple, pour donner une réponse. À cet instant une jeune femme attablée non loin de là l'appela.

— Veuillez m'excuser, dit-il en français.

Julien aurait aimé reprendre la conversation plus tard, mais Brunet était venu s'accouder à ses côtés.

— Désolé, l'avion avait du retard.

— Il est arrivé, c'est l'essentiel.

Tout le monde avait en mémoire le dernier accident de la compagnie nationale, sur un avion du même modèle qui s'était écrasé l'année précédente sur l'aéroport de Phnom Penh.

— Il faudrait que la France leur vende des ATR et des Airbus, mais ça n'est pas mon boulot !

Brunet avait l'air de le regretter, peut-être se fatiguait-il de sa mission d'attaché de santé en cette période de crise ?

— Tiens, vous vous êtes mis à la bière ? Vous avez raison, nous sommes dans des temps difficiles. Votre amie anglaise va bien ?

Il réalisa une fois de plus combien il n'aimait pas parler de Clea – ou de Lumière d'Automne – avec Brunet. C'était injuste, Brunet faisait de son mieux. Mais le souvenir de la manière dont il passait ses soirées créait une distance entre eux.

— Ils disent que pour l'instant il n'y a aucun signe alarmant.

— Ce n'est peut-être pas le même virus !

Brunet aussi essayait de se persuader.

— Mais dites, on ne va pas se laisser mourir de faim ! Il faut commander maintenant, ici la cuisine ferme à neuf heures.

Il commanda deux *canh chua*, une soupe typique du Sud, avec du poisson, des épices et des légumes, si riche comparée à l'austérité du *Phó*, pourtant un plat de fête dans le Nord. En dégustant le *canh chua* on comprenait pourquoi le peuple du Nord avait toujours au cours des siècles voulu dominer le Sud : pour arriver à se nourrir.

— Bonne nouvelle, vous allez bientôt pouvoir revenir à l'ambassade. J'ai envoyé des télégrammes diplomatiques pour dire que vous aviez dépassé la période d'incubation.

— C'est gentil, mais je commence à m'habituer à ne pas travailler.

— Ah, ça je vous comprends, dit Brunet. Moi il me reste encore deux ans, et après hop, la retraite.

Brunet venait du ministère des armées, il pouvait prendre sa retraite bien avant les autres fonctionnaires.

— Et que ferez-vous ?

— Je resterai ici, comme je vous l'ai dit. Je ferai des affaires. Importation de matériel médical pour les hôpitaux. J'ai déjà les bonnes relations.

Effectivement, Julien se souvenait des rumeurs qui couraient sur Brunet, à propos de commissions occultes concernant l'équipement des hôpitaux dans le cadre de la coopération franco-vietnamienne.

— Ma famille ne manquera de rien.

— Votre famille ?

Brunet avait-il l'intention de fonder un foyer au Vietnam ?

— Vous ne savez pas ?

Julien le vit hésiter un instant, puis il s'expliqua. Surprise, Brunet était marié. Mais dix ans auparavant, un poids lourd avait percuté la voiture que conduisait sa femme. Quelques semaines avant l'accident, ils avaient commencé une procédure de divorce. Une des causes du divorce, en plus du mode de vie de Brunet, était la tension imposée par l'éducation de leur fille, finalement diagnostiquée autiste à l'âge de dix ans après des années de troubles du comportement qui les avait épuisés tous les deux.

— Maintenant ma femme a des capacités limitées, elle se déplace difficilement. Mais elle veut toujours s'occuper de ma fille. Alors il faut des aides en permanence, vous savez.

Brunet finit sa bière en une seule fois, comme si ses confidences l'avaient éprouvé. Julien le regardait : avec sa bedaine de buveur, les regards qu'il jetait aux jeunes serveuses qui évitaient le sien, son air d'autorité quand il s'adressait aux Vietnamiens, Brunet était l'incarnation du colonial décadent, comme un modèle d'affiche de propagande révolutionnaire. Et pourtant un sens du devoir palpitait sous cette enveloppe grossière, une tragédie se cachait derrière ses ricanements entendus.

Il se sentit reconnaissant à Brunet de lui avoir fourni l'occasion de compatir.

Les musiciens jouaient *Dream Dream Dream*, accompagnant une chanteuse vietnamienne de leur âge, potelée, en robe noire et qui, intense, les yeux mi-clos, arrivait à donner l'impression qu'elle était toujours capable de rêver.

Whenever I want you, all I have to do, is dream, dream, dream.

Peut-être rêvait-elle à un ancien amoureux reparti avec les hélicoptères américains.

Ils en étaient à leur troisième bière, des Heineken importées, quand il sentit une présence à ses côtés, en même temps que le regard surpris de Brunet qui regardait par-dessus son épaule.

— *Good evening.*

La voix était sourde, un peu grave, mais sans doute aucun féminine. Il se retourna.

De longues paupières maquillées de bleu, scintillantes comme de la soie, une belle bouche framboise un peu amère, une coiffure en hauteur comme les femmes en portaient avant la chute de Saigon. Malgré ses yeux asiatiques, elle semblait arriver tout droit de la *Dolce Vita*, une troublante beauté dans sa robe fourreau émeraude qui découvrait ses épaules délicates, et les bras minces qu'elle avait croisés sur le comptoir, tandis qu'elle voulait capter son regard.

— *First time I see you here, handsome. What's your name ?*

Il voyait comme un pétillement ironique dans le regard, elle s'amusait de voir l'effet qu'elle produisait chez les hommes.

Mais il se sentait impassible, il était trop chargé de soucis. Elle lui apparaissait comme aussi décalée qu'une publicité pour les vacances paradisiaques dans un journal annonçant une déclaration de guerre. Bien sûr, sa politesse l'emporta, il se présenta, ainsi que Brunet, qui restait ébloui comme un lapin dans la lueur des phares, mais Suzie Wong ne lui accorda qu'un bref regard. Non, ce n'était pas Suzie Wong, elle s'appelait *Bich Vân,* Nuage d'Émeraude, comme la couleur de sa robe, comme le nuage de volupté promise qui semblait flotter autour d'elle, et elle se concentrait sur Julien, pendant qu'on lui apportait le gin tonic qu'elle avait laissé sur sa table.

Sa voix un peu rauque, mais elle ne fumait pas – *always too much smoke here,* dit-elle, sans cacher qu'elle était une habituée du bar –, exprimait la lassitude, mais quand leurs avant-bras se touchèrent, il sentit comme une onde de chaleur et d'énergie effleurer sa peau, un phénomène que la science moderne ne saurait expliquer, pensa-t-il. Et toujours le pétillement ironique dans son regard, comme si maintenant elle s'amusait de le voir résister encore à son charme, mais sans douter de l'issue. Mais après quelques nouvelles questions, sur ce qui l'occupait au Vietnam, le temps de sa présence à Saigon, elle se redressa, le regarda, et lui dit soudain : *You are so cold. You are nice, but you are sooo cold.*

Et elle lui sourit, un peu tristement, comme pour lui dire qu'elle ne lui en voulait pas. Il se sentit touché, d'une certaine manière, elle lui rappelait la déception de Clea.

I can make you mine, taste your lips of wine, any-time night and day... Il vit qu'elle murmurait les paroles en même temps que la chanteuse.

Il sentit la main de Brunet sur son épaule :

— Je vais vous laisser.

— Mais pas du tout...

— Non, la scène est à vous, mon vieux. Et on m'attend...

Brunet avait dû organiser sa soirée.

— Mais je ne vais pas tarder, vous savez.

Brunet prit un air désapprobateur.

— Non, mon vieux, non ! Je vous connais, mais là ça serait indécent.

— Mais elle est...

— Je sais bien, mais ça n'empêche pas que vous lui plaisez aussi. Bon sang, jouez votre rôle. Vraiment, je ne vous parle plus si vous laissez tombez, ajouta-t-il d'un air boudeur en descendant de son tabouret.

Et déjà Brunet poussait la porte vitrée, hélant un cyclo.

Finalement, il avait réussi à heurter le sens moral de Brunet, ce qu'il n'aurait pas cru possible. Et Brunet avait raison, toute cette scène faisait partie de la vie, et elle faisait partie de la vie.

— *Do you feel lonesome now, handsome ? Life is not easy sometimes.*

Et à nouveau le pétillement dans son regard.

Mais il avait refusé son amour à Clea, il ne pouvait le donner à Lumière d'Automne qui ne l'attendait pas, il n'allait pas succomber pour un soir à cette créature de la *Dolce Vita*, aussi fascinante soit-elle.

La chanteuse avait commencé *Crying in the rain.*

À travers la vitre du car, brouillée de pluie, la petite marchande aperçut l'église dans laquelle elle avait été baptisée, une grande bâtisse baroque d'un jaune terni, sœur de celles construites au Mexique par les mêmes ordres missionnaires, mais elle l'ignorait, de même qu'elle n'aurait pu placer le Mexique sur une carte. Le jour se levait, gris sale, et quelques lumignons s'étaient allumés au-dessus des boutiques.

Elle descendit, chargée de deux ballots qui contenaient tout ce qu'elle avait pu trouver comme cadeaux de Noël, surtout des vêtements de deuxième main pour toute la famille, et des cahiers de dessins à colorier pour les petits enfants.

Elle était surprise, personne ne l'attendait, elle espérait trouver sa sœur, ou un de ses oncles, prêts à la prendre en croupe sur leur bicyclette. Elle avait annoncé sa venue la veille en appelant la seule des voisines qui avait un téléphone. Elle voyait les familles se disperser autour d'elles, pendant que le crachin se transformait en pluie.

— Tu rentres chez toi, petite sœur ?

C'était un voisin venu chercher sa femme, heureux propriétaire d'une moto Minsk, car sa femme industrieuse tenait un petit restaurant pour ouvriers qui avait du succès. Ils lui proposèrent de monter sur le porte-bagages, même avec ses ballots, elle n'était pas bien lourde.

Elle cachait son visage contre le dos de la femme, pour éviter la pluie, quand elle se dit qu'il y avait quelque chose d'étrange dans leur accueil, une cordialité inhabituelle qu'elle ne s'expliquait pas.

Et puis quand ils la déposèrent dans l'allée qui menait à la maison, au regard d'autres voisins sur le pas de leur porte, elle comprit que quelque chose était arrivé.

Elle entendit les pleurs de ses sœurs dès qu'elle franchit la porte du jardin.

Son père semblait dormir, le drap remonté jusqu'au menton. Elle fut frappée par son air apaisé, la première fois qu'elle voyait un tel calme chez un homme toujours tourmenté par le souci de nourrir sa famille. En même temps que les larmes lui montaient aux yeux, elle se disait qu'enfin il était tranquille, enfin il connaissait le repos après s'être épuisé dans des labeurs pour lesquels il devenait trop vieux.

La veille, en prenant son vélo après la messe de minuit pour aller récupérer du charbon dans une barge, il s'était fait renverser le long de la route, sans doute par un camion qui ne s'était pas arrêté. Il était tombé dans un fossé à demi rempli d'eau, dans la nuit noire. Un voisin qui passait à l'aube l'avait aperçu, respirant encore. Puis le temps que d'autres accourent et le hissent au bord de la route, la vie l'avait quitté.

Longtemps après, quand la petite marchande pensait à la dernière nuit de son père, gisant dans son fossé, trop faible pour appeler, priant peut-être, et se tourmentant en pensant à ce que sa famille deviendrait sans lui, chaque fois qu'elle pensait à sa dernière nuit, elle pleurait.

Elle n'avait jamais beaucoup parlé avec son père, c'était ainsi dans ce pays. Contrairement à d'autres hommes du voisinage, il ne buvait pas, traitait bien sa mère malgré sa maladie, et se souciait toujours de les nourrir, devenu pour eux père et mère à la fois. Son amour et son dévouement sans parole étaient comme le rayonnement d'une lumière qui les protégeait tous. Elle se souvenait de l'expression de plaisir dans son regard quand il la voyait plongée dans sa lecture, heureux de lui avoir transmis ce goût.

Le lendemain il y eut les obsèques. Ses sœurs et les femmes en mantilles blanches, le rituel bandeau blanc noué autour de la tête des hommes et des petits garçons, les trois musiciens qu'un oncle avait payés, ses sœurs versant des larmes sur le cercueil, et sa mère, très digne, dont on ne savait ce qu'elle comprenait, mais qui était restée silencieuse et grave et avait répondu justement aux paroles rituelles du prêtre.

Brunet était parti depuis longtemps, et Julien était passé au *Gin Tonic*, accompagnant Nuage d'Émeraude qui chuchotait à son oreille. Il continuait de lui offrir des verres – mais elle ne le pressait pas, ils suivaient tous deux un rythme raisonnable. Il avait encore la certitude qu'il ne la suivrait pas, malgré la chaleur irradiante de son bras quand elle touchait le sien. Ce n'était plus par principe, Brunet lui avait fait comprendre que tout cela faisait partie d'un jeu bien distribué, mais parce que, en couchant avec une autre femme, il aurait eu le sentiment de briser un fil ténu de vie entre lui et Clea, entre lui et Lumière d'Automne.

Mais Nuage d'Émeraude était fascinante, avec son humour un peu brutal : *they look for happiness, but they get drunk before finding it*, dit-elle en considérant les buveurs. Elle lui livrait des considérations concrètes sur la vie à Saigon, le couvre-feu qui allait bientôt s'abattre, la difficulté à trouver du savon ou du parfum, la pauvreté générale, même si cela s'améliorait depuis quelques années, et l'emprise des gens du Nord sur la ville, qui accaparaient toutes les positions importantes et profitables. Elle conclut par : *Sorry the American did not win the war, the country would be richer today*, phrase qu'il crut d'abord avoir mal comprise tant elle était indicible et même impensable dans le Nord !

Une fois elle l'avait regardé longuement, comme si elle l'examinait, et elle avait conclu : *your heart is taken, I can see it.*

Et puis elle finit par lui avouer son secret, qu'elle avait bien sûr avoué à d'autres : son père était un soldat coréen, ce qui expliquait sa haute taille, sa pâleur, et ses succès. En même temps elle était la fille de l'ennemi, les régiments coréens venus se battre aux côtés des Américains étant réputés pour leur férocité. Ce mélange de disgrâce politique et d'avantages physiques l'avait sans doute conduite à cette vie, entraîneuse, avec liberté de choix du client, en attendant peut-être qu'elle émeuve le cœur d'un homme d'affaires coréen en visite, heureux de réparer les cicatrices de la guerre.

Do you like my story ? Dans son regard, comme l'amusement d'une petite fille qui espère vous avoir plu avec sa récitation.

Et puis il l'avait aperçu, un grand Américain aux épaules massives, encore jeune, un air radieux de dieu du surf, mais qui le regardait avec ce qui semblait être de la haine.

Le connaissait-il ? L'avait-il déjà vu ? Ah oui, c'était un ami de Clea, un chercheur en civilisation vietnamienne, nommé Benjamin, ils s'étaient déjà croisés dans une soirée à Saigon. Il lui adressa un signe de la tête. L'autre ricana, descendit de son tabouret, et contourna le bar pour venir le rejoindre.

De près, il paraissait encore plus massif dans son polo du même bleu que ses yeux, c'était un adepte du culturisme.

— Vous êtes un ami de Clea, dit Julien.

— Oui, je suis un ami de Clea, un *vrai* ami.

L'Américain insista sur « vrai » d'une manière qui se voulait insultante. Il était clair qu'il avait bu, sans doute avant d'arriver à ce bar. Julien essaya de trouver une phrase conciliante.

— Clea a beaucoup de bons amis…

Il entendit Nuage d'Émeraude murmurer à son oreille « Fais attention ! »

Elle s'y connaissait en hommes et en bagarres de bars.

L'Américain ricana à nouveau.

— Oui, elle a des amis, mais sûrement pas toi.

Julien ne voulait pas répondre. Il n'avait pas envie de parler de Clea avec un homme ivre, il ne voulait pas se battre non plus, et il sentait que c'était ce que voulait l'autre.

— Pendant qu'elle est à l'hôpital, tout ce que tu trouves à faire c'est d'aller embarquer une pute !

Le mot choqua Julien. Il n'avait pas de doute sur les occupations de Nuage d'Émeraude, mais l'insulte, ce mot déshumanisant, le choqua. En voulant le blesser, l'Américain touchait la fille, c'était inadmissible. Il se raidit.

— Attends, souffla-t-elle derrière lui.

Il l'entendit parler en vietnamien. À qui ?

— Moi, je voulais le bonheur de Clea, gémit l'Américain.

— En vous saoulant la gueule ?

Il vit la fureur dans les yeux de l'autre, réalisa qu'il était trop près de lui pour éviter un coup, sauf à frapper le premier.

Il descendit de son tabouret.

— Je vais te péter la gueule, dit l'Américain d'un ton calme, comme pour annoncer une tâche dont il avait l'habitude.

Il lança son poing mais en oscillant de manière très prévisible. Julien para son coup et le repoussa vivement. Il vit l'autre tomber, il crut que c'était l'ivresse, mais non, un jeune Vietnamien venait de lui faucher les jambes par-derrière, et un autre le frappa au visage avec une bouteille quand il toucha le sol. Un troisième arrivait avec une chaise mais Julien s'interposa. Ils étaient jeunes, ce n'était pas des clients, mais un serveur et deux autres arrivés des cuisines, sans doute au signal de Nuage d'Émeraude.

— Arrêtez, il est juste ivre, il est ivre.

Nuage d'Émeraude se mit à parler vivement aux jeunes hommes, qui regardaient l'Américain à terre comme une nuisance dont il fallait se débarrasser au plus vite. Lui marmonnait, levant vers eux un visage en sang, ce qui rendait ses yeux encore plus bleus, comme un surfeur qui aurait heurté de son front des récifs.

— Salaud... Salaud...

Il avait du mal à se relever, ivresse ou commotion.

— Allons-y, dit Nuage d'Émeraude en prenant Julien par le bras.

Mais Julien ne voulait pas laisser un ami de Clea, ou plutôt un amoureux malheureux de Clea, au milieu de Vietnamiens pour qui les règles de la bagarre étaient aussi simples que leur code de la route : tout était permis. Et jamais le bar ne voudrait appeler la police.

Au milieu de la petite foule qui s'était accumulée dans la soirée, Julien aperçut le Vietnamien avec qui il avait parlé, un homme à l'air raisonnable. Il le vit s'avancer :

— Un peu d'aide ?

— Volontiers.

À deux, ils relevèrent Benjamin qui continuait de marmonner. Le bar avait appelé une voiture, un taxi clandestin.

Julien aurait aimé que le Vietnamien les accompagne, mais celui-ci déclina :

— Je veux bien aider un Américain, mais jusqu'à un certain point, vous comprenez. Ils nous ont salement laissés tomber après tout.

Nuage d'Émeraude était sortie avec eux. Elle se pencha pour parler au chauffeur, un Vietnamien ridé et décharné qui l'écoutait avec indifférence.

Ils se retrouvèrent à trois comprimés à l'arrière de la voiture, Julien assis entre Benjamin et Nuage d'Émeraude, chaleur irradiante d'un côté, masse pesante de l'autre, qui s'effondrait contre lui à chaque cahot, la voiture – une vieille Fiat fabriquée à l'Est – semblait dépourvue d'amortisseurs. Julien voulait indiquer au chauffeur le nom de l'hôpital Graal, que celui-ci ne comprenait pas, jusqu'à ce que Nuage d'Émeraude le précise. Benjamin sembla se réveiller.

— Veux pas aller dans un de leurs foutus hôpitaux !

Et il dit quelques mots au chauffeur en vietnamien, d'un ton autoritaire, puis laissa sa tête basculer en arrière pour arrêter le sang qui coulait de son nez.

— Vous habitez avec quelqu'un ? demanda Julien, chez qui le médecin reprenait toujours le dessus.

— Bon sang, vous êtes… terrible…

Et soudain Benjamin se mit à pleurer, de vraies larmes de douleur, celles d'un enfant qu'on a abandonné.

— Clea, sanglotait-il, Clea…

L'amour était plus terrible que la guerre : on infligeait de grandes souffrances à des gens qui n'étaient pas vos ennemis. Mais Benjamin avait quand même voulu lui casser la gueule. L'autre dut y penser au même instant, car soudain il se tourna vers Julien :

— Je suis désolé…

— Pas de problème.

— J'ai… trop bu.

— Je sais.

— J'avais mal. Clea…

— Elle va s'en tirer.

— Clea, Clea, mon bébé.

Il recommença à pleurer.

Nuage d'Émeraude restait silencieuse. Elle n'avait même pas posé sa main sur la cuisse de Julien, elle regardait le défilé des rues à peine éclairées. Elle avait l'air de trouver l'enchaînement des événements parfaitement naturels, et apprécier cette rare expérience, un trajet en voiture dans la ville désertée avec le vent frais par les vitres baissées.

Ils arrivèrent dans un petit passage bordé de maisons avec de minuscules jardins. Julien voulut aider Benjamin à sortir, mais celui-ci le repoussa et parvint à se tenir debout. Ils le virent s'appuyer contre la grille tandis qu'il faisait plusieurs tentatives pour introduire la clé dans le verrou. Et finalement, il y parvint, et disparut à l'intérieur de la maison. Une lumière s'alluma au premier étage.

Nuage d'Émeraude regarda Julien. Dans la faible

lueur qui venait de l'extérieur, son visage semblait d'une pâleur d'ivoire, la ligne de ses paupières et ses lèvres avaient pris la couleur sombre de la nuit, son visage était devenu comme un masque de kabuki.

— *And now, handsome ?*

Elle se laissait une chance, mais elle avait déjà senti qu'il avait décidé de ne pas passer la nuit avec elle, elle n'essayait même pas de le toucher.

Alors, pour cette délicatesse, il eut justement soudain envie de la toucher, de la rejoindre dans son lit, cette grande fille qui comprenait les hommes un peu trop bien.

Mais bien sûr, elle l'avait dit elle-même : *your heart is taken*.

Il regarda le taxi s'éloigner et la fine main de Nuage d'Émeraude qui lui faisait un bref au revoir par la vitre baissée.

Il revint à son hôtel, n'arrivant pas à dormir, commençant à compter les heures qui le séparaient de sa prochaine visite à Clea.

Le lendemain matin, à l'heure où les ombres étaient encore longues, il revint à l'hôpital.

Les yeux de Clea étaient bien vivants et ses paupières se plissèrent dans un sourire, au-dessus du masque à oxygène. De nouveaux flacons de perfusion étaient suspendus autour de son corps immobile. Il resta près d'elle, lui tenant la main qu'il sentait brûlante à travers son gant de latex. Il se retint de compter le rythme de sa respiration trop rapide. Elle avait refermé ses yeux. Elle ne les rouvrit pas quand il la quitta pour laisser les infirmières s'occuper d'elle.

Se pourrait-il qu'ils ne se reparlent jamais, qu'il ne voie plus le sourire de Clea, ses yeux s'éclairer quand une idée amusante lui venait, juste avant qu'elle la lui révèle, comme hier quand elle s'apprêtait à lui demander un baiser ? Non, c'était impossible. Elle avait trop de force en elle.

Dans le couloir il trouva le bon Wilhelm qui lui expliqua que le transfert pour Hong Kong allait se faire le lendemain. Il avait l'air optimiste.

— Elle n'a pas de syndrome hémorragique, juste un gros problème pulmonaire. On va l'anesthésier et l'intuber avant le départ.

Clea voguerait dans un sommeil artificiel, peut-être enchanté de rêves heureux.

L'accompagner était impossible, il s'en était aperçu après quelques communications téléphoniques : il n'obtiendrait pas d'ordre de mission de son ambassade pour se rendre à Hong Kong, et il n'avait aucune autorisation pour se trouver dans un avion militaire britannique. Il aurait pu prendre un avion de ligne à titre privé, mais avec peu de chances ensuite d'être autorisé à accéder au service où Clea serait à l'isolement.

Il retourna la voir en fin d'après-midi. Cette fois elle n'ouvrit pas les yeux, mais sa main serra faiblement la sienne pendant qu'il lui parlait.

Il passa la soirée seul dans sa chambre d'hôtel, où il fit monter une soupe *can chua*, et but deux bouteilles de *Saigon Beer*.

Le lendemain après-midi tandis qu'il regardait par le hublot de son vol pour Hanoï, fasciné par la vision des grands nuages tourmentés qui semblaient pousser comme de gigantesques plantes maléfiques, il réalisa que son avion et celui de Clea suivaient sans doute des routes parallèles vers le nord, avant que l'appareil britannique ne dévie vers l'est et suive la côte chinoise en direction de Hong Kong.

Il se retint de penser à Lumière d'Automne pendant presque tout le trajet, comme si détourner son attention de Clea risquait de la mettre en un plus grand péril.

À Hanoï, le ciel était redevenu bleu, et la température douce. Le lac avait pris une splendeur dépouillée, presque japonaise, reflétant le ciel bleu avec une perfection immobile. Mais cette lumière sèche d'hiver aujourd'hui lui évoquait la mort, en même temps qu'il sentait par bouffées l'odeur des feuilles pourrissantes au coin des ruelles.

Il croisa la vieille dame dans son passage.

— Tout va bien, monsieur ?

Décidément, les gens lisaient en lui trop facilement.

— De petits soucis, mais tout va bien.

Il sentit le regard attentif de ses yeux voilés, comme si elle ne le croyait pas.

— On dit qu'il y a une maladie à l'hôpital. Et dans la montagne aussi. Et que vous y êtes allé.

« Nous vivons sous leur regard », avait dit Pierre.

— Si c'était vrai, madame, je ne pourrais rien vous en dire.

— Pas la peine, je sais que c'est vrai. Tenez, j'ai ceci pour vous.

Elle lui tendit un papier plié, qu'il ouvrit, le cœur battant.

Mais c'était un message de mademoiselle Fleur qui lui proposait que leur prochaine leçon se tienne au petit kiosque du bord du lac. Elle ne faisait aucune allusion à leur dernière séparation. Elle savait que le mot serait lu par la vieille dame, qui était peut-être le chef de la ruelle, qui rapportait au chef de la rue, qui rapportait lui-même au chef de l'îlot, puis du quartier. Ou le contraire, la vieille dame n'était qu'un intermédiaire bienveillant, et mademoiselle Fleur lui faisait confiance pour ne rien rapporter à personne.

Une fois dans sa maison, il hésita à appeler le numéro de téléphone que lui avait donné Lumière d'Automne. Pour lui dire quoi ? Pour la revoir ? Mais jusque-là leurs rencontres avaient été dictées par le hasard, dans une parfaite légèreté. Maintenant, un appel, un rendez-vous lui paraissait trop ressembler à d'autres rendez-vous, un moyen d'approche qu'il avait pratiqué envers d'autres jeunes filles avec toujours le même but, alors que pour elle, il ne savait ce dont il avait envie, sinon de la voir, et de pouvoir la protéger, elle qui avait pourtant survécu jusque-là sans attendre son arrivée, et surtout de ne pas lui faire de mal.

Il hésitait, mit la main sur l'exemplaire du *Kim Vân Kiêu* – qu'il n'avait encore pu remettre à Brunet, en oubliant de l'emporter à Saigon – et se replongea dans la lecture, pour ne pas penser.

N'ayant pas su mériter dans la vie antérieure, je chercherai vainement dans la vie à échapper à la loi de la compensation. Le message revenait plusieurs fois dans le récit : la longue suite d'infortunes de la jeune Kiêu n'était que le paiement d'une dette accumulée par ses fautes commises dans ses vies précédentes, et ne cesserait, peut-être par la mort, qu'une fois cette dette payée. Le problème du Mal se trouvait ainsi résolu : les malheurs qui vous accablaient n'étaient qu'une juste peine dont l'exécution vous rapprochait d'une future vie meilleure. Dans la souffrance, on était donc à la fois victime et coupable, mais non sans espérance, si l'on acceptait son *karma*. Il se demanda si la religion catholique avait effacé cette vision de juste rétribution chez Lumière d'Automne. Au fond, les chrétiens n'avaient jamais trouvé d'explication satisfaisante au malheur qui parfois accablait les innocents. Le Christ leur avait simplement promis son amour et son réconfort dans l'autre monde. « Heureux les affligés, car ils seront consolés. » À l'inverse, la vision karmique pouvait vous faire accepter votre malheur, mais aussi celui des autres : ils avaient dû mériter leurs infortunes par leur vie précédente. On pouvait cependant leur montrer de la compassion, excellent ingrédient pour améliorer son propre karma… Mais il se souvenait avoir lu aussi que Bouddha avait prêché que commettre des bonnes actions dans le but de gagner une future vie meilleure annulait tout leur mérite. Là encore, ce n'était pas si simple.

Finalement, il appela. Le téléphone sonna longtemps, le poste devait se trouver dans un couloir ou au pied de l'escalier.

Une voix de femme âgée, revêche, lui répondit. Il donna le nom de Lumière d'Automne, puis de ses amies. Il y eut un silence. Des bruits de pas.

Il attendait depuis plusieurs minutes, entendant juste les rumeurs de la vie d'un immeuble, pas dans les escaliers, cris d'enfants, musique d'un poste de radio, quand soudain, une voix, jeune, timide.

Il reconnut Vân, l'amie placide de Lumière d'Automne. Grand frère pouvait-il parler à… *Minh Thư* ?

Ils eurent du mal à se comprendre, finalement il reconnut *di làm việc,* aller travailler, et Huyền le nom de l'autre amie.

Lumière d'Automne était partie travailler avec Huyền. Mais où ? *ở đâu ?*

Il y eut un silence, peut-être n'avait-elle pas compris, il essaya son *ở đâu ?* avec une intonation différente, mais elle ne fit que répéter « travailler ».

À peine avait-il raccroché que le téléphone sonna. Il ne reconnut pas tout de suite une voix d'homme, un Français ? Non, c'était Đặng.

— Cher ami, avez-vous de bonnes nouvelles ?

C'était une drôle de question. Il expliqua que Clea devait être arrivée à Hong Kong, si cela pouvait être considéré comme une bonne nouvelle.

— Non, je voudrais vraiment des bonnes nouvelles. Je trouve que nous manquons de bonnes nouvelles, nous en sommes privés même, c'est du rationnement voyez-vous, un rationnement qui ne dit pas son nom ! On nous ment, une fois de plus…

Il réalisa que Đặng était ivre. Fallait-il que les nouvelles soient mauvaises.

— Je commence à trouver que ça dure un peu trop, voyez-vous. À la guerre au moins, on bouge, mais rester coincé comme ça… Je me demande si je ne préférerais pas la guerre.

— Comment vont les malades ?

— Oh, les malades ? Ils bougent d'une colonne à l'autre, c'est tout ce qu'ils font.

D'une colonne à l'autre ? Que voulait dire Đặng ?

— Et si je passais vous voir ?

— Quelle excellente idée ! Comptez sur ma parfaite… asepsie, bien sûr. Je suis en pleine forme.

— On me laissera entrer ?

— On vous laissera entrer ? On vous portera en triomphe, cher ami !

« La vie est un combat où la tristesse entraîne la défaite. »

Proverbe vietnamien

L'arrivée ne fut pas exactement un triomphe. Il s'aperçut d'abord que la rue qui longeait l'hôpital était obscure, devenue comme morte. Les devantures de tous les commerces étaient closes, même celles des pharmacies habituellement ouvertes tard dans la nuit. La nouvelle de l'épidémie dans l'hôpital n'était donc plus un secret, et même si rien n'était encore apparu dans la presse vietnamienne, les habitants avaient déserté ses environs.

Đặng avait prévenu de son arrivée, mais il dut montrer son passeport et sa carte consulaire à deux guichets successifs où on les examina avec attention. Finalement, un Vietnamien taciturne et court sur pattes le conduisit jusqu'au perron du service de médecine, un bâtiment en pierre de style colonial qui contrastait avec ceux, en béton et de style soviétique qui l'entouraient, construits après que le chapelet des bombes d'un B 52 désorienté qui visait un aérodrome voisin eut détruit les trois quarts de l'hôpital et du quartier alentour. Sur tout le trajet l'éclairage était réduit au minimum, les allées obscures, comme si on craignait le retour nocturne de bombardiers fantômes.

Đặng l'attendait assis à son bureau, avec, posés devant lui, une bouteille de cognac XO aux deux tiers pleine, une boîte à pansements en métal remplie de glaçons, et deux verres en pyrex modèle collectivité. Il se leva et serra Julien dans ses bras, geste fort inhabituel dans un pays où on se saluait sans se toucher.

— Buvons à l'amitié… non ! pas l'amitié franco-vietnamienne, trop d'abrutis des deux côtés…

L'alcool ne changeait pas Đặng, il exagérait juste un peu les côtés saillants de sa personnalité.

Julien proposa :

— À l'amitié des valeureux combattants unis contre le mal venu de l'envahisseur chinois ?

— Ha ! Ha ! Voilà ! Voilà ! Excellent, cher ami.

Đặng jeta des glaçons dans les verres, il en restait dans le sien, et y versa du cognac. Ils trinquèrent en silence, en se regardant. La soirée commença.

Đặng buvait plus vite que Julien, mais avec délicatesse, il n'insistait pas pour qu'il le suive, et se resservait tout seul quand le verre de Julien n'était pas encore vidé. Celui-ci, par délicatesse aussi, essayait de le suivre et buvait plus de cognac qu'il n'en aurait voulu.

Đặng continua par une série de toasts, c'était un rituel qu'il avait dû pratiquer, il y a bien longtemps à Saint-Germain-des-Prés, mélangeant sacré et comique, et Julien le suivit avec plaisir.

Aux vaillantes équipes infirmières de combat qui réjouissent l'œil des bons docteurs – à nos sœurs et à nos frères victimes de leur devoir – ils ne rirent pas pour celui-là – aux bombes américaines qui ont laissé ce joli service debout – aux dignitaires du Parti et à leur collier d'ail (l'ail était censé éloigner le typhus) – aux glorieux respirateurs de la République démocratique allemande – aux travailleuses aux longues tresses blondes, nos sœurs, qui les ont fabriqués, etc.

Finalement, alors que la bouteille s'était vidée d'un tiers de plus, Đặng retrouva un calme surprenant.

— Ça ne va pas vraiment bien, mais ça ne va pas vraiment mal non plus.

Il montra à Julien le tableau accroché au mur, et lui expliqua les colonnes.

— Si je comprends bien, ce sont les gens qui ont été directement au contact de sœur Marie-Angélique qui ont été les plus atteints ?

— Oui.

De ceux-là, plus de la moitié étaient morts.

— … mais ensuite le taux de survie augmente ?

— Exactement !

Et comme pour confirmer cette bonne nouvelle Đặng reversa du cognac dans leurs verres.

Cela voulait-il dire que le virus s'affaiblissait à chaque passage à un hôte nouveau ? Ou que le traitement fourni par l'équipe de Đặng s'améliorait avec l'expérience ?

— On s'améliore sûrement un peu, mais pas dans ces proportions.

— Donc le virus s'affaiblit ?

— C'est ce que j'aimerais penser, mais une de nos malades les plus récentes – il désigna une pastille dans la colonne du milieu – est en réanimation après trois jours de symptômes, et elle ne s'améliore pas.

Qui se trouvait représentée par cette petite pastille autocollante, et dont Đặng connaissait l'être de chair et de sang ? Đặng avait recommencé à voir de jeunes gens mourir autour de lui, mais cette fois les victimes étaient beaucoup plus jeunes que lui.

Il pensa à Clea, au loin dans sa chambre de réanimation, en sol britannique où tout serait fait pour la sauver.

Même si les malades les plus récents de l'équipe de Đặng donnaient de l'espoir, cela ne valait pas pour elle, qui avait reçu dans son sang le virus originel, celui auquel les habitants de la montagne s'étaient habitués au cours des siècles.

— Buvons à votre amie, dit soudain Đặng, comme s'il avait lu dans ses pensées.

Et, comme si la chaleur du cognac avait réveillé le souvenir de la dernière fois où il en avait bu, il sut où il avait vu pour la première fois Huyền, l'amie de Lumière d'Automne.

— Il ne faut pas désespérer, elle aura sûrement les meilleurs médecins, et les meilleurs soins, dit Đặng, en se méprenant sur l'émotion soudaine de Julien.

Il dit à Đặng qu'il reviendrait le lendemain.

Il faisait plus sombre que dans son souvenir, la soirée était plus avancée que la dernière fois. Dans le même halo de lumière rose digne d'un enfer de théâtre, le même trio en smoking rejouait la version instrumentale *Stand by me*, qu'il avait entendu chanter la veille à Saigon. Le même ciel étoilé du plafond laissait la salle presque obscure, au point qu'il craignait de trébucher sur des marches invisibles. Au passage, il eut l'impression que tous les canapés étaient occupés. Dans la pénombre le long du mur opposé au bar, il distingua une rangée de jeunes filles qui attendaient la baguette magique de la *mama-san* pour sortir de leur nuit.

— *Glad to see you again, sir*, murmura-elle avec un accent de complicité qui le hérissa.

Ce client difficile était revenu, et cette fois il allait sans doute se conformer aux usages du lieu. Elle voulut le conduire vers le bar, elle se souvenait bien de sa première visite, mais il lui indiqua qu'il voulait un canapé, augmentant son contentement. Le client faisait des progrès rapides.

Il se retrouva assis très bas, un siège conçu pour ne pas donner envie de s'en relever. Il déçut en commandant une eau minérale. Il se sentait le corps encore brûlant du cognac de Đặng, il était arrivé à cet état irritable de la fin de l'ivresse, et se serait battu avec joie contre quiconque l'aurait provoqué. Mais sa conscience restait claire, il savait que personne ne le provoquerait, tout le monde ici voulait juste assouvir les désirs qu'on lui supposait.

— *Would you like to talk to some ladies, sir ?*

— *Of course.*

Il vit luire le sourire de la *mama-san*, en même temps qu'elle se redressait et allumait sa lampe. Et à ce signal dans la nuit, il vit venir vers lui une rangée de jeunes filles, parmi lesquelles il redoutait et espérait en reconnaître une, et une seule.

Le halo de la lampe les parcourut, souriantes, scintillantes, leurs lèvres peintes et leurs paupières fardées, certaines belles, d'autres moins, mais toutes vibrantes de la sève de la jeunesse, une vision de paradis pour les hommes d'âge mûr qui occupaient les autres canapés. Il vit tout de suite que Lumière d'Automne n'était pas parmi elles.

Plein de contrariété, il fit semblant d'hésiter, tandis que la *mama-san* attardait sa lampe sur celles qui lui paraissaient les plus désirables.

— *Thank you, they are very nice. But can I see some other ones ?*

Il sentit la surprise de la *mama-san*. Puis elle se ressaisit.

— *Do you want to see Huong Lien ? She is busy now, but maybe later...*

Sa mémoire était infaillible, elle se souvenait de sa brève rencontre avec Lotus Rose.

— *No, thank you, just some other ones.*

La patrouille de jeunes filles disparut dans l'obscurité. Il but son eau minérale en regrettant de n'avoir pas commandé du cognac. Peut-être Lumière d'Automne était-elle *busy* elle aussi ? Ou déjà partie avec un client ? Et lui, qu'était-il en train d'essayer de faire ?

Il commanda un cognac au moment où la *mama-san* revenait avec un nouveau groupe de jeunes filles. De nouveau le rituel de la lampe, de nouveau il lui fallut moins d'une seconde pour savoir qu'elle n'était pas parmi celles-là, de nouveau il fit semblant d'hésiter, plus longuement cette fois. Elles étaient encore plus jolies que les premières, la *mama-san* gérait sagement son petit cheptel, en proposant d'abord celles qui avaient moins de chance d'être choisies. Il ne put s'empêcher de remarquer l'une d'entre elles, ravissante au-delà du raisonnable, qui le regardait en souriant avec la certitude d'être choisie, et qu'il dut décevoir avec les autres.

La *mama-san* ne cachait pas son incompréhension.

— *They are beautiful girls, sir !*

— *Yes, I agree. Very beautiful. Maybe I have special tastes.*

Le visage de la *mama-san* s'éclaira. *Special tastes*, voilà un nouveau terrain d'entente.

— *Do you like them very young ?*

— *No, not younger. But…*

Il la vit tendue vers lui, voulant comprendre, résolue à ne pas laisser passer un client aussi prometteur.

— *… I think I like girls a little darker, with small figures.*

Elle sourit. Facile, c'était l'inverse du rêve de la plupart des clients.

— *… And beginners, I like beginners, they are so sweet.*

— *Certainly, sir.*

Il attendit. Il avait déjà vidé son cognac, il se sentait brûlant à nouveau.

Une rangée de silhouettes menues apparut devant lui, et soudain l'éclat de la lampe les illumina.

Et là, oh douleur, oh bonheur, juste au milieu de la rangée de jeunes filles, telle la figure centrale d'un tableau, Lumière d'Automne, le visage triste et les yeux baissés, les lèvres rouges et les paupières peintes, maquillée comme une princesse qu'on a apprêtée pour un mariage forcé, entourée de ses suivantes, qui toutes le regardaient en souriant.

Et ses paupières se levèrent, son regard croisa le sien.

— *This one, sir ?*

Clea et lui couraient dans un verger, au sommet d'une colline qui dominait un paysage magnifique de la *Merry England*. Elle riait, attrapait des fruits en passant sous les branches, cerises, prunes, qu'elle lui jetait comme des projectiles. Un soleil couchant rosissait le ciel, le visage de Clea, les feuilles des arbres, l'herbe sous leurs pas, tandis qu'elle s'arrêtait pour l'embrasser. Son baiser avait un goût de cerises, et quand elle se détacha de lui, il vit que les fruits avaient ensanglanté ses lèvres. Et puis elle n'était plus là, il se retrouvait seul dans une forêt immobile, le soleil disparaissait et l'obscurité envahissait tout, et il sentait une menace autour de lui, il n'osait plus faire un pas.

Il se réveilla. Ses draps étaient trempés de sueur, encore tièdes sous son corps, froids et humides sur ses jambes. Il les repoussa.

Il resta immobile dans l'obscurité, espérant s'endormir à nouveau. En prêtant l'oreille, il avait l'impression d'entendre la respiration de Lumière d'Automne. Mais c'était une illusion, elle était couchée dans une chambre du premier étage, et même avec la porte ouverte, la distance était trop grande dans cette maison à escaliers bâtie sur un modèle français.

Dans la pénombre, assis tous les deux dans le grand canapé profond, elle était d'abord restée muette à ses côtés, et il avait pris garde de ne pas la toucher. La *mama-san* était restée en arrière non loin de là, il sentait son regard posé sur eux, elle avait perçu qu'il se passait quelque chose d'étrange entre ces deux-là. Pour la rassurer et l'éloigner d'eux, il avait proposé un verre à Lumière d'Automne, elle avait approuvé de la tête, le signal avait été reçu et une serveuse avait posé sa boisson devant elle, sans qu'un mot ait été prononcé. L'épaisseur du liquide, faiblement lumineux dans la lumière ultraviolette, lui avait fait croire à du lait. Pour dire une phrase inoffensive, il lui avait demandé s'il pouvait goûter. Elle avait hoché la tête.

C'était laiteux, en effet, mais avec de l'alcool, et une saveur de crème et de whisky. Il reconnut le *Baileys*, une boisson appréciée des filles dans les boums quand il était étudiant. Le *Baileys* s'était transporté à travers l'espace et les années pour le retrouver dans ce canapé obscur, si loin de ces sages soirées entre jeunes gens de bonne famille, où l'on dansait le rock et s'embrassait dans les couloirs.

Ici c'était un alcool exotique permettant de charger l'addition du client, et dont le goût laiteux rendait l'alcool acceptable à des jeunes filles qui n'en avaient pas l'habitude. Et les débutantes devaient avoir besoin d'alcool.

Il distinguait à peine le visage de Lumière d'Automne dans la pénombre, et avec la musique – l'orchestre avait attaqué une série des tubes des années soixante – il était difficile de communiquer, sans s'approcher d'elle, et donc agir comme un client. Son *áo dài* de soie pâle lui faisait soudain découvrir des courbes cachées par sa modeste tenue du bord du lac, elle était femme, et il se sentit troublé, tenté, et révolté à la fois.

Il sentait toujours l'attention de la *mama-san* qui patrouillait autour d'eux tel un requin tournant autour de sa proie.

Soudain, comme on se jette à l'eau, Lumière d'Automne lui avait pris la main. Il l'avait sentie, si menue dans la sienne. Et glacée.

La *mama-san* s'était éloignée. Il parla à son oreille :

— Grand frère est content d'avoir retrouvé petite sœur.

Il avait senti son étonnement.

— Grand frère cherchait petite sœur ?

Il était repassé à l'anglais pour lui raconter en peu de mots sa conversation avec Vân, le souvenir qui lui était soudain revenu de Huyền, et comment il était arrivé ici.

— Grand frère vient souvent ici ?

Elle était revenu au vietnamien, comme pour conserver la distance qu'ils avaient eue dans leur conversation autour du lac.

— Non, une fois. Avec un ami qui vient souvent ici.

Elle hocha la tête, il n'avait pas besoin de préciser quel ami, elle avait déjà compris.

Elle n'avait pas touché son *Baileys*. Il lui avait dit que si elle ne voulait pas le boire, il pouvait l'aider. Pour la première fois elle avait tourné son visage vers lui et elle lui avait demandé pourquoi il était venu la chercher ici. Il lui avait répondu que grand frère comprenait que petite sœur avait besoin d'argent, mais qu'il n'aimait pas qu'elle travaille ici.

Elle était restée muette. Il la voyait à nouveau de profil, il avait senti trop de pensées s'agiter en elle. Il avait senti sa main se réchauffer peu à peu dans la sienne, et il avait bu une autre gorgée de *Baileys*.

Quand il avait reposé son verre, elle l'avait repris et bu à son tour.

Dans la pénombre autour d'eux, le halo de la lampe apparaissait par moments à différents endroits de la salle, comme des phares s'allumant sur l'horizon, mais bien sûr toujours pour illuminer de nouvelles rangées de jeunes filles.

Un deuxième *Baileys* fut apporté sans qu'ils l'aient demandé.

Et puis ils avaient arrêté de se parler. Elle avait repris sa main.

Finalement la *mama-san* était réapparue et avait murmuré à son oreille pour lui demander s'il souhaitait repartir avec la *young lady*. Il était resté sans voix une seconde, il ne voulait pas se voir en client, et puis il avait imaginé Lumière d'Automne après son départ, reprenant sa place au milieu d'une nouvelle rangée de filles dans la lumière de la lampe. *Of course, I will go with her.*

Et maintenant elle dormait, un étage plus bas. Il se sentait si heureux de l'avoir amenée là, sous sa protection.

Il l'avait attendue à la sortie de la boîte, observé par de jeunes Vietnamiens qui fumaient appuyés sur leurs bicyclettes, grands frères, jeunes macs, petits amis ou les deux à la fois. *I will change my clothes,* avait-elle dit en quittant le canapé avant lui.

Et voilà qu'elle était réapparue au-dehors dans sa tenue modeste de petite marchande, chapeau conique en moins, et il en avait été soulagé, comme si leur relation reprenait sa légèreté d'antan. Seuls le maquillage et les escarpins dorés qu'elle avait gardés aux pieds trahissaient son passage dans le monde souterrain, comme si sa transformation inverse de princesse de conte en petite marchande n'avait pas eu le temps d'être complète.

Ils étaient arrivés dans sa ruelle dans un parfait silence, et avaient continué de murmurer dans la maison, comme si les voisins pouvaient les entendre. Il avait vu l'étonnement sur son visage en découvrant le nombre de pièces et d'étages, et il l'avait guidée vers une chambre du premier et sa salle de bains. Il avait commencé des explications : elle trouverait peut-être quelque chose à manger dans la cuisine, mais il n'avait pas eu le temps de faire des courses depuis son retour, la bonne arriverait demain vers huit heures, et elle était gentille…

Soudain au milieu de ses explications, elle s'avança vers lui et le serra dans ses bras, la tête contre sa poitrine. Il referma ses bras sur elle et ils restèrent ainsi quelques secondes. Il éprouvait tant de tendresse, et du désir aussi, mais celui-là lui semblait comme accessoire, facile à retenir, il ne voulait pas que la soirée continue comme celle d'un client. Et il était sûr qu'elle le comprenait ainsi.

Ils se séparèrent, elle lui adressa un dernier regard,

plein d'une confiance qui le toucha, et puis soudain elle parut effrayée.

— Grand frère est très pâle !

Il lui dit qu'il n'avait pas dormi ces derniers temps, qu'il allait se reposer, et qu'il lui souhaitait bonne nuit. Elle lui adressa un dernier regard soucieux, et puis retourna à sa chambre.

Il avait trop chaud. Il se leva, marcha jusqu'à la terrasse.

La nuit était brumeuse, sans vent, il apercevait l'eau noire du lac à travers la cime des arbres immobiles, comme dans la fin de son rêve avec Clea.

Il entendit passer une bicyclette, puis deux, et le silence revint. Le cadran lumineux de l'horloge de la poste luisait dans la brume d'un éclat sous-marin. Quatre heures dix. Cela faisait sans doute plusieurs heures que Clea recevait les meilleurs soins possibles dans un hôpital aux normes occidentales. Il l'imagina gisante à côté d'un respirateur étincelant, entourée d'équipes en scaphandres ultramodernes, dans une ambiance de perfection aseptisée.

Il appellerait dès l'aube. Peut-être pourrait-il obtenir une mission de l'ambassade, comme pour mener une enquête sur l'épidémie ?

En même temps il pensait à celle qui dormait paisiblement quelques étages plus bas. Et maintenant, que pouvait-il faire ?

Elle vivait dans un monde dont il ne connaissait pas les règles.

Il avait un peu d'argent, qui était beaucoup pour ce pays, mais combien de temps cela pourrait-elle l'aider, même si elle l'acceptait ? Il aurait eu envie de se confier à Đặng, le seul Vietnamien qu'il connaissait qui pourrait les comprendre tous les deux.

Il était en train de s'étonner de ne pas ressentir le froid de la nuit, quand un grand frisson le saisit, et ne le lâcha pas.

Pendant plusieurs secondes, il resta vacillant, se tenant à la rambarde pour ne pas tomber.

Il revint en titubant vers son lit et ses draps humides.

Non, pensait-il, pas maintenant. Pas maintenant !

Xuân ouvrit la grille du rez-de-chaussée. Elle était arrivée en vélo depuis Gia Lâm, pédalant dans la brume qui ne s'était pas levée. Son mari gardait l'utilisation de la mobylette pour aller faire des réparations chez ses clients des différents quartiers de Hanoï. De toute façon elle était plus vigoureuse que lui, si mince qu'il paraissait affamé, alors qu'elle était bâtie comme une solide combattante d'une affiche de propagande.

Faire le ménage chez le jeune docteur lui était agréable, son seul regret était que souvent il n'était pas là, et elle s'ennuyait toute seule dans cette grande maison. C'était l'inverse pour ses autres clients, elle n'aimait pas leur présence, surtout les épouses qui parfois la suivaient d'une pièce à l'autre en lui faisant des remarques désagréables.

Elle avait toujours plus de succès auprès des maris, et des hommes en général, qui appréciaient ses courbes généreuses, sa bonne humeur et son sourire hardi mais qui savait aussi faire comprendre qu'elle appréciait les avances en connaisseuse, mais les refuserait.

Elle appuya sa bicyclette au mur, posa son chapeau conique sur le guidon et prit gaiement l'escalier jusqu'au premier étage. Surprise, sur le palier, à côté des diverses paires de chaussures de Julien qu'elle reconnaissait, elle découvrit une paire de chaussures de femme. Deux escarpins dorés, minuscules à côté des immenses mocassins du maître de maison.

Xuân fronça le sourcil, en même temps qu'elle se sentait envahie par une bouffée de jalousie. Julien n'était pas son amant – même si c'était le seul de ses clients dont elle aurait peut-être accepté des avances – mais elle éprouvait comme un sentiment de propriété envers ce *Tay* si gentil, si beau, et médecin en plus.

Mais voilà que son image de saint était entamée. Il avait amené une femme à la maison. Elle lui aurait pardonné une amante de sa race à lui, mais les petits escarpins, avec leurs sequins dorés, révélaient trop bien d'où venait leur propriétaire. Cela rendait Xuân encore plus furieuse, son image de Julien était atteinte, et se mêlait à son ressentiment une envie de femme : en plus de ses sandales, elle n'avait que deux paires de chaussures à talons carrés, toutes destinées au travail aussi bien qu'aux rares sorties ; un jour pour aller à un mariage, elle avait dû se faire prêter une paire de chaussures à talons hauts, noirs et râpés, par une voisine.

Elle arriva au premier étage. Et là, nouvelle surprise, elle vit que la porte de la chambre, celle où Julien logeait ses amis de passage, était entrouverte. Elle distingua le lit défait mais vide. Sur l'unique chaise un grand sac en skai noir, duquel débordait la soie d'un *áo dài* bleu, tissée de fil dorés. Un indice de plus sur le genre d'endroit où il avait trouvé sa compagne de la nuit.

Fulminante, elle se dirigea vers la cuisine, où elle entendait bouillir de l'eau. Voilà qu'en plus cette femme se croyait chez elle !

La porte donnant sur la terrasse était ouverte, sur son seuil une jeune fille regardait au-dehors en lui tournant le dos. Elle était vêtue aussi simplement que Xuân d'une chemise de coton et d'un simple pantalon, une queue-de-cheval rassemblait ses cheveux dans son dos, ses pied étaient nus.

La jeune fille l'entendit et se retourna. Xuân, stupéfaite, reconnut la petite marchande qu'elle avait déjà aperçue autour du lac.

Elles se regardèrent sans un mot, elles venaient du même monde, elles n'avaient pas besoin d'explication.

Lumière d'Automne désigna la bouilloire et la théière qu'elle avait préparée, sur une assiette les quartiers de mangue fraîche qu'elle était sortie acheter.

— C'est pour grand frère. Il est malade. Il faut appeler un docteur.

Et toutes les deux, sans un mot, l'une portant le thé, l'autre l'assiette de mangue, montèrent jusqu'à la chambre de Julien.

Ce n'était pas le sommeil, c'était autre chose.

Son corps lui paraissait très loin de lui, et en même temps si pesant, enfoncé dans le lit trempé, une épave inutile qu'il fallait laisser avant un long voyage.

Il ne savait pas s'il était mort, ou simplement rêvait qu'il était mort. Mais il ressentait un merveilleux soulagement. Une phrase lui revint, il l'avait lue un jour sur une pierre tombale, *sorti de la grande tribulation*. Voilà, il était sorti de la grande tribulation. L'éternel repos.

Et puis il y eut le murmure de voix féminines en vietnamien. Il ressentit une grande soif, sa bouche le brûlait. Soudain tout le poids de son corps retomba sur lui, le clouant sur le lit alors qu'il voulait bouger.

Le murmure continuait. Deux voix qu'il connaissait, mais qu'il ne reconnaissait pas.

Il sentit une main sur son front. Brusquement tout lui revint en mémoire, et il sut où il se trouvait.

Il ouvrit les yeux. Les regards inquiets de Xuân et Lumière d'Automne posés sur lui.

— Ne me touchez pas !

Son ton urgent les effraya, elles reculèrent d'un pas. Il vit le thé et les quartiers de mangue fraîche posés sur une chaise près de lui, la lumière du matin qui arrivait à travers les arbres derrière la fenêtre, et ces deux femmes l'une près de l'autre, elles auraient pu être sœurs, il le réalisa soudain, Xuân comme une version de grande taille et plus rustique du parfait modèle original de Lumière d'Automne.

— Grand frère peut boire du thé ?

— Merci, petite sœur. Merci, Xuân.

Il se redressa, tendit la main vers la tasse, mais rata son coup, et la tasse se fracassa sur le plancher. Xuân disparut pour aller en chercher une autre.

— Qui m'a touché le front, tout à l'heure ?

Elle hésita. Il comprit qu'elle s'attendait à un reproche.

— C'est moi, grand frère.

— Alors il faut vite aller te laver les mains, avec du savon, là tout de suite.

Ses yeux s'agrandirent, elle venait de comprendre, et elle alla à la salle de bains. Il entendit l'eau couler.

Il prit un morceau de mangue.

Xuân revint, il vit qu'elle avait choisi un bol avec anse, plus facile à saisir.

Elles le regardèrent boire son thé, manger ses quartiers de mangue comme pour vérifier qu'il les finissait. Il remarqua que Xuân s'était éloignée après avoir posé le bol sur la chaise, tandis que Lumière d'Automne restait à moins de deux mètres de lui. Il se souvint de sa visite à Clea, et se vit une seconde demander un baiser à Lumière d'Automne. Ils ne s'étaient jamais embrassés, cela arriverait-il un jour ? Il se dit qu'il ne devait pas être si malade pour avoir ce genre de pensée.

Il leur demanda le téléphone. À nouveau ce fut Xuân qui disparut. Bien que l'aînée et de rang supérieur à Lumière d'Automne dans la vie au-dehors, elle acceptait ce nouveau partage de rôles, comme si la jeune fille venait de prendre une place dans la parenté du maître de maison, petite sœur ou concubine.

Il vit Lumière d'Automne sourire, consciente de ce qui venait d'arriver. Xuân revint avec le combiné sans fil. Il l'attrapa en évitant de toucher sa main.

Il voulait appeler Brunet. Mais avant il leur expliqua qu'elles devaient aller se doucher dans la salle de bains du premier étage, et ensuite partir, et ne pas revenir, sauf s'il les appelait au téléphone. Xuân hésita, puis s'en alla, Lumière d'Automne restait debout près de lui, et elle commença à pleurer.

Lui pensait aux rangées de filles dans la nuit, à la lampe…

Il lui dit qu'il ne voulait pas qu'elle revienne dans l'endroit où il l'avait trouvée.

Elle ne répondit pas.

Il lui dit d'ouvrir le tiroir en bas de l'armoire et de lui apporter le livre qu'elle y trouverait.

C'était un exemplaire écorné de *Connaissance du Vietnam*, une vieille édition de l'école française d'Extrême-Orient parue en 1954, l'année de Diên Biên Phu. Entre les pages, il avait glissé plusieurs billets de cent dollars, une réserve en cas d'imprévu, le résultat des remplacements de médecin qu'il avait effectués avant son départ pour l'Asie. Il arracha la page de garde du livre, en la pliant dans sa main comme pour attraper quelque chose de chaud, il fit une petite liasse des billets sans que les doigts les touchent et il la lui tendit.

Elle resta immobile.

— Si petite sœur veut que grand frère guérisse, elle ne doit pas retourner à l'endroit où je l'ai trouvée.

— Petite sœur a besoin d'aider sa famille.

— *Kim Vân Kiêu*, grand frère sait.

Elle le regarda avec étonnement.

— Je suis comme Tù-Hai ! dit-il.

Tù-Hai était le seigneur de la guerre qui avait tiré Kiêu de la « maison verte ». Il réalisa soudain que ce n'était pas une si bonne comparaison : Tu-Hai n'avait pu protéger Kiêu longtemps, il était mort au combat.

Elle baissa la tête, prit la liasse dans ses deux mains jointes qu'elle ramena devant son visage de la manière dont on le fait en s'inclinant à la pagode avec des bâtons d'encens.

— Petite sœur reviendra.

Puis en anglais elle ajouta avec un faible sourire, *I will come back to you, don't forget me !* en essayant vaillamment de plaisanter comme s'il la chassait.

— *I will not forget you.*

Arrivée à la porte, elle lui dit qu'elle prierait pour lui. Et puis il entendit son pas léger dans l'escalier.

Un frisson le saisit à nouveau. Il réussit à composer le numéro de l'ambassade.

Et chance, Brunet était déjà là, qui commença tout de suite à lui parler.

— J'ai une bonne nouvelle pour vous, cher confrère ! J'ai réussi à agiter la hiérarchie pour obtenir pour vous le droit de revenir à l'ambassade. C'est pas du boulot, ça ?

Il commença à expliquer à Brunet pourquoi ce n'était plus d'actualité.

Il y eut un silence.

— Je vais voir ce que je peux faire pour vous. Tenez le coup.

Brunet s'était bien gardé de faire aucune promesse, et pas non plus celle de passer le voir.

Il toussa, un autre frisson, plus léger toutefois, revint.

Il n'arrivait toujours pas à croire qu'il allait mourir, mais il se demandait si cette conviction lui durerait encore longtemps.

Il se traîna jusqu'à la terrasse, et s'assit sur la marche du seuil.

Le ciel s'était dégagé, à nouveau ce bleu pâle et cette lumière délicate qui dorait le faîte du toit de la pagode d'en face. « Beau temps pour mourir », murmura-t-il. Mais à peine prononcée, cette phrase sonna à ses oreilles comme une bravade de jeune homme.

Mais non, il n'allait pas mourir. Il avait un téléphone, quelques sacs de riz dans la cuisine, deux infirmières bénévoles, il pouvait tenir, mais il lui faudrait au moins des médicaments qu'il avait demandés à Brunet.

Il resta longtemps assis, ne sentant pas le froid, savourant le pâle soleil, et trop épuisé pour penser.

À part que son état restait stationnaire – une grosse fièvre, sans thermomètre pour la mesurer – et qu'il n'avait pas commencé à tousser, les nouvelles n'étaient pas excellentes.

Brunet l'avait rappelé pour lui dire qu'il avait prévenu Đặng, mais celui-ci n'avait pas obtenu l'autorisation d'hospitaliser Julien dans son service. En quarantaine lui-même, il n'avait plus de pouvoir, et les autorités, après le décès de sœur Marie-Angélique, voulaient éviter d'avoir un autre décès d'étranger dans leurs murs. Des discussions étaient en cours. L'ambassadeur lui-même s'était mis en rapport avec le ministre vietnamien de la Santé, mais pour l'instant rien n'avait abouti. Paris était prévenu.

Julien imagina l'habituelle réunion cette fois à lui consacrée, l'air grave de l'ambassadeur, dont l'épouse avait sûrement commencé à prier pour lui. « Nous pensons tous à notre valeureux ami Julien, chacun doit faire tout ce qui est en son pouvoir. » L'excellent homme ferait sûrement pour lui tout ce qui serait en son pouvoir, mais il ne restait sans doute que quelques heures avant l'apparition des troubles respiratoires.

— Je vais vous apporter des médicaments, dit Brunet. Je vous préviendrai, je les passerai à travers votre grille.

L'expression « pestiféré » vint à l'esprit de Julien. Brunet eut l'air de s'excuser :

— Je n'ai pas le droit de vous rencontrer, autrement je suis interdit d'ambassade.

— Je comprends.

— Je suis vraiment désolé.

Tout de suite après, son téléphone sonna.

— Vous n'êtes pas venu à la leçon !

C'était mademoiselle Fleur. Dans sa voix il sentait un reproche, et aussi de l'inquiétude. Il lui expliqua qu'il était désolé, qu'il était malade.

— Voulez-vous que je vous apporte quelque chose ?

Il l'imagina arrivant chargée de quelques fruits, et eut une bouffée de désir qui le surprit. Ne disait-on pas que le risque de la mort décuple le désir sexuel ? C'était donc vrai. Il refusa.

— Merci mais j'ai tout ce dont j'ai besoin, et je ne veux pas vous passer ma grippe.

Avant de raccrocher, elle l'assura de *ses meilleurs vœux de rétablissement*, mais il avait senti que son inquiétude ne s'était pas dissipée. Avait-elle fait le lien entre sa non-visite à Hạ Long, et l'épidémie dans le service de Đặng, dont la rumeur avait dû atteindre toute la ville ?

Il sentait l'odeur malsaine de sa sueur et décida de prendre une douche. Il dut s'appuyer contre le mur carrelé pour ne pas tomber. Puis il retourna à son lit et s'allongea. En ne bougeant pas, il ne sentait pas sa fatigue, il aurait presque pu croire qu'il restait simplement à sommeiller dans la journée.

Il s'endormit.

Cette fois il survolait Hanoï. Il voyait les nuages couleur de plomb se dissiper devant lui et dévoiler la surface argentée du lac de l'Ouest. Les chapelets lumineux des balles traceuses montaient à sa rencontre mais il n'éprouvait aucune peur, voler était si exaltant. Il repéra le double clocher de la cathédrale, loin sur sa gauche, aperçut l'étendue verte de l'aéroport de Gia Lâm. Il vira vers la courbe du fleuve Rouge qui reflétait le coucher du soleil. Il allait lâcher sa bombe sur la silhouette métallique du pont Paul-Doumer, quand une voix féminine le réveilla.

La nuit était tombée. Il distingua une silhouette qui s'affairait près de la table qui lui servait de bureau. Il alluma.

Dans la douce lueur de la lampe de chevet, Lumière d'Automne avait déplacé ses livres pour déballer ses trésors dans de petites assiettes : gâteaux de riz gluant, pattes de poulet cuites, un bol de soupe de riz.

— J'ai demandé ses clés à Xuân, dit-elle simplement.

— Ne me touche pas, petite sœur.

— Je sais. Je sais.

Et elle lui sourit, comme si elle lui avait joué un bon tour.

À la fin de ce qu'il fallait appeler un dîner – il avait pris un morceau de riz gluant, bu la soupe, mais avait calé devant les pattes de poulet – un nouveau frisson faillit lui faire lâcher son verre de thé. Lumière d'Automne le regardait, les yeux agrandis d'inquiétude. Il s'en voulait de ne pas avoir le courage de la chasser complètement. Il se promit de le faire s'il commençait à tousser.

Il veillait à ce qu'elle ne s'approche pas de lui à moins de trois mètres, évitait de parler dans sa direction. Il lui interdit aussi de débarrasser les restes de son repas, tant qu'elle n'avait pas les gants chirurgicaux qu'il avait demandé à Brunet d'apporter. Elle ne devait toucher rien de ce qu'il avait touché. Après deux ou trois infractions qui lui firent pousser des cris, elle accepta la règle en haussant les épaules, comme on accepte les caprices d'un enfant malade.

On sonna. Elle descendit.

Dès qu'elle eut quitté la pièce, il sentit un manque d'elle.

Il eut une vision de Lumière d'Automne et lui, marchant la main dans la main autour du lac. Devant tout ce bonheur impossible, déjà perdu à jamais, il fut secoué d'un autre frisson, avec des larmes cette fois. Il se reprit, « sois à la hauteur », se dit-il. C'était la phrase que lui disait son père, quand enfant, il se mettait à pleurer. Et son père, devait-il le prévenir ? Mais ce serait commencer à l'inquiéter.

Il avait l'impression que tant qu'il n'appellerait pas son père, la situation pourrait revenir à la normale.

Lumière d'Automne lui apporta les médicaments glissés par Brunet à travers la grille du rez-de-chaussée. Il décida de commencer tout de suite les antibiotiques et les corticoïdes. Peut-être cela enrayerait-il l'évolution ? Mais il n'en avait pas été ainsi pour Clea qui avait eu besoin d'un respirateur dès le deuxième jour de sa maladie.

Il avala d'emblée les doses maximales. L'ennemi était déjà en lui, peut-être arriverait-il à l'écraser comme les bombardiers américains espéraient écraser la piste Hồ Chí Minh sous leur *carpet bombing*. La fièvre lui montait un peu au cerveau, il se sentait en veine de comparaisons et de métaphores. Mais, pas plus que celle de Tù-Hai le sauveur de Kiêu, celle des bombardiers n'était favorable : malgré le déluge de bombes et de napalm qui asséchait par le feu les fleuves de troupes et de camions militaires qui descendaient vers le Sud, il en survivait toujours un ruisseau suffisant pour alimenter la guérilla.

Il évitait d'y penser, mais il savait qu'il n'avait aucune chance de survivre à moins d'être hospitalisé rapidement.

Juste après avoir avalé les médicaments, il recommença à trembler. Quand un frisson le prenait, il avait l'impression que sa sueur qui affluait dispersait le virus à travers la pièce, et il ordonna à nouveau à Lumière d'Automne de descendre au deuxième étage.

Il attendit que le frisson s'arrête, puis appela Đặng.

— Cher ami, combien je suis désolé…

— Je sais bien.

— C'est comme autrefois, ce sont les *can bo* qui commandent !

Can bo voulait dire cadre du Parti, ceux qui dans l'armée doublaient la hiérarchie militaire et devaient veiller à la rectitude idéologique des soldats. À sa manière de prononcer le mot, on sentait que Đặng ne les tenait pas en haute estime.

— J'ai relancé une demande en passant par le ministère de la Défense, en disant que vous aviez servi la patrie en allant dans le Nord, et que vous méritiez d'être hospitalisé.

— Je ne sais pas si j'ai vraiment rendu service à la patrie…

— Mais si, grâce à vous, on saura au moins que ce virus vient certainement de Chine, voilà une bonne nouvelle !

— Et dans votre service ?

— Les colonnes se déplacent. Nous avons eu un autre mort hier…

Julien faillit dire « je suis désolé », mais il se reprit, il ne voulait pas interrompre le discours de Đặng par des condoléances inutiles.

— … mais d'autres sont en train de se rétablir. Une chose est maintenant certaine : le virus s'affaiblit en passant d'un hôte à l'autre.

C'était une bonne nouvelle, mais pas tellement pour lui. Il avait certainement attrapé le virus à sa source, dans le Nord. Quant à Clea c'était pire, il était entré directement dans son sang.

— … et plus l'incubation est courte, plus la maladie est gra…

Đặng s'interrompit. Si Julien avait attrapé la maladie dans le Nord, comme Clea, l'incubation était de trois jours, très courte.

— … Mais vous, vous l'avez peut-être attrapée par sœur Marie-Angélique !

— … Oui, peut-être. Et je commence à me traiter.

Il sentait le souci sincère de Đặng, il avait envie de le rassurer.

Đặng soupira :

— … Je suis vraiment désolé… Un conseil, ne prenez pas trop de corticoïdes, les doses élevées n'ont pas l'air plus efficaces que les doses faibles, au contraire.

C'était un peu tard, il avait commencé avec les doses maximales, mais il demanda quand même à Đặng de lui indiquer les posologies qui s'étaient révélées les meilleures.

Đặng lui dit qu'il l'appellerait deux fois par jour, et que de son côté Julien n'hésite pas à le contacter quand il le voulait.

Plus tard, il regardait Lumière d'Automne qui entrait dans la chambre pour lui apporter du thé et des rouleaux frais à la menthe et aux crevettes – il n'arrivait plus à manger rien de chaud – qu'elle avait préparés elle-même dans la cuisine. Dans la lumière de la lampe de chevet, sa peau était d'un doré parfait, uni. À son vif soulagement elle portait maintenant des gants de latex, mais il la soupçonnait de ne pas les jeter après usage, élevée dans cette culture du dénuement où le gaspillage est un péché contre les siens.

Finalement elle s'assit dans un coin de la chambre, et ils se parlèrent longuement, pour la première fois.

Ses larmes coulaient quand elle lui raconta la mort de son père, ce père qui l'aimait tant, qui lui racontait les romans de Victor Hugo, et qui lui avait donné le goût de la lecture. Et puis ses larmes séchées, elle lui raconta comment elle avait suivi Huyền, dès son retour à Hanoï. On embauchait de nouvelles filles, lui avait expliqué son amie, mais il y avait affluence, elle risquait de manquer une opportunité si elle ne se décidait pas tout de suite. Lumière d'Automne savait déjà que les ressources de la famille venaient d'être réduites à néant, avec son commerce devenu impossible et la mort de son père.

Dès le début de sa première soirée, elle s'était aperçue qu'elle n'était pas choisie par les clients : la plupart recherchaient de plus grandes et de plus pâles, plus proches de la beauté moderne des publicités, et les hommes les plus âgés préféraient les filles plus potelées qu'elle. À sa voix, Julien sentit que cela avait été pour elle à la fois un soulagement, mais aussi une inquiétude, car une fille sans client ne serait pas gardée longtemps. Il y avait d'autres endroits, bien sûr… Il en avait entendu parler par des collègues étrangers qui s'occupaient de prévention du sida. Dans de nombreuses villes, des bordels, invisibles aux étrangers, destinés aux Vietnamiens, où les filles, souvent très jeunes, devaient accepter tous les clients, et restaient cloîtrées pendant des semaines sans pouvoir sortir. Finalement, Lumière d'Automne s'était retrouvée choisie par un vieux Coréen, qui avait déjà pas mal bu. Il la dégoûtait un peu, mais il était doux et gentil, et lui répétait qu'elle était très jolie, et nul besoin de le forcer pour lui faire commander de nouvelles boissons. Et puis, malgré la pénombre, il avait aperçu la croix qu'elle portait autour du cou. Il s'était figé, et avait arrêté de lui parler, et avait gardé ses yeux fixés sur l'orchestre. Un peu plus tard, il lui avait glissé un gros pourboire en lui disant de ne pas revenir, qu'il prierait pour elle, et il s'en était allé. Elle ne savait pas qu'il y avait des chrétiens en Corée. Julien se souvenait d'un Séoul parsemé de croix et de clochers.

Plus tard, la *mama-san* lui avait dit de retirer sa croix.

Quelque temps plus tard, elle était tellement dégoûtée du jeu de la rangée et des lampes, avec de toute façon l'impression qu'elle ne serait pas choisie – et il sentit comme une déception de femme dans sa voix – que, revenue dans le salon où les filles attendaient qu'on les appelle, elle s'était assise au fond derrière les autres filles, en espérant échapper au regard de la *mama-san*. Elle avait vu un premier groupe de filles partir et revenir, puis un deuxième, sans qu'aucune parmi elles n'ait été choisie. Les filles parlaient en riant d'un *Tay*, sans doute fou, qui refusait tout le monde, même les plus jolies. Et puis la *mama-san* était revenue pour former une troisième rangée, Lumière d'Automne avait essayé de se dissimuler, mais la *mama-san* lui avait ordonné de venir, autrement elle serait renvoyée. Alors elle avait rejoint les autres.

Dans son sommeil agité de cauchemars – marées de sang, nuages rouges, paysage de plantes vénéneuses – il avait parfois la vision de Lumière d'Automne qui dormait sur une natte dans un coin de la chambre, la veilleuse allumée, sans savoir s'il rêvait ou si elle était vraiment là.

Parfois, c'étaient ses parents qu'il voyait comme dans un rêve, sa mère allongée sur son lit des derniers jours, lui souriant et lui prenant la main pour lui dire de veiller sur son père. Puis son père et lui frissonnant de froid, devant la tombe de sa mère par un matin d'hiver ensoleillé et glacial, et son père lui expliquant qu'il sentait sa mère toujours à ses côtés, qu'elle ne l'avait jamais quittée.

Puis un cauchemar, un talus de corps nus qui basculait sur lui, le contact de leurs peaux froides contre ses lèvres.

Il se réveilla. Il faisait jour, mais un jour gris et sombre, peut-être était-ce juste l'aube. Il vit la natte dans un coin de la pièce. Il entendit des voix en bas. Celle de Lumière d'Automne et d'un homme qui parlait vietnamien assez mal.

Des pas lourds dans l'escalier.

— Cher ami, j'ai appris que vous étiez souffrant.

C'était Pierre, rayonnant de santé et de bonne humeur.

C'était un tel plaisir de le voir, comme une bouffée de vie, d'amitié, de sa patrie, qui entrait dans sa chambre.

— Cher Pierre ! Mais ne vous approchez pas…

— Restez allongé, je vous en prie, je sais que vous êtes malade.

Lumière d'Automne se tenait derrière lui, portant un grand plateau laqué qui semblait trop grand et trop lourd pour elle, avec deux plats sous des cloches argentées aux armes du Métropole, et une bouteille de bordeaux.

— Je me suis dit que, dans ce pays, le premier risque reste toujours de mourir de faim… J'ai demandé à mon chef de vous préparer des plats assez légers, froids, mais nourrissants. Des clams aux artichauts, et des rouleaux de printemps à notre façon, avec des magrets de canard, très énergétique. Et puis ce vin, un petit haut-médoc ravigotant, si vous vous en sentez l'envie… Vous savez que même votre maison est en quarantaine ?

— En quarantaine ?

Pierre lui expliqua que les voisins ne passaient plus devant son seuil, qu'ils préféraient faire un détour en utilisant l'autre entrée du passage. La vieille dame à l'entrée avait vu sa clientèle fondre. Les voisins avaient contacté les autorités, mais il semblait que même la police n'osait pas venir l'évacuer.

— Vous êtes devenu très important.

— Ils ne sauraient pas où me mettre.

— Enfin je vois que vous avez trouvé une aide attentive, dit Pierre en regardant Lumière d'Automne.

— C'est une amie, elle… elle ne me touche pas.

— Ne vous inquiétez pas, vous avez toute liberté.

— Je veux dire que…

— En fait, je pense qu'elle vous touche beaucoup, si vous me permettez cette plaisanterie, et je la trouve moi-même très touchante…

Lumière d'Automne venait de poser le plateau sur le bureau, disposait les plats, la bouteille, l'assiette et les couverts qu'elle avait apportés de la cuisine. Elle comprenait qu'on parlait d'elle mais faisait mine de n'y prêter aucune attention.

— J'ai essayé de vous trouver un médecin par mes propres relations, mais pas moyen…

— C'est trop gentil d'être venu me voir. Mais vous ne devriez pas rester longtemps.

— Oh, je ne vous trouve pas très malade. Un peu pâle peut-être.

C'était vrai, il se sentait assez en forme tant qu'il ne bougeait pas, alors il sentait sa faiblesse, ses membres lourds. Il montra à Pierre les boîtes de médicaments.

— Je me soigne.

— Oui, je sais que Brunet ne vous laisse pas complètement tomber.

— Il ne peut pas venir, il a des ordres…

Pierre fit la moue comme s'il savait ce que voulaient dire des ordres. Tout le monde savait que lorsqu'il était directeur d'un hôtel en Indonésie, au cours d'émeutes sanglantes contre la population chinoise, il avait abrité des familles du voisinage venues se réfugier dans son hôtel, contrairement aux ordres formels reçus de la hiérarchie de Paris.

Pierre se leva de sa chaise pour se diriger vers la

table, il se pencha pour réarranger à la française l'assiette et les couverts, c'était plus fort que lui, quand Julien sentit le frisson revenir.

— Partez... Je vous en prie...

Il vit l'air catastrophé de Pierre tandis que Lumière d'Automne l'escortait vers la porte.

Il essaya de ne pas perdre conscience, en vain.

Lumière d'Automne n'osait plus sortir de la maison. Au retour de ses dernières courses, elle avait aperçu une camionnette de la police garée près de l'entrée de la ruelle. Un policier assis derrière son volant l'avait fixée du regard quand elle était entrée dans la ruelle. Elle craignait qu'ils ne l'arrêtent lors de sa prochaine sortie et l'empêchent de revenir auprès de Julien.

Tout le voisinage était au courant de ses allées et venues, même si elle essayait d'être discrète, et cette situation anormale avait forcément été rapportée aux autorités. Elle savait qu'elle enfreignait la loi en passant ses nuits dans la maison d'un étranger, mais elle se doutait bien que c'était la maladie de Julien qui serait la cause de son arrestation, si elle survenait. Mais peut-être avaient-ils peur de l'approcher ? Quand elle sortait, les voisins rentraient précipitamment chez eux en claquant leur porte, elle avait vu le visage paniqué d'une mère quand sa petite fille avait déboulé dans ses jambes, et sa mère l'avait rattrapée avec une brutalité qui avait fait hurler l'enfant.

Pour éviter d'autres incidents, elle allait faire ses courses dans le quartier des trente-six rues, de l'autre côté du lac, là où personne ne la connaissait, en prenant un cyclo différent pour en revenir. Elle se faisait déposer à l'autre entrée de la ruelle sur *Bà Trieu*, invisible du lac où le petit groupe de ses anciens collègues aurait pu l'apercevoir.

Elle quitta sa chambre pour monter voir Julien.

Il dormait. Elle s'approcha de son lit.

Il n'était vêtu que d'un caleçon, son torse et ses jambes étaient d'une grande pâleur, on aurait dit un nageur qui se repose après l'effort, dans un sommeil paisible.

Elle eut envie de toucher sa peau, de s'allonger près de son grand corps. Elle avait l'impression que, si elle s'allongeait tout contre lui, plus rien de grave ne pourrait arriver, ni à lui, ni à elle.

Elle toucha son bras. Il était froid.

Une douleur terrible l'assaillit… et puis elle vit le mouvement de sa respiration paisible.

Et lui revint le souvenir de son père allongé, les yeux fermés, immobile dans la mort. La douleur revint, elle commença à pleurer en silence. « Maria… Pas lui aussi. Ne l'emportez pas. »

On sonna. Elle pensa ne pas descendre ouvrir, mais à quoi bon ? Si c'était la police, ils arriveraient bien à entrer dans la maison. Elle se dirigea vers l'escalier.

Il rêvait. Il marchait avec son père dans une forêt, comme lorsqu'il était enfant. Le silence de ces promenades n'était troublé que par les bruissements des animaux dans le sous-bois, une promenade était parfaitement réussie quand ils avaient pu apercevoir une biche. C'est sur le chemin du retour qu'il interrogeait son père sur les questions qui le tourmentaient – brouille avec un camarade de classe, mauvaise note injuste, et parfois l'air particulièrement soucieux de son père qu'il avait remarqué et qui serrait son cœur de petit garçon.

Mais dans son rêve, son père avait l'air paisible, et marchait tête baissée, comme indifférent au paysage. Pourtant, la forêt devenait étrange, les arbres étaient d'un rose chair, et soudain il réalisa qu'ils étaient faits de corps humains nus, hommes et femmes, entremêlés et dressés en troncs et en branches. Il dit à son père qu'il fallait partir, trouver un chemin et s'échapper au plus vite de ce lieu effrayant. Mais celui-ci continuait de marcher en silence. Finalement, son père tourna vers lui des yeux pleins de larmes, en lui disant qu'il regrettait beaucoup, il regrettait vraiment beaucoup. « Mais quoi, papa ? » s'entendit-il crier, la vue de son père en pleurs lui était intolérable, mais son père le regardait maintenant avec un doux sourire en lui disant que la Miséricorde du Seigneur était infinie, il était redevenu diacre, dans une étrange tenue liturgique cousue de feuilles mortes et de fourrures encore ensanglantées. Au fond de ses yeux brillait une lueur rougeâtre, et il réalisa que ce n'était plus son père, mais une créature qui avait pris son apparence. Et puis son père fut remplacé par Đặng, exactement comme le Đặng de la réalité. Đặng désigna les arbres autour d'eux, qui avaient commencé à brûler en se tordant sur eux-mêmes, en disant : « Cher ami, si vous saviez comme je suis désolé. » Il suivit le regard de Đặng et, à la cime d'un arbre, il vit le corps nu de Clea, si pâle et si beau, les bras en croix, et son visage aux paupières baissées qui semblait dormir.

« Clea ! »

Il avait crié.

— *Anh ấy vẫn có thể đi được chứ ??*

Grand frère peut-il encore marcher ?

Mais de qui parlait-on ?

— *Hôm qua anh ấy vẫn đi lại được nhưng hôm nay thì anh ấy ngủ li bì.*

Hier grand frère pouvait marcher, mais aujourd'hui, il dort tout le temps.

La voix de Lumière d'Automne et celle d'une autre femme. Ce n'était pas Xuân.

Il ouvrit les yeux.

La vieille dame du passage le regardait de ses yeux voilés.

— Bonjour, madame.

— Bonjour, monsieur.

Que venait-elle faire ici ? Une enquête pour le comité de quartier ? En tout cas elle n'avait pas peur.

— C'est gentil de passer me voir, mais vous ne devriez pas.

Elle haussa les épaules.

— J'ai été infirmière.

— Les infirmières aussi tombent malades.

— J'ai résisté à tout jusque-là… De toute façon vous avez déjà une infirmière.

Elle regardait Lumière d'Automne. Celle-ci avait enfilé des gants, et il vit avec plaisir qu'ils avaient l'air neuf, juste tirés de la boîte.

— Oui, mais je m'inquiète pour elle. Je sais que ce qu'elle fait est illégal.

La vieille dame haussa à nouveau les épaules.

— Au point où on en est…

Elle fixa Julien avec intensité.

— Mais vous êtes un peu jaune, non ?

Jaune ? Il ne s'était pas vu dans un miroir.

— Votre… infirmière m'a raconté vos symptômes. Les frissons, les sueurs, la fièvre. Et maintenant voilà que je vous trouve un peu jaune…

L'énumération de ses symptômes fit comme un déclic dans son esprit.

Elle soupira, comme lassée.

— … J'en ai tellement vu… Mais on en meurt aussi.

Il réalisa ce qu'elle venait de lui dire : il souffrait d'un accès de paludisme.

Quand il se réveilla, il était midi. Il était seul dans la maison. Lumière d'Automne avait disparu, mais son sac était toujours dans sa chambre. Dans la glace de la salle de bains, il se trouva livide, mais pas jaune – et si c'était un faux espoir ? – mais de plus près, il vit que ses iris étaient entourés d'un cercle jaune discret mais indiscutable. La vieille dame avait le coup d'œil de l'expérience.

Avant de s'endormir il avait avalé le nouveau mélange d'antipaludéens apportés en urgence par Brunet sous le regard attentif de Lumière d'Automne et de la vieille dame.

Brunet n'avait pas encore osé monter, mais il avait récupéré l'exemplaire du *Kim Vân Kiêu* des mains de Lumière d'Automne.

Il descendit à la cuisine, s'appuyant au mur dans sa descente de l'escalier, pour se faire du thé. Il vit que le thermos était déjà plein, elle avait préparé le thé avant de partir. Il ouvrit la porte qui donnait sur la terrasse, et s'assit sur le seuil, devant l'armée d'arbres en pots de faïence peinte accumulés par les propriétaires. Comme pour saluer sa nouvelle vie, le ciel était redevenu bleu. Il se sentait très faible, mais le froid lui faisait du bien.

Quand allait-elle revenir ?

Par Brunet, Đặng et Pierre devaient déjà être au courant de la bonne nouvelle, comme tout le quartier.

Le paludisme, quelle bonne plaisanterie.

Quand Clea s'était endormie, là-haut dans leur hôtel de Bà Giang, il l'avait laissée et avait regagné sa chambre. Il se souvenait qu'il avait dormi la fenêtre ouverte pour apprécier la première fraîcheur, sans déplier la moustiquaire, en pensant qu'il faisait maintenant trop froid pour craindre les moustiques. Mais ce jour-là, le froid ne datait que de la veille, et un dernier survivant était venu lui pomper un peu de sang et lui transmettre le plasmodium.

Il voulait avoir des nouvelles de Clea, tout de suite. Appeler l'international et Hong Kong serait trop difficile sans passer par l'ambassade, mais il pourrait sûrement avoir des nouvelles récentes par Wilhelm resté à Saigon.

Il resta patient face à une interminable succession de standardistes et d'infirmières à l'accent du Sud qui le comprenaient mal, puis face au silence d'un téléphone laissé décroché sur un bureau. Il entendait vaguement les rumeurs du service. Puis le bruit d'une porte qu'on ferme, et enfin la voix de Wilhelm, toute proche.

— Je suis désolé...

Il se demandait si Clea avait eu le temps de savoir que lui-même était tombé malade. Il espérait que non car il était certain qu'elle se serait tourmentée pour sa vie autant que pour la sienne.

En pensant à la souffrance de Clea, à son visage de gisante sous le masque à oxygène, à son grand corps aimant dans ses bras, puis abandonné aux tourments de la réanimation, comme la crucifiée qui lui était apparue dans son rêve, il fut pris d'un sanglot aussi fort qu'un frisson, il ne savait plus si c'était un sanglot ou un frisson.

Tant de bonté, tant de courage, tant d'amour... Pourquoi elle ? Il ne croyait pas au Karma pour répondre à cette question. Il avait déjà vu des gens merveilleux mourir de maladies terribles. Mais cette fois c'était Clea, qui l'aimait, et qu'il avait si mal aimée.

Il se souvenait sans cesse que c'était lui, qui, avec sa découverte de l'existence de M. Trần Quang Bình, avait amené Clea à Bà Giang, à la source de l'épidémie, à l'aiguille qui avait percé sa paume.

Lumière d'Automne le trouva assis à la table de la cuisine, le regard vide, un sourire forcé à son apparition. En tentant de déchiffrer son visage, elle réalisa avec stupeur qu'il avait pleuré.

Mais pourquoi ? N'aurait-il pas dû être heureux ?

— Ma collègue, le docteur anglais...

En s'entendant l'appeler « ma collègue » Julien eut l'impression de commettre une dernière trahison envers Clea, pourquoi ne pas dire « mon amie ? », mais déjà Lumière d'Automne avait compris la nouvelle et avait commencé à pleurer.

Elle s'assit en face de lui, s'essuya les yeux, en vain. Il tendit la main, la sienne la rejoignit, et ils restèrent ainsi. Il sentait sa petite main dans la sienne, encore humide de ses larmes, et de temps en temps leurs regards se croisaient. Il avait envie de se lever et de la prendre dans ses bras.

Elle avança son autre main pour saisir la sienne.

On sonna. Ils se regardèrent. Tout le monde savait qu'ils étaient dans la maison. Elle descendit ouvrir.

C'était Pierre, avec un nouveau plateau et une bouteille.

— Écoutez, j'avais fait préparer cela quand je vous croyais encore aux portes de la mort, mais puisque vous guérissez, je crains que ce soit mon dernier *room service*.

Puis il remarqua l'air bouleversé de Lumière d'Automne et regarda Julien. Par délicatesse, Pierre n'osait plus rien dire, il avait le sentiment de les avoir interrompus, et pour la première fois il parut timide à Julien.

Il fallait rompre ce silence.

— Vous devez nous trouver bien tristes.

— Oui, c'est ce que je me disais...

— Nous venons juste d'apprendre une mauvaise nouvelle.

Pierre n'avait rencontré Clea qu'une seule fois. Un soir, elle avait accompagnée Julien au bar du Métropole, ils avaient croisé Pierre qui les avait retenus pour goûter ensemble un fronsac, Clea avait fait de justes commentaires sur le vin, avait plaisanté avec Pierre, ils s'étaient entendus aussitôt.

— C'est très malheureux. Je suis vraiment désolé.

Ils restèrent en silence. Puis, après un moment d'hésitation, Pierre saisit la bouteille qu'il avait apportée et commença à la déboucher.

— Un margaux, je pense que votre amie aurait apprécié...

Lumière d'Automne sortit deux verres à pied d'un placard, puis trois, sur un signe de Julien.

Il savait que Clea aurait apprécié ce rite si français, le plaisir du vin, célébré en sa mémoire.

Plus tard, il vit Lumière d'Automne porter le verre à ses lèvres, et boire pour la première fois de sa vie une gorgée de vin.

Pendant qu'il parlait avec Pierre, il la vit reprendre une gorgée, puis une autre, passant de l'obligation, à la curiosité, puis à l'intérêt. Elle gardait les yeux baissés, les pommettes un peu rosies, silencieuse, comme recueillie devant la découverte de ce nouveau mystère.

Tout en buvant très lentement son vin, il écoutait Pierre lui raconter les dernières nouvelles qu'il avait manquées depuis deux jours. L'ambassadeur était parti à Paris pour une réunion urgente sur la situation de l'épidémie, puis revenu. Des envoyés de l'OMS arrivés de Singapour s'étaient rendus à l'hôpital de Đặng. Ils n'avaient pas pénétré dans son service, mais au vu des informations, avaient déclaré l'épidémie circonscrite. Mais la rumeur s'en était depuis trop longtemps répandue dans tout Hanoï, et l'hôpital était maintenant approvisionné seulement par l'armée, car les fournisseurs habituels refusaient d'y faire des livraisons. La nouvelle d'une éventuelle épidémie était apparue dans quelques médias internationaux. Certaines délégations étrangères avaient reporté leur séjour, et des réservations d'hôtels étaient annulées tous les jours.

— Si la rumeur ne s'arrête pas, mon hôtel va se vider et je vais devoir mettre du personnel en vacances forcées, dit Pierre d'un air sombre. Quelle bêtise !

— Ça ne durera pas… si l'épidémie s'arrête.

— Si… comme vous dites. Difficile de savoir avec les autorités. Officiellement il n'y a de malades qu'à l'hôpital.

— Et à Bà Giang ?

— Cela n'existe pas. La région est devenue interdite aux journalistes et aux touristes, ce qui bien sûr nourrit la rumeur. Les autorités mettent ça sur le compte de troubles chez les populations des minorités montagnardes, trompées par des éléments contre-révolutionnaires soutenus par l'étranger, etc.

— Une révolte de Hmongs ?

— Cela arrive, mais ça serait une belle coïncidence.

Lumière d'Automne avait soudain manifesté des signes d'impatience.

— Petite sœur doit s'en aller ?

En même temps, il ne voulait pas la voir partir. Pierre se leva.

— Je vais vous quitter.

— Que se passe-t-il, petite sœur ?

Et timidement, elle leur expliqua qu'on était dimanche, que c'était l'heure de la messe et qu'aujourd'hui elle voulait s'y rendre.

Lumière d'Automne regardait Julien. Il s'était habitué à la manière du pays de ne pas demander ouvertement ce que l'on souhaite vraiment.

Dans le passage, ils croisèrent la vieille dame.

— Vous aviez raison. Comment vous remercier ?

Elle haussa les épaules.

— Faites attention.

— À quoi ?

Elle désigna la sortie de la ruelle.

— Ils vous attendent là. Prenez l'autre bout.

Pourquoi la police l'aurait-elle attendu ? Pour l'empêcher de sortir et de propager sa maladie dans tout Hanoï ? Mais puisqu'il n'était plus contagieux ?

— Dans ce cas, ils doivent m'attendre aussi à l'autre sortie.

Elle soupira.

— Vous ne sortez jamais par là. Et il n'y a pas de cafés de ce côté-là.

— Je vais vous attendre là-bas avec la voiture, dit Pierre.

Il se retrouva assis sur le cuir beige de la banquette arrière de l'antique Citroën de l'hôtel Métropole, vestige de la colonie, à une distance respectable de Lumière d'Automne. Pierre était assis devant avec le chauffeur.

Elle regardait défiler les boutiques, le flot des deux-roues, son monde à elle, vu pour la première fois d'un autre monde.

Il se demandait combien de temps il pourrait la protéger de son monde à elle, de la famille à nourrir, du rayon de la lampe de la *mama-san*. Il se pencha à l'oreille de Pierre.

— Je crois que j'aurais une demande à vous faire concernant cette jeune fille.

— Je crois que j'ai déjà compris.

— Elle n'a évidemment aucune expérience.

— Elle a déjà fait la preuve de sa valeur.

Il se demanda si Pierre parlait du dévouemcnt et du courage de Lumière d'Automne, ou de son aptitude à apprécier le margaux.

Il les déposa devant la cathédrale, lui devait revenir à son hôtel. Julien savait que, comme lui, Pierre n'assistait plus à une messe que pour de grandes occasions.

Un vent frais s'était levé, et il frissonna en montant les marches du parvis, en réalisant qu'il était trop faible pour sortir. Mais cette pensée n'avait pas effleuré Lumière d'Automne. Elle le précédait dans la nef, aussi à l'aise que si elle était chez elle. C'était dimanche, les travées étaient pleines, le prêtre avait commencé le *Kyrie Eleison*, mais elle aperçut des places libres près d'une chapelle latérale.

Il se retrouva debout à côté d'elle, tout près du chœur où le prêtre psalmodiait. Il était fasciné de voir le beau visage de Lumière d'Automne prononçant les paroles de la liturgie, et elle lui jetait des coups d'œil presque joyeux, sa gaieté était revenue.

Il sentit sur eux le poids de regards, leva les yeux, et s'aperçut qu'ils étaient en pleine vue du corps diplomatique et des familles pieuses de la communauté française de Hanoï. Monsieur et Madame l'Ambassadeur, le premier secrétaire, l'attaché militaire et sa femme, quelques épouses des représentants des grandes sociétés françaises, venus avec leurs enfants qui leur jetaient des coups d'œil et chuchotaient.

Il se tourna vers Lumière d'Automne. Elle chantait maintenant avec un léger sourire. Il ne comprenait pas les paroles, mais reconnut un cantique de son enfance. Elle avait forcément remarqué l'attention dont ils étaient l'objet, et peut-être y puisait-elle un peu de sa joie ?

Julien adressa un signe de tête à l'ambassadeur, qui lui répondit d'un solennel hochement de tête. Son épouse regardait Lumière d'Automne avec une expression tourmentée, mélange de douleur et de ferveur, qui passaient sur son visage en ondes successives. Il pouvait y reconnaître sa réprobation de femme blanche, héritière de la société coloniale où les unions mixtes étaient méprisées, mais aussi son émotion de chrétienne face au touchant spectacle d'une jeune Vietnamienne disciple de *Jesu-Kito.*

Le déchaînement de l'orgue, les voûtes vert pâle de la nef, le rouge sang des colonnes, l'or du chœur, le chant de Lumière d'Automne à ses côtés lui donnèrent comme une ivresse, il dut s'asseoir pour ne pas tomber.

Mais il ne sentait plus la ferveur de son enfance, sa foi retrouvée du soir de Noël.

Il pensait à Clea. Il avait l'impression que son souvenir d'elle était déjà moins net, qu'il commençait à l'oublier, et cela lui ajouta de la tristesse, l'impression de l'abandonner une deuxième fois.

Et puis il sentit sur son épaule la main de Lumière d'Automne, qui l'invitait à se relever pour l'*Agnus Dei.*

— Votre vietnamien est meilleur que la dernière fois !

— J'ai un peu pratiqué.

Il avait oublié d'annuler la leçon. Ne le voyant pas au kiosque, mademoiselle Fleur était venue sonner, il était descendu lui ouvrir. Comme elle savait qu'il avait été malade, et que tout le quartier le savait aussi, et qu'il n'était pas contagieux, il était normal que la leçon continue à domicile.

Ils étaient assis dans la cuisine, autour du thé et des rouleaux de printemps que Lumière d'Automne avait préparés avant de repartir pour Nam Định.

— C'est votre bonne qui a fait ça ?

Il se demandait ce que mademoiselle Fleur savait, sans doute beaucoup, elle avait sûrement parlé aux gens du passage.

— Non, c'est une amie.

Il la vit se figer une seconde, puis détourner sa main de l'assiette de rouleaux.

— Il y a une camionnette de la police à l'entrée de la ruelle.

— On me l'a dit.

— On m'a dit que c'était pour vous.

— Je ne crois pas. Personne n'est venu m'arrêter.

Elle ne répondit pas. *Là aussi, ce n'était pas si simple.*

Il ne se lassait pas de la regarder, son visage frais sous sa coupe à la japonaise, son air sérieux, ses yeux effilés qui évitaient de croiser son regard, elle était comme un retour à la vie.

— Vous êtes encore très pâle.

— N'est-ce pas un critère de beauté ?

Elle rit, cette fois sans mettre la main devant sa bouche.

— Non ! Pas pour les hommes !

— Pourtant, les acteurs coréens ?…

Toute la population du Vietnam était fascinée le soir par les séries sentimentales coréennes qui venaient d'arriver sur les chaînes nationales. Les héros de ces histoires de familles universelles étaient tous d'une blancheur d'ivoire, ils étaient devenus aussi célèbres que les personnages du panthéon communiste, et leurs photos s'affichaient dans les chambres des jeunes filles.

— Ah, oui, mais c'est de la télé.

Il sentit un léger mépris dans sa voix, en tant qu'étudiante douée, elle se devait de montrer du dédain pour ces fictions populaires, et même idéologiquement suspectes : l'individualisme – deux jeunes gens s'aimaient – y luttait contre la tradition confucéenne – la famille n'était pas d'accord – et souvent triomphait.

Elle resta pensive, puis le regarda.

— Depuis qu'on s'est vu, j'ai lu.

— Vous lisez sûrement beaucoup.

— Oui, mais j'ai lu un livre interdit.

Interdit ? Beaucoup de livres étaient interdits, mais on pouvait les trouver d'occasion en vente dans la rue, à destination des touristes.

— À propos de quoi ?

— La guerre.

— Laquelle ?

— Toutes les guerres. Ça s'appelle juste *Vietnam*, l'auteur est américain. Karnow…

Il n'en revenait pas. L'histoire du Vietnam racontée par un Américain. Karnow avait été correspondant de *Time Magazine* pendant toute la guerre américaine, la guerre contre l'envahisseur américain. Quel effet avait pu avoir cette version non idéalisée du conflit sur l'esprit de mademoiselle Fleur ? Il n'osait pas lui demander, il avait peur de découvrir un trouble dont il se serait senti responsable.

— J'ai compris…, commença-t-elle.

— Qu'avez-vous compris ?

— J'ai compris que vous aviez raison.

— Vraiment ?

— Oui, j'ai compris que les Américains ne voulaient pas envahir le Vietnam. Ils voulaient juste que le Sud ne devienne pas communiste. C'était la Guerre froide…

C'était une vérité pas encore trop perturbante, l'unification du pays, rêve de l'Oncle Hô, restait un but sacré qui méritait de faire la guerre, fût-elle particulièrement sanglante.

— Et puis j'ai compris…

Sa voix se cassa.

Il baissa les yeux. Il ne voulait pas assister à l'émotion de mademoiselle Fleur, et risquer de se trouver ému à son tour.

Sans doute pour les mêmes raisons, elle se leva et revint près de l'évier, lui tournant le dos pour préparer à nouveau du thé. Il ne voyait plus son visage, mais il sentait sa voix trembler.

— ... J'ai compris que nous nous sommes beaucoup tués entre Vietnamiens. Après le départ des Américains...

Dans la phraséologie officielle, les soldats du régime du Sud étaient toujours accompagnés de l'adjectif « fantoche » mais mademoiselle Fleur avait dû réaliser que le même sang que le sien coulait dans les veines de ces « fantoches », et qu'il avait été largement répandu. Sans compter tous les survivants qu'on avait ensuite envoyés dépérir en camp de rééducation pendant parfois plus d'une décennie.

— Vous avez compris ça en lisant Karnow ?

Il l'entendit renifler.

— Non, j'ai lu le livre de Bao Ninh.

Elle donna le titre vietnamien, mais il reconnut *Les Chagrins de la guerre*, un roman qui l'avait captivé. La guerre vue par un soldat du Nord. Au milieu de l'horreur générale de la guerre, le narrateur découvrait celle particulière d'avoir à massacrer des compatriotes, et même un jour des jeunes filles en uniforme, cadettes de l'armée de l'autre camp. L'auteur était l'un des rares survivants d'une des Brigades Glorieuses de la Jeunesse, dont les soldats arboraient le tatouage « né au Nord pour mourir au Sud ». Le livre avait été fêté à sa sortie, affublé d'un titre d'apparence inoffensive, *Le Destin de l'amour*, puis, avec une grande perspicacité, les autorités l'avaient interdit. En plus de la terreur des batailles et des bombardements, le livre montrait aussi que la guerre brise les destins des survivants en leur rendant impossible d'aimer à nouveau. Les deux héros du récit, un jeune homme et une jeune fille, s'aiment avec passion au début de la guerre, mais quand ils se retrouvent sept ans plus tard à la fin des combats, ils ne peuvent que se séparer à nouveau dans la douleur. Le roman venait de reparaître, mais jamais il n'aurait pensé que mademoiselle Fleur serait une de ses lectrices.

Les Chagrins de la guerre. Toujours en lui tournant le dos, elle se mit à pleurer, silencieusement, douloureusement. Sur tous ces jeunes Vietnamiens morts, sur ces milliers d'amours à jamais brisés, ou sur sa tranquillité d'esprit perdue ?

Lumière d'Automne était heureuse.

Les cadeaux avaient été déballés – à nouveau des vêtements de toutes tailles pour résister au froid et à la pluie de l'hiver, des bonbons, aussi quelques tablettes de chocolat, véritable luxe, des livres pour enfants – elle voulait transmettre aussi le goût de la lecture aux petits – pour son petit frère une montre étanche au cadran lumineux qui ferait l'admiration de ses camarades, et des jouets pour les plus petits. Lumière d'Automne ne se souvenait pas d'avoir reçu un seul jouet dans son enfance, sans jamais avoir eu le sentiment d'en manquer : elle et ses petites camarades s'en fabriquaient avec des écorces de fruits, des morceaux de branches. La peau de pamplemousse ou l'écorce de mangoustan, découpées, se révélaient des gisement inépuisables pour leurs créations, poupées et leurs maisons avec leurs ustensiles, bijoux éphémères, embarcations minuscules. Mais elle avait toujours souffert de voir ses petites sœurs regarder avec tristesse les vrais jouets de certains enfants du voisinage.

Ce soir le dîner avait été fastueux avec du porc caramélisé en abondance, des patates douces, et même, pour ce repas de fête, un poulet qu'elle avait acheté en chemin, qu'on avait fait bouillir avant de le découper en morceaux aussi nombreux que les bouches à nourrir. Et surtout les dettes étaient maintenant remboursées, il n'y aurait plus de visites sournoises et impromptues des prêteurs.

Même sa mère semblait gagnée par l'euphorie générale, elle restait muette, mais souriante, et pour la première fois depuis des années avait presque participé à la préparation du repas, se tenant près de Liên tandis que celle-ci faisait sauter les morceaux de porc dans la poêle.

C'était devenu une maison sans hommes, car Bình à treize ans ne pouvait encore être considéré comme un homme, mais ce soir-là tous avaient pu l'oublier, car deux jeunes oncles, frères de son père, était venus participer aux réjouissances, et la fiancée de l'un avait apporté des *bánh gai*, pour son premier repas en commun avec eux. Elle aimait cet oncle, qui lui rappelait son père avec son teint pâle, sa mâchoire dessinée, et son air bon, presque timide. Au début elle ne s'était pas senti d'affinité pour la fiancée, une fille au verbe haut, d'une famille aisée du voisinage – le père pilotait les barges et la famille possédait une motocyclette – mais elle avait été favorablement impressionnée par son geste d'apporter des gâteaux, et sa manière de s'adresser à elle, comme *Thi*, grande sœur, comme si elle avait bien compris qu'elle était désormais la chef de famille.

Et puis, très vite, la maisonnée s'était endormie, effet bienfaisant d'un estomac comblé pour tout le monde.

Lumière d'Automne était allongée en tenant dans ses bras la petite dernière endormie, huit ans, ses fins cheveux contre son visage avaient l'odeur de l'enfance.

Elle pouvait se sentir heureuse, mais c'était comme un souffle fragile qui s'évanouissait dès qu'elle pensait à son père.

De nouveau la nostalgie de son père la saisit, de sa tendresse pour elle, de tous les efforts qu'elle l'avait vu dépenser pour assurer leur bien-être à tous, de son front bombé, comme le sien, qu'elle voyait le soir penché sur un livre. Cette douleur était sans remède, elle le savait.

Elle pouvait se dire que son père aurait été heureux ce soir, s'il avait vu la famille endormie, sans inquiétude pour les repas des jours prochains, des vêtements pour tous, et même son épouse apaisée.

Bien sûr, avec le remboursement de la dette accumulée, le don de Julien était déjà à moitié consommé. Elle aurait pu l'oublier et se contenter de cet instant de sérénité, mais son rôle d'aînée d'une famille au père souvent absent et à la mère devenue folle quand elle avait sept ans avait pour toujours diminué sa capacité à simplement profiter de l'instant.

Après la messe, juste avant qu'elle ne parte pour Nam Định, Julien l'avait emmenée au Métropole pour revoir son ami, le directeur de l'hôtel, qui était venu lui-même les accueillir sur le perron.

En le suivant dans le hall, Lumière d'Automne avait baissé les yeux sous le regard du personnel de la réception, leur surprise et leur désapprobation de voir une fille de la rue en compagnie de Pierre et Julien, importants personnages. Ils s'étaient retrouvés tous les trois dans le bureau de Pierre, une pièce incroyable d'ordre et de luxe, avec des tableaux au mur, une pièce comme elle n'en avait jamais vu, mais dont elle savait qu'il en existait grâce aux séries coréennes. Pierre lui avait expliqué qu'à son retour de Nam Định, il faudrait qu'elle l'appelle pour avoir un rendez-vous avec lui et le chef du personnel, qui était un Vietnamien, elle s'en doutait. Elle parlait anglais, mais il faudrait qu'elle commence comme femme de chambre. C'était la règle, pour voir si elle s'accommodait des horaires, et ne disparaissait pas à l'improviste pour une visite à sa famille, comportement habituel et redouté des gens de la campagne qui les rendait souvent impropres à l'emploi dans les grands hôtels. Si tout se passait bien, on lui apprendrait ensuite le service en salle. Pendant que le directeur lui parlait en anglais avec son drôle d'accent français, elle lisait aussi le doute dans son regard.

Comme elle, il savait aussi qu'elle serait regardée comme la dernière des dernières par le reste du personnel, tous gens de Hanoï, elle une pauvre fille de la campagne, sans relation dans la maison, sans lien avec les réseaux familiaux sans lesquels il était impossible d'être embauché, et aussi sans avoir payé sous la table l'équivalent de quelques mois de salaire, droit d'entrée inévitable des emplois salariés, péage omniprésent, et invisible pour les Occidentaux. Elle n'aurait ce travail là que parce qu'elle était imposée par une recommandation des étrangers, et sa vie pourrait devenir bien difficile. Pendant que le directeur continuait ses explications, Julien la regardait d'un air interrogateur, il avait deviné son doute, alors elle lui avait souri, et avait dit que petite sœur était très contente.

Elle se mit à penser à sa cousine Trang, qui était repartie pour le pays Nga en lui disant de venir la rejoindre. Là-bas, elle savait qu'elle serait bien accueillie, protégée par sa cousine. Mais ne plus revoir Julien... Et les petits qui avaient besoin d'elle... Non, il lui fallait rester à Hanoï.

La pluie avait commencé à tomber et son bruit régulier sur la toiture de feuilles, ce murmure qui l'accompagnait depuis son enfance, l'aida à s'endormir.

Elle eut le temps d'adresser une prière à Maria, puis de penser à nouveau à Julien. Sa rencontre lui semblait faire partie d'un miracle, organisé dans le ciel pour se réaliser autour du lac de l'Épée. À nouveau, elle eut envie de se sentir allongée contre lui.

Mais le souvenir de la mort absurde de son père lui revenait, et il lui fallait faire un effort mental pour l'imaginer heureux dans un autre monde, et accepter, comme le disait souvent le prêtre, la volonté de Notre Seigneur. En même temps qu'elle s'enfonçait dans le sommeil, elle se sentait par moments comme enveloppée de foi et de reconnaissance, à d'autres pas du tout, avec le sentiment qu'il n'existait rien d'autre que le bruit de la pluie, la respiration calme de sa petite sœur, et les soucis à venir.

[illegible] qu'elle [illegible] et [illegible] plus [illegible]
Julien. [illegible] peut-on avoir besoin d'elle... [illegible]
l'un [illegible] Elisa.
[illegible] Un mot [illegible] et [illegible]
[illegible] sur le compte [illegible] ou [illegible]
[illegible]
[illegible] elle eut le temps d'adresser une prière à Alexan-
[illegible] à Julien [illegible]
[illegible] dans la
[illegible] de l'Empereur [illegible]
[illegible] contre lui.
[illegible]
[illegible]
[illegible]
[illegible]
[illegible] dans le
[illegible]
[illegible]
[illegible] que
[illegible]
[illegible]

Pour la première fois depuis une semaine, il se sentait presque rétabli, et assez content de lui, comme lorsqu'il avait réussi à consoler mademoiselle Fleur. Quand elle s'était mise à pleurer en lui tournant le dos, il avait eu le réflexe de se lever et de la prendre dans ses bras, comme on console un enfant. Elle s'était laissé faire, et avait continué de sangloter contre son épaule, son souffle dans son cou, et il avait soudain réalisé qu'il ne tenait pas un enfant dans ses bras, mais une jeune fille désirable. Il sentait le corps de mademoiselle Fleur se détendre, ses sanglots s'interrompre, il réalisa qu'elle avait posé une main sur son épaule. La pensée de Lumière d'Automne le figea.

Pour elle, découvrir qu'il avait une liaison avec mademoiselle Fleur serait la confirmation qu'il préférait forcément une fille instruite de Hanoï, qui avait passé des années à l'école et à l'université, à une pauvre fille de la campagne. Il n'aurait pas supporté qu'elle le pense ainsi, cela lui aurait paru le plus triste des malentendus.

Il s'était doucement éloigné de mademoiselle Fleur, elle avait retiré la main de son épaule et elle l'avait regardé avec colère. Colère contre lui pour ne pas l'avoir embrassée, ou pour avoir été témoin de ses larmes, ou colère contre elle-même de s'être abandonnée ?

Il savait qu'il ne le saurait jamais.

Il avait appris cela en vivant parmi eux : le plus important n'était jamais dit.

Ils connaissaient tous les deux les risques auxquels une histoire d'amour avec lui, un Occidental, aurait exposé mademoiselle Fleur : lui fermer toute possibilité de mariage avec un compatriote, sans doute une exclusion de son organisation d'étudiants patriotiques, si importante pour une carrière future. Il avait vu tout cela revenir dans son regard, avant qu'elle ne retire la main de son épaule.

Et puis ils s'étaient quittés gentiment, sans guère plus de mots.

La prochaine leçon avait été prévue près du kiosque.

Après quoi, il avait appelé Đặng. Ils n'avaient que de bonnes nouvelles à échanger : Đặng n'avait plus de nouveaux cas dans son service, et Julien n'était plus un nouveau cas.

— Et à l'orphelinat ?

— Je n'ai que des bribes d'information. Mais il semblerait qu'il n'y ait eu aucune victime, finalement. Les malades se sont rétablis. Vous connaissez la raison ?

— Un patrimoine génétique différent, les gens de là-bas se sont adaptés à cette sorte de virus depuis des générations.

— Sans doute. Mais pourquoi l'épidémie s'arrête-t-elle maintenant ?

— Les précautions prises ?

— Dans un village Hmong ?

Non, révéla Đặng, l'épidémie s'était sans doute arrêtée – pour cette année – parce que le virus était sensible au froid. Julien se souvint que Clea lui avait expliqué cette possibilité, le soir où ils avaient dîné sur la route de Bà Giang. Certains virus étaient affectés par la chaleur, d'autres l'inverse. L'arrivée de l'hiver avait enrayé l'épidémie. Il se souvenait de la joie de chercheuse de Clea quand elle lui expliquait comment elle était parvenue à vérifier une de ses hypothèses. Elle n'aurait pas vu celle-là se confirmer.

— Tout va bien… jusqu'à l'année prochaine, dit Đặng.

Lui-même pensait qu'il serait autorisé à sortir de son service à la fin de la semaine, et ils convinrent de fêter cela la semaine suivante par un dîner ensemble au Métropole.

Julien se demandait si Lumière d'Automne y aurait déjà pris ses fonctions. Même si elle était affectée aux étages, peut-être aurait-il une chance de l'apercevoir. De petite marchande de souvenirs à femme de chambre, une première étape vers un avenir plus intéressant, ou en tout cas, il l'espérait.

Et leur avenir à eux deux ? Il n'arrivait plus à y penser précisément. Il fallait qu'il la revoie. Quand il la voyait sourire, tout lui paraissait simple, loin d'elle, tout lui paraissait insurmontable.

Il retrouva sa montre, qu'il n'avait pas mise depuis plusieurs jours, l'humidité des jours derniers avait racorni le bracelet de cuir. Il était quatre heures, encore une heure de jour, et Lumière d'Automne devait revenir de Nam Định. Il appela Pierre, et ils convirent de se retrouver après l'heure du dîner pour un verre au bar du Métropole, avec Brunet que Pierre préviendrait.

Il décida de tenter une sortie. La nouvelle de sa véritable maladie devait être connue de tout le voisinage, il ne risquerait pas de provoquer une panique. Pour la première fois il ressentait enfin le froid humide qui pénétrait toute la maison, il s'emmitoufla et sortit dans la ruelle.

L'animation y était revenue, les portes des voisins étaient ouvertes, des enfants le regardèrent passer, une mère de famille passa près de lui en tenant son vélo, un petit garçon sur le porte-bagages, qui toucha sa manche au passage.

Il trouva la vieille dame à sa place habituelle, assise sur son tabouret.

— Monsieur, vous ne devriez pas sortir si vite.

— Merci, madame, mais je me sens bien.

— Les médecins sont toujours les plus mauvais malades.

— Et les infirmières parfois ont un meilleur diagnostic.

Pour la première fois, il la vit sourire, et réalisa qu'elle avait dû être jolie, du temps de la colonie.

— Madame, nous devrons fêter ça. Je vais organiser une petite fête à la maison pour ma guérison.

Son sourire disparut, elle haussa les épaules, elle revenait à son apparence habituelle.

— J'espère que vous aurez le temps.

— Pourquoi ?

— Regardez.

Il suivit son regard vers l'avenue, et vit la camionnette de la police stationnée un peu plus loin, à l'intérieur, deux policicrs qui le regardaient.

— Ils n'ont pas de raison de m'arrêter. Je ne suis plus contagieux.

— Ils le savent. Mais ils doivent attendre des ordres. Profitez bien de la promenade.

Il traversa l'avenue, sentant le regard des policiers dans son dos. Il retrouva sa sérénité en retrouvant les dalles roses de la promenade, le plafond des feuillages, la surface argentée des eaux, le petit pagodon aussi familier que la silhouette d'un ami enfin retrouvé.

Le petit groupe des vendeurs de souvenirs le regardèrent passer sans l'approcher, mais il entendit un murmure intense et confus de commentaires.

Il retrouva le petit kiosque et sa chaise rouillée. Pour la première fois, les matrones lui sourirent de derrière leur comptoir, et il découvrit aussi un nouveau couple de serveurs, un jeune homme et une jeune fille qu'il ne connaissait pas. Ils ne lui souriaient pas encore, mais il sentait un intérêt pour lui, et rien de la maussaderie de ceux d'avant, et voilà qu'ils parlaient un anglais imparfait mais compréhensible. Une vision de l'avenir du Vietnam, pensa-t-il.

Il commanda un café.

Avec le froid et la bruine qui menaçait, il était le seul client. Il regretta de ne pas retrouver Wallace et Margaret, il aurait aimé les entendre, mais il se souvint qu'après leur passage à Hué, ils ne devaient revenir se poser à Hanoï que pour continuer leur voyage vers l'Europe.

Il pensait à Clea, à la dernière fois qu'il s'était assis à cette place avec elle. Il se souvenait de son clin d'œil quand elle avait levé son verre à sa santé et à son amour juste découvert pour Lumière d'Automne.

Il commanda une *Hanoï Beer* et des cacahuètes, en même temps que des larmes qui lui étaient venues lui brouillaient le paysage.

Quand il entendit des pas précipités près de lui, il se retourna. Un groupe d'hommes assez jeunes, des Vietnamiens l'entouraient. L'un d'eux lui annonça dans un anglais haché qu'il devait les suivre immédiatement. Ils ne portaient pas d'uniformes, mais ce n'était pas nécessaire pour comprendre qu'ils appartenaient à la police. Julien se leva, et commença à leur expliquer qu'il avait l'immunité diplomatique, mais celui qui avait parlé répéta sa phrase, qu'il avait dû apprendre par cœur. Les autres avaient fait cercle autour de lui, comme pour l'empêcher de s'échapper.

Ils avaient fait irruption si soudainement au milieu de sa tranquillité que la scène avait encore quelque chose d'irréel. Il était en train de balancer entre l'envie de voir jusqu'où irait la confrontation – au pire il serait libéré dès que l'ambassade serait informée de son arrestation – quand par-dessus l'épaule de l'homme, il aperçut de l'autre côté de l'avenue à l'entrée du passage, Lumière d'Automne et la vieille dame qui le regardaient.

Elle était revenue de Nam Định.

Il n'eut plus qu'un désir, les éloigner d'elle au plus vite.

— Je vous suis, dit-il.

Celui qui avait parlé eut l'air soulagé, mais il sentit la déception dans le regard d'un autre, un dur, comme s'il regrettait de ne pas avoir la possibilité de montrer sa vaillance révolutionnaire en molestant un étranger.

En montant dans la camionnette, il fut à la fois soulagé et triste de voir que Lumière d'Automne avait disparu.

— Qui avez-vous rencontré quand vous êtes allés à Bà Giang ?

— M. Trần Quang Bình, vous le savez déjà.

— Qui d'autre ?

— Sa famille, les cousines, ses nièces, vous le savez déjà.

— Qui d'autre ?

— Le colonel, une infirmière, le chauffeur…

— Qui d'autre ?

La conversation tournait en rond, mais dans un excellent français. Le policier qui l'interrogeait avait à peine la quarantaine, un regard intelligent, une coupe de cheveux militaire. Il était trop jeune pour avoir combattu lors de la guerre américaine, mais assez âgé pour avoir été formé dans les pires années de rigueur idéologique. D'un autre côté un français aussi parfait lui venait sûrement de son enfance, d'une famille bourgeoise francophone dont tous les membres n'avaient sûrement pas rejoint la Révolution. Il regardait Julien avec un mélange d'irritation et de découragement. Il devait savoir qu'il n'avait pas beaucoup de temps devant lui, avant que l'ambassade n'intervienne. Deux autres policiers, également en civil, écoutaient la conversation d'un air buté, ou faisaient semblant, car rien n'indiquait qu'ils comprenaient le français.

Ils se trouvaient dans un petit bureau au plancher grinçant, avec comme seuls meubles des chaises en bois de modèle administratif et un vieux classeur métallique rouillé qu'on aurait dit remonté du fond de la mer. L'ampoule du plafond dans son abat-jour en fer-blanc donnait un éclairage presque intime, comme s'ils s'étaient réunis pour une partie de poker nocturne. La seule fenêtre laissait voir l'ombre d'une grille au-dehors. La nuit tombait.

Il avait été transporté dans la partie arrière de la camionnette, dépourvue de fenêtre, mais il pensait savoir où il se trouvait. Quand il en était sorti, il avait juste eu le temps de remarquer qu'ils étaient arrivés dans la vaste cour d'un immeuble colonial, sans doute l'ancien siège de la Sûreté du temps des Français, qui n'avait pas changé de fonction avec le nouveau régime.

— Avez-vous apporté quelque chose de là-bas ?

C'était nouveau, et pendant une seconde, il ne sut quoi répondre.

Il tenta une diversion.

— Oui. J'ai apporté le paludisme.

Le policier frappa du poing sur la table et hurla.

— AVEZ-VOUS APPORTÉ QUELQUE CHOSE ?

Il avait beau garder conscience qu'il ne risquait rien, son corps réagit au bruit, au hurlement, il se sentit un creux de peur à l'estomac. C'était humiliant. Les deux autres hommes s'étaient levés et avaient disparu derrière lui, debout dans son dos, hors de sa vue. Peut-être s'apprêtaient-ils à le maintenir ?

Le policier se pencha vers lui et cria à nouveau :

— Vous croyez que vous ne risquez rien ?

— Je ne risque rien parce que je n'ai pas enfreint la loi de la République Socialiste du Viet...

Nouveau coup de poing sur la table.

— Ne vous moquez pas de notre pays !

— Mais je ne me moque pas... Je suis un grand admirateur de la République Socialiste et Démocratique...

La gifle arriva, violente. Il n'avait pas eu le temps de la voir venir, assenée par un des hommes debout derrière lui. Dans un brouillard de douleur, il fit un effort sur lui-même pour ne pas se lever de sa chaise et se jeter sur eux, mais c'était peut-être ce qu'ils espéraient. Sa joue le cuisait, il avait mal, il était furieux.

Mais le policier assis en face de lui semblait lui aussi en colère, et s'était mis à parler en vietnamien d'un ton de rage contenue. Il s'adressait à l'homme qui l'avait giflé. Julien se retourna, il voulait voir son visage. Sur la face plate de l'homme, il lut un reste de haine, et un faux air de soumission.

Le regard du policier au français parfait revint vers lui, encore plein de colère, essayant lui aussi de se calmer. Il reprit l'interrogatoire comme si de rien n'était, comme si l'erreur de son subordonné devait aussitôt être oubliée, effacée de l'histoire.

— Qu'espérez-vous donc en nous dissimulant la vérité ?

Julien se sentit comme un élan d'affection envers cet homme qui parlait si bien sa langue. En d'autres circonstances, il était sûr qu'ils auraient pu parler littérature, un tel français ne pouvait se parler qu'avec une bonne connaissance des classiques. Mais ils étaient enfermés dans leurs rôles, et le policier bien plus que lui, dans un régime et un métier où toute inclination personnelle pouvait être considérée comme une trahison. En pensant à sa propre liberté de pouvoir suivre ses aspirations individualistes, il ressentit de la compassion pour cet homme qui venait d'empêcher qu'on le gifle à nouveau, dans un lieu où – il l'avait lu – les Français avaient torturé.

Mais il fallait se secouer, et lui aussi jouer son rôle. Il se redressa.

— Mon ambassade se plaindra auprès de votre gouvernement !

Le policier haussa les épaules. Les relations diplomatiques entre les deux pays ne seraient pas compromises pour une gifle qui ne laissait pas de trace, ils le savaient tous les deux.

— Votre ambassade se plaindra ? Quand ?

— Dès qu'ils sauront…

— Personne ne sait que vous êtes ici. Et comment le sauraient-ils ?

Il réalisa que l'autre avait raison. Brunet et Pierre ne s'inquiéteraient qu'en fin de soirée en ne le voyant pas arriver. À cette heure-là, si Brunet allait sonner chez lui, tous les témoins de la scène, à supposer qu'ils veuillent parler, seraient au lit depuis longtemps.

Ce qui signifiait au moins une nuit d'interrogatoire. Et si les gifles revenaient, si tout cela n'était qu'une mise en scène alternant le bon flic et le mauvais ?

— De toute façon, je vous rappelle que je bénéficie de l'immunité diplomatique.

Le policier sourit tristement, comme s'il était désolé pour le débutant auquel il avait affaire.

— Pas du tout, vous n'appartenez pas au corps diplomatique.

Voilà une question de droit sur laquelle il ne s'était pas penché. Mais le policier avait sûrement raison. Il n'avait qu'un humble passeport « de service », et non pas le cossu passeport diplomatique avec ses privilèges.

— En tout cas je suis citoyen français, et vous devez prévenir immédiatement l'ambassade de mon arrestation.

— Avez-vous apporté quelque chose ? Vous feriez mieux de répondre, nous le savons déjà !

La douleur encore cuisante de la gifle et la fatigue croissante l'empêchaient de réfléchir. Il essaya de se concentrer, de trouver les phrases qui ne compromettraient personne, mais c'était comme faire du calcul mental sur la chaise du dentiste.

S'ils savaient déjà qu'il avait rapporté un exemplaire du *Kim Vân Kiêu*, le taire leur ferait comprendre qu'il savait lui-même que c'était un élément d'une opération de renseignement. Il se souvint de la remarque de Robert : moins vous en savez, mieux ça vaut. Mais s'il n'avait été vraiment au courant de rien, il aurait dû révéler le don de ce livre apparemment innocent par son patient. D'un autre côté, s'ils se doutaient qu'une information avait été transmise, mais ne savaient pas par qui ou comment, c'est en parlant du livre qu'il mettrait en cause M. Trần Quang Bình. Il décida de ne rien dire, après tout il aurait pu avoir oublié cet événement anodin, il avait été gravement malade depuis, et avait perdu une amie très chère.

— Je vous ai déjà raconté tout ce que je savais. Après je suis tombé malade.

— Si vous continuez à mentir, cela prouve que vous voulez protéger des coupables.

— Coupables de quoi ?

— Vous le savez. D'espionnage, comme vous.

Il imaginait M. Trần Quang Bình et sa famille soumis au même genre d'interrogatoire. À coup sûr, eux n'appartenaient pas au corps diplomatique. L'espionnage était punissable de la peine capitale. Quelque chose avait dû mal tourner dans l'opération de Robert.

— Vous feriez mieux de tout nous dire. Vous protégerez des innocents.

Il n'avait aucune expérience de la manière de faire face à un interrogatoire, il se sentait comme un débutant devant un échiquier face à un joueur expérimenté. Il avait l'impression qu'il faisait une erreur à chaque parole. Il en ferait certainement encore plus si l'interrogatoire se prolongeait.

Le policier soupira.

— Arrêtez donc de faire l'idiot.

Soudain tout fut clair pour lui.

S'il était totalement innocent, il aurait dû être en colère.

Il hurla.

— Vous me traitez d'idiot ?

Le policier sursauta, il avait craint d'avoir fait une erreur de français.

— Non, je voulais dire…

— C'est inadmissible ! J'en ai assez de vos histoires !

Il bondit de sa chaise, repoussa brusquement le policier debout près de lui, et se précipita vers la porte, immédiatement agrippé par les autres. Il eut le temps de heurter son front contre le bois, violemment. Voilà qui laisserait des traces, pensa-t-il avec satisfaction.

— Je suis un citoyen français, j'exige de parler à mon ambassadeur !

Et tandis qu'ils l'empoignaient pour le ramener à sa chaise – sans le frapper – et qu'il sentait le sang couler le long de son nez, il eut enfin l'impression merveilleuse d'avoir trouvé le geste juste.

Il hurla de plus belle.

Deux heures plus tard, il se retrouva dans une salle du service d'immigration de l'aéroport, un sparadrap sur le front, entouré d'officiers qui le regardaient comme une bête curieuse. Un expulsé, il n'y en avait pas tous les jours. Ils lui proposèrent même un café. L'avion d'Air France partait dans une heure, et ils l'y emmèneraient juste avant le décollage.

On l'avait d'abord débarqué de la même camionnette, cette fois dans la cour du grand commissariat du quartier du lac, où Brunet l'attendait dans un des bureaux. L'endroit n'avait rien de menaçant, avec les rangées de casquettes vert olive suspendues au mur, et les policiers de l'équipe de nuit en train de jouer aux dames, que son arrivée sous escorte avait visiblement dérangés. On leur avait proposé deux chaises dans une petite pièce du fond, sans doute utilisée pour les interrogatoires. Un policier tapait un rapport à l'autre extrémité de la table sur une machine qui devait dater de l'aide soviétique. Brunet lui avait expliqué qu'on ne pouvait rien faire contre son expulsion, c'était un élément de la négociation.

— Quelle négociation ?

— Un peu de ce que nous savons sur leur grand voisin. Ils savent qu'ils se sont fait avoir, chuchota-t-il, alors ils veulent nous emmerder un peu.

— Et M. Trần Quang Bình ?

— Nous travaillons à sa libération. C'est un citoyen français. Et de toute façon, il n'est au courant de rien, comme vous.

— Il sera expulsé ?

Il n'aimait pas l'idée de M. Trần Quang Bình devant quitter sa vie de chef de famille pour se retrouver simple assisté social dans une banlieue française anonyme.

— Ils savent bien qu'il n'est pas la personne qu'ils cherchent…

Il aurait aimé en savoir plus, mais un commissariat vietnamien n'était pas le bon endroit pour en discuter.

Brunet lui remit aussi une lettre de son père, qui était arrivée à l'ambassade. Il la lut pendant le trajet sur l'aéroport, à l'arrière de la même camionnette qui l'avait arraché à la rive du lac.

Mon cher fils,

Quand oncle André allait rejoindre sa garnison en Indochine, il prenait le bateau et le voyage durait presque un mois pour arriver à Saigon. Il nous racontait ses escales, Port-Saïd, Pondichéry, Malacca, Singapour… nous étions émerveillés. J'espère que cette lettre t'arrivera plus vite.

J'aime te parler au téléphone, mais je suis d'une génération où l'on s'écrivait des lettres – l'autre jour j'ai retrouvé toute une partie de la correspondance entre ta mère et moi quand nous étions fiancés, quel trésor ! – et donc voilà pourquoi tu reçois une lettre de ton papa, pas trop longue j'espère.

En fait cette lettre continue nos conversations. Comme tu le sais, je me soucie de t'avoir donné des principes un peu trop exigeants, même si je l'ai fait sans vraiment m'en apercevoir ! Je m'en rends mieux compte maintenant, en voyant la manière dont tu affrontes la vie.

Ces principes, je me suis efforcé de les suivre. Et finalement, je me dis que c'est mon entourage, plus que moi, qui en a payé le prix.

En particulier ta maman, qui ne s'est jamais plainte, a dû subir mes affectations dans des villes pas très agréables. Si je m'étais montré plus souple avec ma hiérarchie, nous serions restés près de Paris ou d'une grande ville, où elle se sentait toujours mieux et aurait pu poursuivre une carrière intéressante. Je pense aussi que mon humeur s'en est ressentie aussi, car même si j'acceptais ce qui m'était proposé, j'avais quand même l'impression que mes mérites n'étaient pas reconnus, et il n'y avait pas que de la vanité dans cette impression !

Et ce tourment rongeur devait se voir, et vous avez dû le subir parfois. Je me souviens lorsque, petit garçon, il t'arrivait devant ma grise mine de me demander d'un air inquiet si je me faisait du souci. C'était moi, ton père, qui te donnais de l'inquiétude ! Alors aujourd'hui, après t'avoir transmis ces fameux principes sans trop m'en rendre compte, je voulais, cette fois en toute conscience, essayer de t'en délivrer un peu, même si je ne suis pas sûr d'y réussir.

Vis, mon fils, vis sans trop te soucier de faillir ou de déchoir.

Laisse se développer tes inclinations, tes envies, sans te soucier trop des conséquences, et surtout, ne te jette pas trop souvent dans des combats nobles mais vains, comme il m'est arrivé de le faire, alors que certains d'entre eux me paraissent aujourd'hui un peu dérisoires.

En tout cas ne te fais pas de soucis pour moi, je ne pourrais avoir de vie meilleure qu'aujourd'hui,

Ton père qui pense à toi.

L'officier d'immigration, un gradé à l'air solennel qui semblait s'être déplacé pour l'occasion, lui fit un signe. Il le suivit, deux autres officiers fermaient la marche tandis qu'il traversait la salle d'embarquement déserte. Ils l'accompagnèrent jusque dans la passerelle, comme s'il lui avait pris l'envie de leur fausser compagnie par une porte latérale pour rester à tout prix dans la République Socialiste du Vietnam.

Il était le dernier passager du vol Air France. Il fut accueilli par deux hôtesses inquiètes, et un commandant de bord à l'air grognon qui voulait sans doute s'assurer qu'il n'était pas un fou qui allait semer le trouble dans son avion.

Il se retrouva assis à la première rangée de la classe économique, sans voisins, de la place pour allonger ses jambes, mais l'ambassade n'avait pas été jusqu'à lui offrir la classe affaires pour services rendus à la patrie.

Quelqu'un arriva de l'arrière et s'assit à côté de lui.

— *Hi, Julien. Everything is okay ?*

Wallace regardait son sparadrap d'un air dubitatif.

Oui, tout allait bien dans un sens. Il n'était pas mort, il n'était pas en prison. Et retrouver Wallace, son visage amical et intelligent, le réconfortait.

Il aperçut Margaret assise quelques rangées derrière qui leur souriait en leur faisant un signe.

— En fait, je viens d'être expulsé.

— Nous avons été témoins de votre arrestation, cet après-midi. Nous étions sur l'autre rive du lac.

Le lac était comme une scène, la scène de la ville, la scène de toute son histoire de ces derniers jours.

Mais à peine prononcé, le mot « expulsé » avait commencé de creuser un sillon en lui. Expulsé. Il était banni à tout jamais des rives du lac.

— Nous avons appelé l'ambassade de France, nous avons eu du mal à parler à quelqu'un. Finalement ils nous ont dit qu'ils étaient déjà au courant.

— Merci.

Wallace sourit et ne demanda pas pourquoi Julien avait été expulsé.

Expulsé. Il ne reverrait jamais Lumière d'Automne.

Wallace lui posa la main sur l'épaule.

— Ne vous inquiétez pas. Vous reviendrez.

— Je reviendrai ?

Wallace sourit.

— Regardez-moi : j'ai passé des années en prison, j'ai été considéré comme un criminel de guerre… Et je suis revenu !

Il se tut un instant :

— … Avec Margaret.

Wallace voulait-il lui dire qu'il reverrait Lumière d'Automne, même après une longue séparation ?

Une voix venue du haut-parleur les interrompit. Tous les passagers devaient regagner leur siège et boucler leur ceinture.

Wallace se leva lentement, pendant que l'hôtesse

lui ordonnait avec irritation de regagner son siège. Il se pencha comme pour une dernière confidence.

— Ne vous inquiétez pas. On ne quitte jamais ce pays.

Et il s'en fut, avec un dernier sourire.

C'est seulement après une demi-heure de vol, qu'il eut l'impression d'avoir vraiment quitté le Vietnam. L'appareil devait voler au-dessus du Yunnan, sur l'autre versant de cette montagne où les belettes couraient dans la nuit. À chaque seconde, il sentait la distance devenir infinie entre lui et Lumière d'Automne – où dormait-elle à cet instant ? – chaque seconde les séparait un peu plus.

Il fut assailli par une envie terrible de l'avoir assise à côté de lui, de sentir sa tête contre son épaule.

Il tenta de se réconforter en se disant qu'il aurait de ses nouvelles par Pierre, mais rien n'arrivait à calmer ce manque d'elle.

Pour la première fois, il fut certain qu'il était tombé amoureux, comme jamais dans sa vie, de Lumière d'Automne, ce que Clea avait compris au premier coup d'œil.

Tous les interdits qu'il s'était fixés avec elle, les barrières à ne pas franchir, l'avaient empêché de se l'avouer vraiment, mais maintenant qu'ils étaient séparés, le manque d'elle se déchaînait.

Comment la revoir ? Pour tenter de se calmer, il commença à élaborer les plans les plus fous.

Lorsque la camionnette des policiers l'avait emmené, à travers la vitre arrière brouillée par la pluie qui avait commencé à tomber, il l'avait aperçue à nouveau, immobile au bord du lac.

Elle lui avait adressé un discret signe de la main.

Dans le commissariat, avant de le quitter, Brunet lui avait révélé comment l'ambassade avait été prévenue aussitôt de son arrestation.

Par un appel téléphonique. Une voix de femme, jeune, qui parlait anglais avec un accent vietnamien et qui ne s'était pas nommée.

La neige sur la langue avait un goût qui n'était pas celui de l'eau, elle tombait en flocons insaisissables, puis devenait sur le sol une substance épaisse qui craquait sous les pas quand il faisait très froid.

C'était dimanche, la neige s'était arrêtée de tomber dans la nuit, et ce matin le soleil brillait dans un ciel pur. Lumière d'Automne et sa cousine avaient pris un bus pour se rendre pour la première fois pour elle dans le centre de Moscou.

C'était merveilleux. Lumière d'Automne n'arrivait pas à se lasser du bleu infini du ciel et de toute cette blancheur encore intacte qui enveloppait les toits et les rues, s'accrochait aux clochers d'églises et recouvrait les lacs et les étangs.

La première semaine avait été exactement telle que lui avait décrit sa cousine. L'atelier était bien chauffé, le dortoir en sous-sol n'était pas humide, et il y avait eu assez de travail – une énorme livraison pour coudre des anoraks à destination de la Corée – pour les faire travailler nuit et jour sans avoir besoin de chercher à vendre des légumes sur les marchés. Le reste de l'argent donné par Julien lui avait suffi à payer les passeurs, elle pouvait travailler sans rien avoir à rembourser, et comme elle ne dépensait presque rien, elle avait le plaisir d'envoyer comme un régulier flot d'argent à sa famille, dont sa petite sœur Liên était devenue la sage gestionnaire.

Lumière d'Automne gagnait plus à travailler pour cet atelier qu'elle n'aurait pu gagner au Métropole, ne dépensait presque rien, et ici elle était entourée de jeunes de son âge qui l'avaient accueillie comme une petite nouvelle. Elle n'aurait sans doute jamais l'occasion d'apprendre à parler le russe.

Plus difficiles étaient les nuits. Peut-être à cause de la fraîcheur inhabituelle pour elle, elle rêvait beaucoup. Elle se réveillait les poings crispés, avec l'impression de ne s'être pas reposée. Julien revenait sans cesse dans ses rêves, et souvent son père. Elle arrivait à ne pas penser à ces deux disparus la journée, mais le sommeil la laissait sans défense.

Plus tard, elle et sa cousine marchaient, bras dessus, bras dessous, comme au pays, et Lumière d'Automne se sentait si excitée à la vue de ces immenses avenues d'une beauté sidérante, qu'elle avait envie de courir.

Elle resta en arrêt devant le Kremlin qui se déployait devant elles dans sa splendeur, les bulbes multicolores et merveilleux de la cathédrale Basile-le-Bienheureux, d'une éblouissante réalité, qu'elle n'avait vue jusque-là que sur de vieilles photographies colorisées de l'époque de l'amitié entre les peuples frères.

Elles reprirent leur marche. Sa cousine n'était pas pieuse, mais elle avait trouvé pour son premier dimanche une église où elles pourraient assister à une messe selon la même liturgie qu'au pays.

Elles arrivèrent sur une grande place encore couverte de neige fraîche. Lumière d'Automne ne savait pas que c'était la place de la Lubianka et que les destinées de son pays avaient longtemps été discutées dans le grand bâtiment jaune de style impérial, entouré de grilles et de gardes en faction.

Mais sur l'un des autres côtés de la place, se dressait une petite église à colonnes, d'apparence très sobre, qui ne ressemblait à aucune de celles qu'elle connaissait dans son pays.

Quand elle comprit le nom de l'église – Saint-Louis-des-Français – cela lui fit un petit choc.

Plus tard, pendant qu'elle prononçait le premier *amen*, elle sentait sous son anorak, serrée contre son cœur, la lettre qu'elle lui avait écrite, et qu'elle lui posterait plus tard, à l'adresse de l'Ambassade des Français à Hanoï.

Du même auteur :

Essais :

LES CONTES D'UN PSYCHIATRE ORDINAIRE, Odile Jacob, 1993.

Avec Christophe André :

COMMENT GÉRER LES PERSONNALITÉS DIFFICILES, Odile Jacob, 1996.

L'ESTIME DE SOI, Odile Jacob, 1998.

LA FORCE DES ÉMOTIONS, Odile Jacob, 2001.

Romans et contes :

LIBERTÉ POUR LES INSENSÉS, Odile Jacob, 2000.

LE VOYAGE D'HECTOR OU LE SECRET DU BONHEUR, Odile Jacob, 2004.

ULIK AU PAYS DU DÉSORDRE AMOUREUX, Oh ! Éditions, 2003.

HECTOR ET LES SECRETS DE L'AMOUR, Odile Jacob, 2004.

LE NOUVEAU VOYAGE D'HECTOR, Odile Jacob, 2006.

PETIT HECTOR APPREND LA VIE, Odile Jacob, 2010.

HECTOR VEUT CHANGER DE VIE, Odile Jacob, 2014.

Le Livre de Poche s'engage pour l'environnement en réduisant l'empreinte carbone de ses livres. Celle de cet exemplaire est de :
400 g éq. CO_2
Rendez-vous sur www.livredepoche-durable.fr

Composition réalisée par PCA

Achevé d'imprimer en mai 2014 en France par
CPI BRODARD ET TAUPIN
La Flèche (Sarthe)
N° d'impression : 3005668
Dépôt légal 1re publication : mars 2014
Édition 02 – mai 2014
LIBRAIRIE GÉNÉRALE FRANÇAISE
31, rue de Fleurus – 75278 Paris Cedex 06

31/7734/2